Du même auteur

''Macau Bazar''
2022

Chris L. P. ELLIOTT

Un chihuahua dans la théière

Weekend à Bornholm

Découvrez le cadre du roman en vous rendant sur le site :

www.chris-l-p-elliott.eu

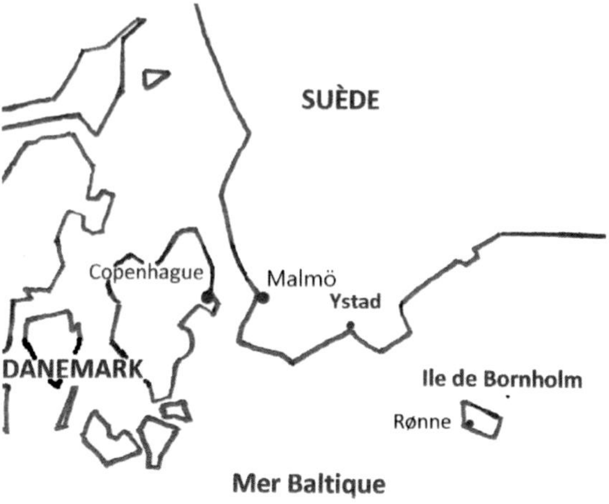

Ile de Bornholm

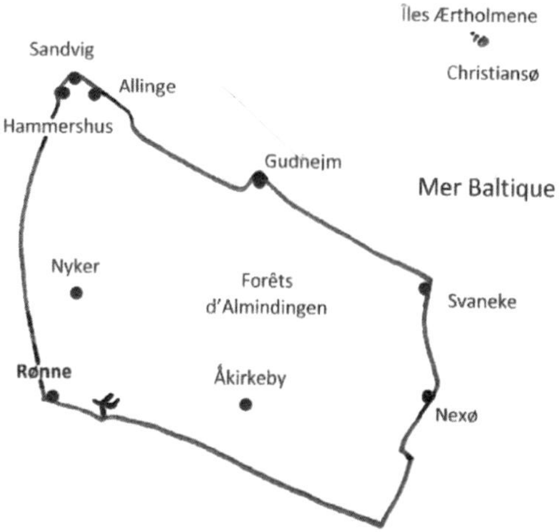

(Cartes de l'auteur)

Chapitre 1

C’était une magnifique journée d’été ensoleillée, agrémentée d’une bonne brise, une de ces journées comme le sud de la Suède en connaît au mois d’août. Il y avait foule dans les jardins du monastère de Ystad, petite ville baignée par la mer Baltique. Sur le côté du bâtiment religieux, les visiteurs appréciaient le calme de l'étang planté de saules. Attendris, les parents regardaient leurs enfants donner à manger aux canards.

Derrière l’abbaye où il avait garé le camion des brasseries Knöll, Nils s’affairait, sortant des barils de bière et les empilant sur le diable. La tâche n’était pas facile et lui répugnait, mais c’était très bien payé et on lui avait donné une grosse avance. Il était à l’heure et n’avait plus qu’à attendre… De là où il était, les va-et-vient, rien ne pouvait lui échapper. Effectivement les renseignements étaient justes et tout se passa comme prévu. Ce fut d’ailleurs bien plus facile qu’il ne l’imaginait, sans un bruit ; Mais au moment où il repartait avec son diable, il était là, « Hercule ». Ce crétin l’avait suivi. Nils s’aperçut alors, avec effroi, que le minuscule cabot tenait dans la gueule le porte-clefs en cuir d’où pendait celle du camion ; elle était tombée de sa poche. Nils arrêta le diable contre le mur de l’abbaye et tenta d’approcher l’animal « Viens ! Donne ! », mais celui-ci s’enfuit en courant, traversa la partie déserte du jardin puis enfila des ruelles pavées, bordées de roses trémières, pour s'engouffrer, la clef dans la gueule, à l'arrière d'un café.

Revêtu de sa tenue de livreur, Nils avait suivi Hercule avec le diable allégé de sa cargaison. Il entra à la suite du chien dans la réserve du café. Coup de chance, la bestiole s'était arrêtée, apeurée, tétanisée par les bruits venus des cuisines. Sans réfléchir, Nils lui allongea un coup de pied qui l'envoya contre un frigo, puis il le saisit et lui tordit le cou alors que s'ouvrait la porte. Une serveuse bâtie comme une armoire à glace se tenait devant lui et se montra surprise.

– Salut ! Tiens, ce n'est pas Anders qui livre aujourd'hui ?

– Non, non, il … il est malade, lui répondit Nils tout en planquant le clebs derrière le diable.

– Les barils sont là, vous arrivez à temps, on est presqu'à sec. Attendez, je vous amène le dernier. Je reviens !

Nils en profita, ouvrit le couvercle du premier récipient sur l'étagère face de lui et se débarrassa du petit animal. Puis il récupéra la clef qui était au sol, chargea des barils de bière vides sur le diable et fila sans demander son reste à travers les ruelles désertes.

Il repassa derrière l'étang puis traversa les jardins, plutôt vite pour un livreur, son cœur battait la chamade. Ce con de chien avait failli tout faire rater, pensa-t-il. Il devait reprendre les barils contre le mur de l'abbaye et déguerpir fissa. Heureusement, ceux-ci étaient vaguement cachés entre le mur du monastère et le camion, personne n'y avait touché. Rapidement, Nils fit descendre la plate-forme élévatrice à l'aide de la télécommande puis ouvrit les portes arrières. Il y plaça le diable, les barils et y poussa la moto qu'il avait discrètement planquée plus tôt derrière un massif d'arbustes, le long du bâtiment. Il chargea l'ensemble dans un bruit de ferraille et referma les portes. Enfin, il redressa la plateforme, remonta dans la cabine et démarra. Il fallait maintenant faire disparaître le camion, et vite.

Karen et Poul étaient contents d'accueillir leurs amis français Agnès et son frère Jean Lafay. Se connaissant de longue date, les deux paires d'amis avaient chacune amené leur chien. Ils s'étaient installés à une table du café *« Bäckahästen »* non loin de l'abbaye au milieu des fleurs, heureux de se retrouver. Karen présentait l'histoire du lieu : le nom du café s'inspirait d'une légende moyenâgeuse, d'un cheval sortant de la source située sous leurs yeux pour promener les enfants du village sur son dos avant d'y replonger et de disparaître.

Les deux chiens, le saint-bernard noir de Karen et Poul et la spaniel blanche et feu des Lafay avaient réalisé leurs formalités canines d'usage. Bernard Saint, le saint-bernard et Virgule, la spaniel s'entendraient manifestement bien. Ils n'étaient d'ailleurs pas les seuls représentants du monde canin dans le café, de nombreuses familles accompagnées de chiens de toutes races appréciaient les jardins entourant l'abbaye et son monastère. C'était une ambiance de vacances, les quadrupèdes se tenaient cois, chaleur et dépaysement les anesthésiaient. Un accord tacite leur imposait de rester calme et d'entamer une sieste dans ce lieu inconnu. Les enfants guettaient leurs glaces… Le service n'était pas rapide malgré une activité débordante en cuisine et au bar. Les clients étaient juste très nombreux, attablés ou attendant leur tour, ou patiemment, leur commande à emporter.

Sven, le patron du café, était ravi, le chiffre d'affaire de la journée s'envolait, la clientèle dépassait ses espérances, ça consommait dur. Une riche idée d'avoir prévu des gamelles pour donner à boire aux chiens, pensa-t-il. Les clients appréciaient et puis cela amusait les enfants de voir leur toutou préféré servi en même temps qu'eux. De plus, Sven avait eu la main heureuse, les jeunes étudiants du club d'athlétisme local embauchés pour le service à l'occasion de la semaine la plus festive de l'été étaient infatigables et abattaient un travail monstre.

– Quelle belle exposition et quelle belle abbaye ! commença Agnès, Je n'en reviens pas ! Des instruments de percussion préhistoriques en silex ou en os de mammouth et puis toutes ces cornes et autres clarynx antiques des temps barbares, c'est somptueux !

– Oui, repris Karen, cette exposition fait beaucoup parler d'elle, l'association *Archæomusica* en réalise ici régulièrement.

– Riche idée, ajouta Jean, d'avoir conservé ces jardins et toute cette verdure à côté de l'abbaye. Ystad est une bien jolie ville.

– Ne vous y trompez pas, déclara Poul, Ystad fut il n'y a pas si longtemps l'une des villes les plus dangereuses de Suède. Gangs, assassins de tout poil semblaient s'y sentir très à l'aise et ont donné du fil à retordre au patron de la police locale, Kurt Wallander, avant qu'il ne prenne sa retraite.

En sa qualité de juge d'instruction à Copenhague, et à quelques mois de sa fin de carrière, Poul, avait eu plusieurs fois l'occasion de travailler sur des affaires criminelles avec le célèbre policier et son mémorialiste, Henning Mankell, avant la disparition de ce dernier.

– Croyez-vous que nous parviendrons à boire le thé avant le départ du ferry ? plaisanta Karen, cela fait un bout de temps que nous l'avons commandé !

En cuisine, on s'affairait, Gertrud, était aux anges ; elle qui aimait l'action était servie. Une aubaine ce boulot d'été, à côté de chez elle, correctement payé. La championne locale que tout le monde connaissait dans la ville en imposait avec son mètre quatre-vingt-quinze et ses cent cinq kilos à tout juste dix-huit ans. La jeune blonde pétante de santé, championne nationale du lancer de marteau, soulevait les barils de bière pleins d'une seule main, bras tendus, ce qui ne lassait pas d'impressionner Lars Johansson le chef. Celui-ci ne pouvait s'empêcher de se demander ce que donnerait un pareil morceau de femme au plumard. Il se corrigea, mieux valait la douce quiétude de la forêt scandinave, au moins on ne risquait pas de passer à travers.

– Dis-moi, mon sucre d'orge et si on allait boire un coup à Malmö ce soir après le boulot ? Gertrud en gloussa de plaisir et lui dégota un sourire aguicheur joignant des joues bien rouges, ce qui ne manquait pas de charme sur ses formes abondantes. Elle fit la belle à son attention, jetant machinalement une pleine poignée d'herbes dans une grosse théière, prise au hasard dans la réserve. Puis elle remplit le récipient d'eau chaude tout en regardant le jeune chef avec l'œil du désir.

Dans le jardin, les familles commençaient à doucement s'en aller, la plupart vers le port. Les toutous n'étaient pas fâchés de bouger un peu et cela faisait du bien aux enfants qui, glaces terminées, reprenaient leurs chamailleries pour les plus jeunes alors que les ados replongeaient dans les jeux vidéo sur leurs smartphones ou soupiraient à leurs amours contrariés.

– Il faudra y aller dans une vingtaine de minutes pour avoir le temps de tranquillement arriver au bateau, déclara Poul.

C'est Karen et Agnès qui s'étaient connues les premières, travaillant dans la même entreprise informatique à Copenhague où Karen était ingénieure. Celle-ci dirigeait désormais l'agence de sécurité de l'information qui avait pour client tout ce que le Danemark comptait d'entreprises et d'institutions clefs. Du suivi des conteneurs de Maersk aux logiciels de la Police, la sécurité informatique danoise était son affaire. Mariée à Poul depuis plus de trente ans, elle formait avec lui un couple uni et ils vivaient heureux.

Ils avaient apprécié chez Agnès sa simplicité et sa droiture. Elle avait débarqué à Copenhague à l'occasion du début des programmes d'étude Erasmus et n'en était jamais repartie. Elle parlait très bien danois avec un fort accent bourguignon. Comme Karen parlait parfaitement français, elles étaient devenues rapidement amies. Et puis Jean son frère venait lui rendre régulièrement visite, il s'était vite entendu avec Karen et Poul, partageant comme eux un goût affiché pour le jazz et l'apéro. Mais maintenant, l'heure était au thé.

– Enfin ! s'écria Poul.

La serveuse déposa le plateau et Poul la régla immédiatement car le temps pressait. La serveuse empocha les couronnes suédoises puis s'en alla.

– Ça valait le coup d'attendre, la tarte aux framboises est excellente, dit Jean.

– Par contre pour le thé, il va falloir encore un peu de patience, que ça infuse et refroidisse, insista Karen.

Le café était maintenant presque vide, les familles étaient parties depuis longtemps descendant vers le port. Les magnifiques pourtours de l'abbaye franciscaine du XIIIème siècle retrouvaient leur beauté et leur quiétude. Les plantes manucurées et les nombreuses fleurs s'agitaient dans la brise alors que la température était redescendue. Virgule se réveillait appréciant les nombreuses odeurs de cette nature, nouvelles pour elle. La présence de nourriture sur la table ne lui échappait cependant pas. Bernard Saint, le brave, toujours allongé goûtait le calme suivant une bonne sieste réparatrice.

Karen versa le thé. Elle est lourde cette théière, pensa-t-elle.

– Voilà, c'est servi ! Il est à quoi ce thé ? Il a l'air costaud !

– Il va falloir faire vite car nous avons juste le temps de gagner le bateau, dit Poul, portant la tasse à ses lèvres, imité par Karen et leurs amis.

– Oui, ce thé permettra de faire descendre la tarte, ajouta Jean.

Poul manqua de s'étrangler et, recrachant son thé, doucha les pattes du saint-bernard alors que Karen fit une grimace et choisi le massif de fleur. Agnès l'imita dans la tasse et son frère carrément dans l'herbe.

– C'est dégueulasse ! s'écria Poul soulevant le couvercle de la théière.

À travers des feuilles de thé, on distinguait une masse informe et comme une tige. Poul tira sur celle-ci et sortit du récipient un animal aux traits tragiques.

– Un rat ? demanda Karen avec une grimace.

– Non, un chien, corrigea Jean.

En effet, devant l'assistance médusée, Poul tenait par le bout de la queue un jeune chihuahua nain, au cou duquel pendait une médaille sur laquelle était gravée *« Hercule »*.

– Si c'est une blague, elle est de mauvais goût, littéralement ! s'empressa d'ajouter Karen, ce qui amena quelques sourires malgré la stupéfaction qui se lisait sur les visages interdits et dubitatifs.

– Le thé au chihuahua est une spécialité locale ? interrogea Jean en riant à moitié.

– Nous n'aurons pas le temps de faire scandale car il faut y aller si nous ne voulons pas courir, ajouta Poul, mais cela demande à être tiré au clair !

– Allons-y, nous pourrons toujours téléphoner au patron pour nous plaindre, c'est une honte ! ajouta Karen qui prenait une photo de la théière et de l'animal avec le café en arrière-plan.

C'est avec un sentiment de confusion et de grosses interrogations que les quatre amis prirent le chemin du port laissant la victime sur la table. Ils repartirent par les jardins passant sous l'enseigne du café, une grosse théière rouge dont la forme et la couleur leur apparurent un résumé de l'évènement. Ils traversèrent alors la jolie ville de Ystad aux maisonnettes proprettes bariolées de couleur chaudes, agrémentées de roses trémières poussant entre les pavés le long des murs des maisons.

Cheminant sur Mariagatan, l'une des rues les plus connues de la ville, Poul reconnut Ingemar Lundqvist le policier qui avait succédé à Kurt Wallander. Le nouveau patron de la police locale arrosait ses plantes devant chez lui. Un héron empaillé, emballé de plastique transparent était posé sur le banc devant la maison.

– Bonjour commissaire Lundqvist ! Comment allez-vous ! Justement, je parlais de vous ! … en bien ! Et quand on parle du loup ! Poul ne termina pas sa phrase, la queue du chihuahua en travers de sa gorge, ou était-ce le héron, l'en empêchait.

– Juge Eriksen, ça par exemple ! Quel bon vent vous amène ? Pas le travail j'espère !

– Non, le bateau pour Bornholm ! Tout va bien commissaire ? La ville est tranquille désormais ? Vous y avez beaucoup œuvré plaisanta Poul.

– Oh, il s'en passe toujours, que voulez-vous, les ports sont toujours propices à toutes sortes d'histoires. Tenez, je viens d'arrêter une équipe de cambrioleurs qui s'était spécialisé dans le vol d'animaux naturalisés. Le propriétaire m'en a d'ailleurs donné un, ce héron, pour me remercier d'avoir retrouvé toute sa collection intacte. C'est gentil de sa part mais c'est triste n'est-ce pas un animal empaillé ? Vous ne trouvez pas ?

– Si en effet, et c'est curieux pour des voleurs de se spécialiser dans un tel registre. Enfin, s'ils le font, c'est qu'il y a une demande.

– Oui et c'est le port qui facilite ce genre d'affaires. Dans cette ville, fleurissent les histoires tordues.

– D'ailleurs, nous venons d'en faire l'expérience, il nous est arrivé quelque chose de pas ordinaire… rien de grave, presque drôle en fait, enfin bizarre … je vous raconterai … Mais excusez-nous commissaire, nous devons hâter le pas ! Le ferry de 18h ! Nous ne pouvons pas le rater ! Au plaisir ! Vous avez toujours le même numéro de téléphone ?

– Bonne traversée et bon séjour à Bornholm, à bientôt monsieur le juge ! N'hésitez pas à m'appeler, mon numéro n'a pas changé !

Si pour les quatre amis, hâter le pas n'était pas difficile, pour les deux chiens cela représentait une épreuve, pour des raisons très différentes. Virgule devançait le groupe mais n'était guère habituée à la laisse et têtue comme une mule, elle suivait surtout sa truffe. Accoutumée aux longues journées de chasse, vivant au grand air, elle tirait sur la laisse, flairant le sol de gauche à droite … guettant toute odeur digne d'intérêt. Elle souhaitait souvent poursuivre dans une direction qui l'inspirait mais qui n'était pas forcément la bonne pour atteindre le port. Par contre, pour Bernard Saint, se dépêcher était beaucoup lui demander. Le poids des ans, une vie de patachon, la chaleur de l'été et une journée pas comme les autres n'étaient pas faits pour le dynamiser. On le prenait en remorque. On devait gentiment le tirer comme un enfant, faire des pauses … Une d'entre-elles permit d'observer la voiture de pompier municipale des années 30, entretenue avec passion qui promène les touristes à travers la ville pour la joie des enfants. Et c'est ainsi, qu'après avoir traversé la gare lilliputienne de Ystad où attendait un train bleu, cahin-caha, le groupe atteignit le ferry puis pénétra dans les entrailles du navire alors que l'on chargeait les derniers véhicules et qu'embarquaient les ultimes passagers.

On s'installa au restaurant.

– Tout de même, pensa Jean, un chihuahua dans une théière, voilà qui n'est pas banal !

Chapitre 2

Le *Leonora Christina* était un gros bateau, un ferry mixte, un catamaran de cent quinze mètres de long. Pour cette traversée à destination du port de Rønne dans l'île de Bornholm, il était bondé. On s'entassait, sur les ponts, dans les coursives. Les bars, les restaurants et les magasins de souvenirs étaient eux aussi bourrés de monde.

– C'est incroyable le nombre de chiens qu'il y a sur ce bateau ! remarqua Jean. Et qu'est-ce qu'ils sont beaux !

– Oui répondit Poul, outre les vacances d'été et l'attraction que représente l'île de Bornholm, Rønne voit se dérouler, comme chaque année en ce weekend du 15 août, l'un des plus grands concours canins de Scandinavie. Beaucoup de ceux que vous voyez vont y participer. Les gens en profitent également pour rester un peu plus et faire du tourisme dans l'ile qui a beaucoup à offrir.

Il y avait tellement de chiens que le coin salon du navire qui leur était réservé était largement insuffisant. Les quadrupèdes étaient partout accompagnant leurs maîtres au restaurant, au bar, partout. L'équipage fermait les yeux, la semaine était exceptionnelle. D'ailleurs cela se passait bien, l'ambiance feutrée scandinave imprégnait les animaux qui se tenaient tranquilles, grâce à des maîtres bien éduqués. Quelques chiens de petits formats caniches et autres maltais s'invectivaient, mais les gros, tels les labradors et les terre–neuves, eux, ne bronchaient pas. Allant s'asseoir, Jean fit malencontreusement peur à une meute de cinq cockers appartenant à un vieux couple gay, déclenchant par réaction à la ronde un concert d'aboiements de chiens inquiets. Jean s'excusa sous l'œil bienveillant des passagers compréhensifs.

Enfin, on appareilla, le *Leonora Christina* s'écarta lentement du quai et se dirigea à petite vitesse vers la sortie du port, laissant sur tribord les silos dorés du terminal céréalier. Virgule se montrait nerveuse : les bruits inhabituels de moteur, le monde et les chiens qui l'entouraient l'inquiétaient. Le sol en métal et les odeurs peu appétissantes la contrariaient. Agnès y avait pensé et sortit sa couverture, celle qui recouvrait habituellement son fauteuil. Avec ce morceau de chez-soi, quelques caresses et un paquet de snack au lapin acheté à Copenhague, Virgule finit par retrouver une certaine tranquillité. Bernard Saint, lui, allongé de tout son long, avait entamé une sieste supplémentaire. Vieil habitué de la ligne qu'il prenait plusieurs fois par an, il se fichait éperdument de ce qui se passait.

À l'extérieur, le temps, radieux, promettait une traversée tranquille, la mer Baltique était plate à l'horizon. De la terre se détachaient les silhouettes des bâtiments aux briques rouges de la ville de Ystad que dominaient les clochetons vert-de-gris des églises. Sorti du port, on apercevait la douce pente des côtes ondulées de Scanie qui diminuait rapidement semblant se jeter dans la mer.

Alors que *Leonora Christina* longeait la côte sur bâbord pour ensuite gagner le large, il croisa un superbe trois mâts, le *Skåne Anda*, grand voilier basé à Ystad. Les amis ne purent s'empêcher, comme bon nombre de passagers, de s'extasier sur la beauté du navire, souvenir d'une époque où la mer prenait son temps et la voile était la règle.

– Magnifique bateau ! s'extasia Jean.

– Vous en verrez d'autres ! La course des grands voiliers est cette année dans la Baltique, il y a cette semaine une étape qui fait le tour de l'île de Bornholm.

Jean et Karen se rendirent au restaurant. La queue s'étendait sur plusieurs dizaines de mètres, leur laissant à loisir la possibilité d'observer la société scandinave. Devant l'entrée de bar où ils stationnèrent quelque minutes, Jean vit à l'intérieur, un groupe de motards à l'aspect peu engageant rassemblés autour d'un pack de bière. À côté d'eux, molosses, grands danois, pitbulls et autres rottweilers, muselés, lourdement équipés de colliers de cuirs larges et cloutés étaient attachés aux repose-pieds et aux tabourets du bar par des laisses aux dimensions de circonstances. Jean ne put s'empêcher de penser que ces *bikers* danois étaient malgré une apparence farouche, aussi bien éduqués et respectueux que les autres scandinaves et qu'ils avaient en commun de porter du cuir comme les chiens qui les accompagnaient.

– Les bikers participent aussi au concours de chiens ? demanda Jean à Karen.

– Probablement, répondit-elle.

Attablés, attendant le retour de leur frère et de leur femme respectifs, Agnès et Poul causaient de leurs chiens tout en observant amusés le métamorphisme indiscutable opéré entre maîtres et animaux qui défilaient. Non loin de leur table, une équipe de DKTV, la télé danoise, préparait une interview. Le cameraman et le preneur de son établissaient leurs repères... Une assistante de production agrafait un micro au revers du col de veste d'une jeune femme alors que derrière elle, un petit groupe d'activistes dont elle faisait partie déroulait une banderole.

C'est à ce moment-là que Poul reconnut Bacchus Vejrhanesen, vieille figure politique danoise et ancien avocat avec lequel il avait fait une partie de ses études de droit. Celui-ci passait devant leur table avec une bière sur son plateau.

– Salut Bacchus ! Alors Monsieur le ministre, député, maire et j'en passe, on se promène ? Ne me dites pas, vous vous rendez à Rønne pour la « Semaine de la Concorde » ? On va faire son Talleyrand, son Metternich ?

– Exactement. Ce vieux Poul Eriksen, comment allez-vous ? C'est trop d'honneur que me comparer à ces génies ! Mais oui, vous avez raison, c'est un évènement immanquable dans ma profession.

Caméléon conservateur, Bacchus Vejrhanesen était de toutes les coalitions de droite ou apparentées, farouche monarchiste et démocrate convaincu, il incarnait une droite monolithe mais paradoxalement toujours prête à s'entendre et à négocier un point de programme au nom du vivre ensemble de la démocratie-sociale danoise. La Concorde de Rønne pouvait difficilement se passer de lui.

– Asseyez-vous un instant, lui proposa Poul, je vous présente Jean Lafay un ami venu de France.

– Volontiers, répondit Bacchus. Enchanté ! fit-il à l'adresse de ce dernier.

– Bonjour ! Qu'est-ce que cette « Semaine de la Concorde » de Rønne ?

– C'est une *« table ronde »* comme vous dites en français, qui se tient annuellement à Bornholm à la mi-août. Elle réunit tous les représentants des partis politiques, des syndicats, des partenaires sociaux et même des principales ONG du

Danemark. Tous les sujets y sont abordés, même si peu de décisions y sont prises.

– Cela doit concourir à établir ou défaire pas mal d'alliances, à nouer des contacts, à résoudre des problèmes, en prévenir d'autres, établir des équilibres, sonder … peut-être un leg ancien de la culture clanique des Vikings. Pas bête comme système, pensa Jean.

– Bornholm devient alors la capitale politique d'été du pays. Remarquez que le lieu est bien choisi et incite pas mal de participants à faire le déplacement, précisa Poul.

Leur conversation fut interrompue par l'interview de la jeune femme à la banderole. Celle-ci parlait désormais assez fort, de façon véhémente, suffisamment pour qu'on l'écoute à la ronde. Jean comprenait assez de danois pour distinguer les mots et nota que « *hund* », « chien » revenait régulièrement. La banderole, curieuse, l'intriguait, on y voyait une tête de grand danois dans une capsule de fusée barrée d'une croix rouge, traverser un ciel étoilé au-dessus de la ligne courbe de l'horizon avec le mot « *Nej* », « Non » écrit sur la fusée.

Jean remarqua aussi que la poignée d'activistes de tous âges et la fille de l'interview partageaient un air grave et résolu. Ils portaient tous la même veste kaki sortie d'un surplus d'une armée en déroute. Le ton était donné, celui du combat.

– Qu'est-ce qu'ils veulent, demanda innocemment Jean ? Ils sont anti-chien ? Plutôt curieux vu l'ambiance.

– Il s'agît de l'association *« Solidaritet på Dyr* »* qui défend le droit des animaux et s'oppose aux expériences sur ceux-ci, dit Poul. Je les vois régulièrement passer au tribunal. En général ils s'attaquent plutôt aux entreprises de cosmétiques ou à l'industrie agroalimentaire. Ils sont assez extrêmes. Ils n'ont plus grand chose à voir avec les hippies des années 70 à colliers de fleurs et pantalons pattes d'éléphants.

– C'est quoi cette fusée sur la banderole ?

– Ils s'opposent au projet de mise sur orbite d'un chien ce weekend à Bornholm.

– Vous avez une base et un programme spatial à Bornholm ? s'exclama Jean qui n'en revenait pas. Je croyais que le programme spatial européen se cantonnait à Toulouse et à la Guyane ?

– Oui, enfin pas exactement, poursuivit le politicien. Une association danoise de passionnés, la Bornholm Space Agency, qui réunit d'authentiques ingénieurs et des sympathisants, œuvre depuis des années au lancement de fusées depuis Nexø à l'est de l'île. Le programme est le leur, c'est une initiative privée.

* "Solidarité avec les animaux"

– Ils souhaitent réaliser le premier vol humain dans l'espace par une entreprise associative, c'est pour cela qu'ils veulent faire un essai avec un chien auparavant.

– Mais l'espace coûte une fortune ! reprit Jean. Comment font–ils financièrement ?

– Des dons, des subventions aux associations, du mécénat, des locaux prêtés, pas de salaire à payer. Ils usinent leurs pièces eux–mêmes, comme des artisans, et ça marche, plutôt bien d'ailleurs, ils sont assez connus.

Jean ne put s'empêcher d'admirer l'idée et la passion de ces hommes qui tels des Copernic, Galilée ou des Huygens rêvaient aux étoiles. Il fut tiré de ses réflexions par des exclamations venant du fond ; un type d'âge mûr invectivait les activistes de façon bien sentie.

– Il les traite de crétins et insiste sur le fait que les membres de Bornholm Space Agency savent ce qu'ils font, traduisit Vejrhanesen.

– Ça, je veux bien le croire, lancer des fusées dans l'espace n'est pas donné à tout le monde.

Les activistes répondaient en traitant l'association d'assassins. La caméra faisait le pendule, mais déjà l'homme qui était intervenu avait disparu, tiré par la manche par ses compagnons. Dans le dos de leurs vestes, Jean reconnu la fusée de la banderole, celle–ci était imitée du logo de l'association. La foule des Scandinaves assis avait mollement réagi, contrite d'être dérangée dans sa bière ou son café.

– Eh bien voilà déjà un conflit à résoudre pour vous cette semaine, plaisanta Jean.

– Oui, d'ailleurs, ils y seront, j'ai vu leurs noms à tous dans la liste des participants. Mais bon, je vous laisse, je retourne faire le plein, à plus tard ! fit le politicien qui contemplait son verre vide. Il partit faire la queue au bar.

Arrivaient Karen et Agnès, les plateaux chargés de bières et de spaghettis au saumon.

– Alors les gars ça va ? C'était quoi ces cris ? demanda Karen.

– Oh rien, des types qui protègent les chiens et d'autres qui les envoient dans l'espace, s'amusa Jean, en s'apercevant que tous les protagonistes de l'interview avaient d'ailleurs disparus, techniciens de la télé compris.

La table de l'interview était maintenant vide. Une dame d'un certain âge tirée à quatre épingles s'y installait tenant dans ses bras une horreur de chien façon salami obèse, petite tête et museau en pointe, un jack russel jappant à qui mieux mieux, qui attira tous les regards, désapprobateurs, de l'assistance et sortit de ses songes la gente canine qui se risqua à quelques « Wouaff » mous, peu convaincus.

– Mais c'est Ingrid, ma vieille copine ! s'exclama Karen, lui faisant un signe de la main tout en se levant et en s'approchant d'elle. Elle se connaissaient depuis gamines, ayant partagé les mêmes bancs à l'école. Le salami sur pattes devint alors hystérique, sautant quasiment hors du sac où Ingrid le tenait. Celle-ci le maintint dedans, lui appuyant sur la tête « Ça suffit Thor, tais-toi ! » puis, elle tira la fermeture. Le sac remua quelques instants, des jappements étouffés s'échappèrent et enfin le sac se calma. Au soulagement de tous, Thor avait rangé son marteau.

– Comment vas-tu Ingrid ? Que vas-tu faire à Bornholm ? Vacances ?

– Oui et non, je me rends au concours. Tu sais bien que je m'occupe de l'organisation de l'évènement.

Membre de la Société Royale Canine Danoise, Ingrid en avait gravi tous les échelons et s'occupait de beaucoup de choses, entre autres de l'organisation des concours ; or celui-ci était l'évènement de l'année.

– Passez me voir avec Poul, c'est au Stadium Nord à Rønne, nous arriverons bien à papoter un peu.

– D'accord et puis depuis le temps qu'on doit y aller à ce concours.

Les deux amies discutèrent le reste de la traversée jusqu'à ce que le *Leonora Christina* fasse ralentir ses machines près de Rønne. Une côte plate et verte s'offrait à la vue. Une fois passé le port industriel et ses cheminées d'usine, on se serait presque cru revenu à Ystad, n'était-ce les maisons beaucoup plus proches du rivage avec leurs toits rouges plus imposants et l'église au long clocher pointant vers le ciel devant le port de pêche. La petite ville surplombait d'une légère hauteur les eaux de la Baltique.

À peine le navire toucha-t-il à quai que les premiers véhicules débarquaient suivis des passagers. Les quatre amis firent la queue avant d'attaquer la traversée du pont inférieur, passant entre les voitures et les camions. Virgule n'en pouvant plus de cet amas de ferraille nauséabond pour sa truffe d'exception tirait sur sa laisse tant qu'elle pouvait. Bernard Saint, tel un vieux sénateur que rien ne presse, avançait lentement… Zigzaguant entre les véhicules qui démarraient, le groupe s'était désolidarisé. Virgule et Jean étaient désormais les derniers, précédés d'assez peu par Karen alors qu'Agnès, Poul et le Bernard Saint avaient pris de l'avance.

Cheminant avec précaution, Jean perdit presque l'équilibre, Virgule tirant dans l'autre sens s'était arrêtée net, la truffe au sol, elle reniflait le pneu d'un camion et refusait d'avancer. Celle-ci déployait une attitude, une tension qui dénotait la présence de quelque chose.

– Enfin, viens Virgule ! Ne me dis pas qu'il y a une taupe ici, tu ne vas pas faire un trou dans le pont du bateau.

Mais Virgule s'entêtait et léchait même le sol ce qui intrigua Jean qui se pencha et remarqua une tache rouge sur le sol à l'endroit du pneu qui ressemblait à du sang caillé. Le moteur du camion démarra, cela surprit Jean et Karen qui reculèrent d'un pas et Virgule qui pour le coup se redressa. Le camion commençait à bouger. Jean ne quittait pas des yeux la roue, qui centimètre par centimètre remontait et découvrait une grosse tache rouge étalée sur la largeur du pneu alors que le véhicule avançait.

– Karen as-tu un paquet de mouchoirs ? Vite !

Elle fouilla rapidement dans son sac et en ressortit un paquet tout neuf puis le passa alors que Jean lui confiait la laisse de Virgule. Jean s'approcha de la roue arrière du camion et passa un mouchoir dans les rainures qui semblaient être enduites d'une couche de terre. Regardant rapidement le mouchoir dans sa main, Jean malgré un éclairage blafard, remarqua des poils blancs et autres matériaux attachés. Il plia le mouchoir et recula, le camion avançait. Au moment où l'arrière du véhicule passait devant lui, il eut l'œil attiré par un reflet rouge se détachant de la porte blanche du container. Jean s'approcha alors de cette dernière mais déjà le camion repartait, le laissant le bras en l'air, ballant, son mouchoir à la main. Puis le véhicule s'arrêta et repartit. Alors Jean courut franchement et l'atteignit au moment où celui-ci pilait net. Il s'écrasa contre le camion à la suite d'un coup de frein intempestif et manqua de tomber. Mais alors qu'il se tenait à la poignée du container passant le mouchoir d'un geste rapide sur la tache rouge de la porte, il fut violemment tiré en avant, s'étalant de tout son long sur le pont en métal non sans avoir serré le précieux mouchoir dans sa main.

Virgule tortillait de la queue et considérait son maître avec gentillesse s'étonnant de le voir à plat-ventre, une position dont il n'était guère coutumier. Enfin, son odeur familière la rassura.

– Ça va ? lui demanda Karen, en l'aidant à se relever.

– Oui, ça va, lui répondit-il, repliant le second mouchoir sur lequel il avait la satisfaction d'y voir un peu de rouge.

Ne quittant pas des yeux le camion qui sortait du navire Jean le filma jusqu'à ce que celui-ci eut tourné pour rejoindre la sortie du port. Jean reconnut sur le container le logo de la Bornholm Space Agency.

– Il se passe de drôles de choses ici. Allons-y car Agnès et Poul nous attendent.

– Regarde ce que j'ai trouvé sous le camion quand il a démarré ! dit Karen tenant un portefeuille à la main.

– Garde-le pour le moment, on va l'amener aux policiers du port.

– Ah ! Vous voilà ! dit Agnès en les voyant arriver, on se demandait… Qu'est-ce que tu as à l'œil ?

– Je suis tombé, pour une bonne cause ! On va vous raconter.

Alors que Poul et Agnès faisaient monter les chiens dans la voiture et que Jean mettait sa sœur et ses amis au courant de l'histoire des taches de sang, Karen prenait des photos du contenu du portefeuille en rythmant par des *« Øh ! »* et des *« Ha ! »* les découvertes successives qu'elle faisait.

– Je file à la Police du port en face du terminal et je leur rapporte le portefeuille, c'est très intéressant.

Elle revint quelques minutes après. Les policiers, jeunes et endormis avaient peu réagi en la voyant rentrer dans le bureau. Elle avait dû insister, réclamer, pour remplir le formulaire de déclaration d'un objet trouvé, dont visiblement les jeunes flics ignoraient l'existence ou dont ils n'avaient pas encore eu l'usage. Enfin, entendant le bruit de la discussion, un gradé arriva et lui remit le papier nécessaire sur lequel elle avait précisé le nom figurant sur le passeport et le numéro de celui-ci. Karen avait compté un à un les billets devant l'officier qui avait froncé les sourcils, étonné à la vue de l'importante somme dévoilée. Après l'avoir remerciée pour son acte citoyen, il l'avait félicitée pour son honnêteté. Karen avait veillé à ce que le double de la déclaration lui soit remis, signé et tamponné. Un pressentiment lui disait que cela pouvait avoir de l'importance.

Karen grimpa dans la voiture, Poul démarra et les quatre amis sortirent du port. Le long weekend dans l'île de Bornholm pouvait commencer.

Chapitre 3

Sven se frottait les mains, la journée avait battu tous les records. Les employés du café-restaurant *« Bäckahästen »* se hâtaient de nettoyer l'établissement pour la fermeture.

Gertrud avançait avec un chariot pour débarrasser les dernières tables du jardin. Poussée par ses hormones, elle se dépêchait d'en finir au plus vite car l'idée de passer la soirée avec Lars le jeune chef lui donnait des ailes. Celui-ci l'attendait sur le parking au coin de la rue. Alors, elle empilait assiettes et tasses, passait un coup d'éponge de table en table. Enfin, arrivée à la dernière, elle fit une grimace en voyant un animal mort sur une assiette. Surprise, ne sachant que faire face à cette scène qui lui paraissait dégoûtante, elle haussa les épaules et balança le chihuahua dans le massif de fleurs juste à côté. Elle n'allait quand même pas se casser la tête pour un avorton de cabot ridicule, mort qui plus est ! Puis, après avoir déposé son chariot plein en cuisine, elle prit ses affaires, salua rapidement les autres serveurs, le patron, traversa le jardin et tourna le coin de la rue. Là, elle s'engouffra dans la vieille SAAB vert bouteille du jeune chef et se jeta dans ses bras. Après quelques minutes, ils prirent la route de Malmö.

Nils avait pas mal patienté. Il avait même eu le temps de faire une petite sieste dans la cabine ; mais son plan était bon. C'était gonflé mais où mieux cacher un camion de bière qu'au milieu d'un parking de camions de bière ? On n'irait probablement pas chercher un camion volé sur son parking habituel au siège de l'entreprise. Et puis, il y avait très peu de chance que l'on se soit rendu compte de quoi que ce soit et que l'on en ait signalé la disparition. De plus, il n'y avait rien d'anormal à croiser un camion Knöll dans le quartier et de toute façon tout le monde était déjà parti pour le long weekend. Mais ça y est, la nuit tombait enfin… Nils démarra le camion et sortit du parking. Il traversa rapidement la zone industrielle du port de Ystad puis enfila la E65 en direction de Malmö. Les forêts vers Skårby feraient l'affaire. Il roulait assez vite tout en faisant gaffe à ne pas dépasser la limite autorisée. La route était déserte. Après quelques kilomètres il remarqua une vieille SAAB qui se trainait et n'avançait pas droit. « Des vieux », pensa-t-il. Il klaxonna.

Le coup de klaxon tira Gertrud et le chef de leurs rêveries. Celui-ci poussa un juron voyant le camion fondre sur eux. Il reprit le volant et sa ligne. Pas facile de conduire quand on a les mains occupées. Gertrud se redressa un peu ahurie et décoiffée. Nils doubla la bagnole assez vite et eut la surprise de la vision fugace d'une blonde avec un type dans le rétro qui paraissaient plutôt jeunes. « Ah les cons ! Ils feraient mieux de s'arrêter », pensa-t-il.

Nils roula encore dix minutes puis bifurqua à la droite sur une route de campagne et finit par s'enfoncer dans une forêt. Il continua lentement, la route devenait chemin, rétrécissait. Enfin il parvint jusqu'à une clairière et s'arrêta. Nils baissa les vitres de la cabine et descendit sans fermer la portière. Puis il attendit, respirant le bon air des sapins et des bouleaux, écoutant la nature environnante. La vie nocturne battait son plein. Chouettes hululant, brames de chevreuil, la nuit était calme comme en témoignaient les sons d'une activité apaisée. Après s'être ainsi assuré qu'il ne risquait pas d'être dérangé, Nils ouvrit les portes à l'arrière du camion et manipula la télécommande, faisant grimper le monte-charge au niveau du plateau. Alors il sortit sa vieille Üsqvarna du fourgon puis la fit descendre au sol. Il la poussa ensuite à bonne distance. Il valait mieux prendre ses précautions. Mais avant d'en faire davantage, Nils avait une urgence à régler. Il avait envie de pisser depuis des heures et n'en avait pas eu le temps, stressé par la situation. Il fit contre un sapin devant la moto en faisant attention de ne pas mouiller le pneu. Il observa que cela faisait une grosse flaque sur la terre devant la roue puis, soulagé, il remonta dans le camion et saisit un bidon d'essence entre les barils de bière. Il en arrosa copieusement l'intérieur du camion et en particulier les barils de l'abbaye ainsi que le tapis roulé au fond. Enfin il aspergea la cabine puis recula jusqu'à une vingtaine de mètres en direction de la moto en déversant le fond du bidon sur le sol. Il enfila son casque, puis démarra la « Üsq » d'un coup de kick prenant soin de limiter le bruit du moteur. Le son le rassura, elle tournait comme une horloge. Enfin, il sortit son briquet de sa poche puis l'approcha du sol. Un zig zag de feu parcourut la clairière, enflammant des aiguilles de pin et des feuilles de bouleaux, le bidon de plastique fondit puis le camion s'embrasa, il ne fallait pas traîner. Nils enfourcha la moto et partit à bonne vitesse sur le chemin. Il eut le temps d'entendre la détonation, le camion venait d'exploser.

Gertrud et le chef n'avaient pas atteint Malmö. N'y tenant plus, ils avaient abandonné l'autoroute et se cherchaient un coin peinard, pressés par l'urgence. C'est à un carrefour qu'ils furent surpris sur leur droite par une moto jaillissant de nulle part, tous feux éteints. Ils manquèrent de l'emplâtrer. Nils avait freiné sec et s'était payé un travers s'arrêtant tout contre la vieille SAAB, dont l'éclairage blafard avait failli causer sa perte. De rage, il balança un grand coup de botte dans la portière en injuriant les occupants, ce qui fit crier Gertrud qui fut prise de stupeur à la vue du foulard grimaçant recouvrant le visage du motard en colère. Mais celui-ci avait déjà fichu le camp. Sur l'horizon, une lueur s'élevait.

On était serré dans la Volvo de Poul et Karen ; Bernard Saint occupait tout le coffre et Virgule prenait pas mal de place même dans les pieds. Elle entendait monter sur la banquette arrière malgré les gentils refus qu'elle essuyait d'Agnès et de Jean.

Ce fut Jean qui attaqua :

– J'ai tout lieu de penser qu'il s'est passé quelque chose avec ce camion sur le bateau. Manifestement un animal blanc s'est fait écraser à en juger par la couleur des poils – on peut penser à un chien vu l'ambiance à bord – mais ce qui est plus inquiétant, c'est la tache sur la porte du container. Il se peut que le maître ou la maîtresse l'ait été aussi, la tache était à environ un mètre soixante-dix du sol. Quelque chose a dû se passer avant l'embarquement ou pendant l'embarquement et en marche arrière ce qui est plutôt curieux. Cela m'incite à croire que c'est à l'embarquement. Or le navire a appareillé à l'heure, si un accident grave avait été signalé, le navire aurait été en retard. Le camion était parmi les premiers à bord puisqu'il était au fond et nous sommes parmi les derniers comme lui à en sortir. Il n'y a pas eu de pause dans le chargement du navire qui venait d'arriver de Bornholm puisqu'il était plein et à l'heure. Nous n'avons pas vu d'ambulance ou noté de présence policière.

– En admettant que le sang sur la porte soit du sang humain, vous croyez que quelqu'un et son animal se sont fait renverser et que le corps, les corps auraient été cachés, peut-être à bord ? demanda Poul.

– Il faudrait déjà être sûr que ce soit du sang humain sur la porte du container fit remarquer Agnès et même si ça en est, ce n'est pas forcément en relation avec le chien, si c'est un chien.

– Tout à fait, Agnès a raison, la seule façon d'en savoir davantage, c'est de procéder à une analyse. Nous ne sommes pas loin de l'aéroport, Poul, n'est-ce pas ? demanda Jean.

– Oui, nous allons passer devant dans quelques minutes.

– Je lis sur le site web de l'aéroport que le dernier vol pour Copenhague part dans une heure or il y a un bureau DHL. Seriez-vous d'accord pour que nous nous arrêtions quelques instant le temps d'envoyer les deux mouchoirs avec les échantillons prélevés à un labo d'analyse de Copenhague ? Ils les auront demain matin.

– D'accord, répondit Poul, autant s'en assurer. J'appellerai le labo et leur demanderai de se dépêcher. Cela ne doit pas être long à analyser.

– Mais dis-nous Karen, et le portefeuille ?

– Très intéressant, je l'ai trouvé quand le camion a avancé. Il est assez épais, surtout de l'argent et un passeport, danois, au nom d'Olaf Lauritsen, banquier et conseiller financier de l'entreprise « Royal Croquette », le géant de l'aliment pour chien. I l y a sa carte de juge de la Société Royale Canine Danoise. Fort à parier qu'il se rendait à Rønne pour le concours.

– Ce monsieur a pu perdre son passeport, en montant dans le bateau plus probablement, puisque que Karen l'a trouvé alors que le camion démarrait et qu'il était parmi les derniers à descendre donc parmi les premiers à monter reprit Poul.

– Au cas où il y ait un lien entre ce monsieur et le camion, en admettant que ce soit son sang, le vol ne saurait être un mobile car il y avait deux cent mille couronnes, en billets de mille, dans le portefeuille et les cartes de crédit y sont toujours.

– C'est une sacrée somme en liquide ! Vingt mille euros ! s'exclama Jean. De toute façon, on n'écrase pas quelqu'un sur un bateau en marche arrière avec un camion pour lui voler son portefeuille. Il y a plus facile !

– Ah, au fait, il y avait aussi le carnet de vaccination d'un chien, Charly, de race spitz, blanc !

Poul s'arrêta sur le parking devant l'entrée de l'aérodrome de Bornholm, Jean et Karen et s'en vinrent rapidement au guichet DHL, l'employée s'apprêtait à baisser le rideau. L'affaire fut rondement menée. L'employée leur s'assura que l'envoi partirait bien sur le dernier vol, à minuit, pour Copenhague et qu'il serait livré tôt le matin au laboratoire Øresund Lab Analysis. L'expédition était au nom du Ministère de la Justice danois.

Pendant ce temps-là, Virgule et Bernard Saint se dégourdissaient les pattes sur les abords du grand parking. Virgule, truffe au sol, respirait des odeurs de nature de la forêt proche et tortillait de l'arrière-train en agitant son bout de queue. On remonta dans la voiture, la trentaine de kilomètres vers Nexø sur la côte Est de l'île fut vite parcourue. La Volvo tourna avant Nexø et gagna la côte Sud. Dans les phares de la voiture on pouvait distinguer des arbres bas de formes tortueuses, très sombres. Poul roulait lentement, des chevreuils passaient çà et là … À l'approche de la côte, il y avait pas mal de gens marchant sur le bas-côté. Enfin on arriva. La *sommerhus*, la maison en bois de Poul et Karen, entourée d'arbres, les accueillait.

La mer était toute proche, on devinait d'ailleurs les dunes de sable dont le blanc barrait la nuit. Un calme olympien régnait sur les lieux, seulement entrecoupé du son des vagues s'étalant sur la plage.

Ayant déposé leurs affaires dans leurs chambres, les quatre amis se retrouvèrent sur la terrasse de la jolie maisonnette. Ils s'assirent, une bouteille de Bourgogne amenée fraîche par Poul et Karen en l'honneur de leurs invités, trônait sur la table entourée de quatre verres.

– Après l'effort, le réconfort ! Terminons ce voyage de la meilleure des façons, en buvant ! annonça Poul *« Skål ! Santé ! »* fit-il en levant son verre. Il fut imité par sa femme et ses amis.

Jean offrit à leurs amis deux bouteilles de Bourgogne, un rouge et un blanc.

– Voici pour vous, merci de nous accueillir !

C'était la première fois que Jean se rendait à Bornholm. L'île était toujours un enchantement à voir et un plaisir à visiter.

– Votre maison est toujours aussi charmante ! fit Agnès.

Les *sommerhus*, véritable institution de l'île étaient le symbole du savoir-vivre et du bien-être dans la culture danoise. Celles de Bornholm, sur le littoral, en avaient même obtenu un traitement de faveur de la part de l'Union Européenne au nom de l'exception culturelle et ne pouvaient être possédées que par des Danois. Une mesure surtout destinée à empêcher les voisins de les acheter. Résidences secondaires de la riche bourgeoisie de Copenhague, les *sommerhus* représentaient aussi le principal gagne-pain de l'île grâce aux locations d'été permettant d'accueillir de nombreux visiteurs.

Bernard Saint avait déjà pris ses quartiers à côté de la cheminée et s'apprêtait à démarrer une bonne nuit réparatrice. Virgule était aux pieds des Lafay, perdue dans un lieu nouveau pour elle, fatiguée par le voyage et l'heure tardive mais excitée par les forêts qui l'entouraient.

Les amis trinquèrent et après avoir pris des nouvelles de leurs familles respectives, la conversation revint sur les évènements du jour.

– Résumons ! dit Poul.

– Nous manquons d'être empoisonnés par un thé infect et découvrons un chihuahua dans une théière à Ystad mais, pressés, nous n'avons pas le temps d'en apprendre plus.

– Sur le bateau, nous assistons à un échange d'injures entre des activistes du droit des animaux et des membres d'un programme spatial associatif pour une histoire de chien à mettre en orbite, ajouta Jean.

– En descendant du bateau, je remarque, grâce à Virgule, ce qui semble être du sang et des poils d'animaux sous la roue d'un camion, puis à hauteur d'homme sur la porte du container du même camion ce qui pourrait aussi être du sang, continua-t-il.

Virgule s'était réveillée en entendant son nom et avait levé la tête mais réalisant qu'il ne se passait rien de particulier et qu'on ne lui proposait pas à manger, elle retrouva rapidement le sommeil.

– Je préciserai que le sang, si cela en est, sur le container, semble avoir été essuyé à en juger par l'étalement où l'on voit comme des traces de chiffon. Autre détail, le container en question est l'un de ceux de l'association spatiale précitée.

Ce fut au tour de Karen :

– Je ramasse, alors que le camion avance, un portefeuille épais comportant deux cent mille couronnes et un passeport appartenant à Olaf Lauritsen un danois de soixante ans, travaillant pour une société alimentaire pour animaux et juge dans les concours canins. Y figure également un carnet de vaccination d'un chien blanc, un spitz or il semble que ce soit un animal blanc qui soit passé sous la roue du camion.

– Les analyses nous dirons s'il s'agit de sang humain et de chien. On peut aussi espérer que ce monsieur soit toujours en pleine forme. Il a d'ailleurs peut-être déjà récupéré son portefeuille à l'heure qu'il est, dit Jean.

– J'ai demandé à la police du port de Rønne qu'ils me préviennent si jamais la personne se manifeste. Mais je ne leur ai rien dit sur le camion. Nous n'avons d'ailleurs aucune preuve qu'il y ait le moindre lien entre le portefeuille, le possible chien écrasé et la présence potentielle de sang sur le container, ajouta Karen.

– Tout ceci nous fait beaucoup de suppositions, pas mal de questions et au moins un cadavre, celui du chihuahua, reprit Agnès.

– Certes mais cela fait tout de même beaucoup de chiens dans cette journée : trois, un chihuahua, un grand danois cosmonaute et peut–être un spitz. Ce qui m'inquiète le plus, c'est qu'au moins deux d'entre eux avaient un maître et qu'on ne sait pas ce qu'ils sont devenus et qu'en tout état de cause le chihuahua ne s'est pas noyé dans la théière tout seul, insista Poul.

– Nous avons aussi un juge pour concours de chien, un concours canin important et une société de croquettes pour chien. Même si c'est un hasard, cela fait beaucoup mais bon mis un à part un chien mort, il n'y rien qui permette pour le moment de fouetter … un chat ! s'amusa Jean.

Dans son bureau du commissariat de Ystad, le commissaire Ingemar Lundqvist tentait de trouver une place pour poser le héron empaillé. Le garder chez lui ne lui convenait pas, il y avait déjà un vaste bric-à-brac d'objets choisis par ses soins, qu'il aimait. Mais dans ce cas, c'était différent, le héron s'était imposé de lui-même à l'issue d'une enquête. C'était un objet policier, sa place était donc dans son bureau. Il plaça l'oiseau sur un des meubles bas où il rangeait des dossiers entre son tuba, instrument nécessaire à la réflexion et une selle de cheval, souvenir d'une affaire de paris truqués. C'est à cet instant qu'il reçut un sms du juge danois Poul Eriksen rencontré en fin d'après-midi lui demandant s'il n'était pas trop tard pour l'appeler. Ingemar lui répondit immédiatement que non et qu'il était d'ailleurs en service.

– Commissaire Lundqvist, ici Poul Eriksen, je vous prie de m'excuser de vous appeler si tardivement, mais suite à ce que je vous disais en fin d'après-midi, j'ai une demande à vous faire.

– Je vous en prie, juge, vous nous avez souvent aidé par le passé, que puis-je faire pour vous ?

Poul, le mit alors au courant de l'histoire du thé au chihuahua du café-restaurant *« Bäckahästen »* proche de l'abbaye de Ystad.

– Si vous pouviez avoir la gentillesse d'aller demander au patron et au personnel de ce café comment ils expliquent la présence de l'animal dans la théière, je serai ravi de l'apprendre, d'autant plus que j'ai tout lieu de penser qu'il y avait un maître ou une maîtresse au bout de la laisse tenant Hercule.

– Vous me demandez donc d'enquêter sur un meurtre monsieur le juge ? Répondit le commissaire dont le sourire parvint aux oreilles de Poul.

– Sur celui d'un chien très probablement, pour commencer, lui répondit Poul.

– Je m'en occupe demain matin, j'irai y prendre mon café, j'habite à côté, ils ouvrent très tôt le weekend à cause des ferries. Je vous tiens au courant.

– D'autre part, il se peut qu'il se soit passé quelque chose sur le *Leonora Christina* avant le départ de Ystad. Je vous en dirai davantage demain. Il ne rentre à Ystad que demain vendredi me semble-t-il ?

– Oui, après Bornholm, il va à Gdansk, en Pologne. Il ne sera de retour que demain soir.

– Merci commissaire, mais dites-moi, vous veillez drôlement tard !

– Nous avons un incendie, un feu de forêt qui s'est déclaré à environ trente kilomètres de Ystad. Accident ou un incendie criminel ? On ne sait pas encore. Le vent attise les flammes. L'incendie se propage vite pour l'instant. On coordonne les secours or nous avons entre autres les animaux d'un zoo à évacuer.

– Et bien bon courage et bonne nuit malgré tout commissaire.

– Bonne nuit monsieur le juge.

Poul ayant raccroché, ce fut alors au tour de Karen de prendre son téléphone sur la véranda de la *summerhus* baignée du clair de lune.

– Allô Ingrid ? Excuse–moi de te déranger si tardivement. Ah ! Tu ne dormais pas ! Très bien. Figure-toi qu'en descendant du bateau j'ai trouvé par terre le portefeuille et le passeport d'un dénommé Olaf Lauritsen, de la Société Royale Canine Danoise, je l'ai porté au commissariat du port de Rønne. Connais-tu cette personne ?

– Olaf ! Et comment ?! On se connait depuis vingt ans au moins, il est juge ce weekend au concours.

– Il y avait aussi les papiers de son chien "Charly", un spitz blanc, n'est-ce pas ?

– Oui, c'est ça !

– Dis-moi tu ne pourrais pas essayer de le contacter maintenant pour le tranquilliser ? Il y a tous ses papiers, cartes bancaires et une somme d'argent dans le portefeuille.

– D'accord ! Je vais le faire immédiatement.

– J'ai une autre question Ingrid s'il te plaît. Le concours canin de Bornholm comporte-t-il une catégorie « chihuahua » ?

– Oui bien sûr ! Il y a plus de deux cents catégories ! Tu as un chihuahua à inscrire ? Il est encore temps !

– Non répondit Karen en souriant mais t'est-il possible de savoir si un chien s'appelant "Hercule" se présente dans la catégorie ?

– C'est facile, j'ai la liste de tous les participants et de tous les propriétaires. Dis-moi, je ne savais pas que tu t'intéressais aux concours canins ! Donne-moi quelques minutes que j'ouvre mon ordi et je te rappelle.

– Merci, t'es un ange.

Sirotant leur vin blanc, les quatre amis appréciaient le calme, le bruit des vagues et la fraîcheur ambiante, la Lune s'était levée détachant les silhouettes des arbres sur le bleu-noir du ciel scandinave, un moment de quiétude seulement entrecoupé des ronflements de Virgule, qui dormait profondément, roulée en boule.

Le téléphone de Karen ne fut pas long à retentir. C'était Ingrid.

– J'ai appelé Olaf Lauritsen, pas de réponse. Son téléphone sonne cependant. C'est curieux, il a dû oublier de le fermer avant de s'endormir ou il a coupé le son.

– Peut-être en effet. As-tu laissé un message par rapport à son portefeuille ?

– Non, je n'y ai pas pensé.

– Ce n'est pas grave, tu le lui diras s'il te rappelle ou quand tu le verras.

Karen louait d'ailleurs cette absence de présence d'esprit. Il ne fallait peut-être pas exposer son amie. Dieu sait où était le téléphone, perdu, volé ?

– Et pour le chihuahua ? demanda Karen

– Madame Joséphine Weichmann, une dame allemande. Elle vient souvent dans les concours, son chien "Hercule" est engagé dans deux catégories « Chihuahua nain moins d'un an » et « Harmonie maître et chien ». Elle habite à Ystad.

– Merci beaucoup pour ces renseignements Ingrid, je te rappellerai demain. Je viendrai avec Poul te voir au concours ce weekend. Bonne nuit !

– Bonne nuit et à demain !

Les quatre amis décidèrent qu'il était temps de se coucher, même s'il n'était pas très tard, juste minuit passé, mais on avait décidé de se lever tôt afin de profiter de l'île. On se souhaita bonne nuit. Virgule emboîta le pas des Lafay, qui partageaient une chambre où entre les deux lits se trouvait sa couverture que l'on avait disposée à son intention. Bernard Saint ouvrit un œil en les voyant passer et replongea dans ses songes sur le tapis à côté de la cheminée.

Chapitre 4

Gertrud était d'une humeur massacrante, la nuit avait tourné au cauchemar : adieu câlins, bisous et volupté. Le coup de botte du motard dans la nuit avait marqué la fin de son rêve. Lars, le chef, était sorti furieux de la voiture et, constatant que la portière côté passager était profondément marquée et enfoncée, cela l'avait mis hors de lui.

– Salaud ! Enfoiré ! Attends que je t'attrape !

Ses cris consternèrent Gertrud qui comprit que ce type n'était pas pour elle. Elle réalisa également qu'elle faisait deux bonnes têtes de plus que lui.

– C'est bon, ce n'est rien ! Arrête de hurler ! C'est juste une marque sur la portière ! On aurait pu avoir un accident grave ! Imagine, ça pouvait être bien pire !

– Ta gueule ! C'est ma bagnole, c'est toi qui vas la réparer la portière ?

– Ta gueule toi-même espèce de beauf ! Tu m'emmerdes avec ton tas de ferraille et maintenant barrons-nous d'ici !

C'est à ce moment-là que la forêt s'embrasa non loin d'eux. Sorti de nulle part, le feu s'était propagé depuis l'horizon et gagnait la portion de route où se trouvait la décapotable. Mécontents et déçus les amoureux dépités redémarrèrent entourés par les flammes qui se rapprochaient dangereusement.

– Fais demi-tour bon sang ! Tu te diriges vers l'incendie !

Désorienté par les évènements, Lars reprit sa constance, fit un demi-tour au frein à main et accéléra pour fuir les lieux mais la nuit bascula dans la terreur. Une lourde fumée leur boucha bientôt la vue et obligea Lars à ralentir, puis ce fut le choc, sous la forme d'un chevreuil, un gros mâle en fuite qui se paya le capot de la voiture de plein fouet et pulvérisa le parebrise, arrachant un cri à Gertrud. Celle-ci, passé l'effet de surprise, se mit à tousser lourdement en raison de l'épaisse fumée.

– Merde ! Merde ! Merde ! cria Lars qui ne voyait que la facture s'alourdir.

Soudainement la forêt autour d'eux ne fut plus qu'un immense brasier. Les flammes poussées par le vent se propageaient plus vite qu'ils ne roulaient. Les bouleaux et les sapins brûlaient comme des allumettes, tombant en flammèches. Gertrud hurla, la capote de la voiture avait pris feu, et ses cheveux sentaient le roussi. Du siège arrière se dégageaient des flammes et la capote finissait de disparaître.

– Accélère ! lui conjura Gertrud.

Ce que fit Lars.

La voiture sortit de l'incendie à la faveur d'un virage et se retrouva au milieu des champs dans un air désormais plus respirable mais les flammes continuaient à jaillir de l'arrière du véhicule car la banquette brûlait à son tour. C'est alors qu'une trombe d'eau aussi violente qu'inespérée arrêta net le cauchemar, les clouant sur place. Des pompiers et des policiers barraient la route. Les hommes du feu arrosaient les abords de la forêt afin d'empêcher le sinistre de progresser. Les deux tourtereaux déçus furent copieusement arrosés par la lance à incendie qui mit fin à celui du siège arrière.

– Police, vos papiers ! Qui êtes-vous ? D'où venez-vous ? Que faisiez-vous dans la forêt ?

La brève nuit d'été nordique fut cependant longue de questions et de réponses pour Gertrud et Lars, hagards et trempés. Interrogés séparément, ils furent d'abord considérés comme d'éventuels suspects dans un possible incendie criminel. Mais leurs récits concordaient, le fait qu'ils n'aient caché ni l'un ni l'autre le but initial de leur balade, la déclaration identique concernant la moto, la trace du coup de pied et l'enfoncement de la portière passager, qui à en juger par la profonde rayure dans la tôle était probablement due à un coup de botte ferrée de motards, le chevreuil, tout semblait les dédouaner. Leurs identités, adresses et lieu de travail avaient été vérifiés en appelant le commissariat de Ystad et puis on voyait mal la championne locale mettre le feu à la forêt du coin. De plus, ils n'avaient pas bu ce qui surprit beaucoup les policiers qui procédèrent d'ailleurs à un nouvel éthylotest. On les considéra finalement comme des témoins et ils furent autorisés à repartir au petit matin. L'aile défoncée, le parebrise en moins, la minuscule banquette arrière en partie détruite et la capote disparue n'empêchaient pas la voiture de rouler. Gertrud et Lars devaient cependant se tenir à la disposition de la police au cas où.

– Ramène-moi à Ystad, demanda Gertrud qui n'aspirait plus désormais qu'à se débarrasser de cet amoureux déchu sans intérêt.

Ils parcoururent les derniers kilomètres vers Ystad dans un mutisme total … Ils durent finalement boire le calice jusqu'à la lie sous la forme d'un grain aussi bref que violent qui les trempa une nouvelle fois jusqu'aux os à l'entrée de la ville faute de toit sur la voiture.

Ils se séparèrent sans se dire au revoir. Gertrud rentra chez elle à travers les ruelles désertes. Elle ouvrit la porte sans faire de bruit, prit une douche et s'allongea, rejointe par Caramel son chaton qui lui apporta finalement par son ronron un peu de réconfort. Mais la nuit fut courte, le réveil sonna immédiatement. C'est sans joie et les hormones frustrées que Gertrud se dirigea vers l'abbaye, après avoir expédié le petit déjeuner afin de couper court à l'interrogatoire maternel sur son retour tardif.

Nils avait passé une mauvaise nuit, pourtant le plan s'était déroulé sans encombre. Il avait juste failli se payer une bagnole dans la forêt. Rentré chez lui dans sa campagne par des chemins de traverse, il n'avait rencontré personne. Cependant quelque chose n'allait pas dans le scénario mais il ne savait pas quoi et c'est probablement la raison de la nuit passée à regarder le plafond entre deux somnolences en écoutant ronfler son chien. Faute de réponse, il se leva et se fit un café. Il avait branché la télé, machinalement, selon son rituel matinal, afin que celle-ci fournisse un bruit de fond qu'il n'écoutait que d'une oreille distraite, lointaine. C'est en traversant la salle de séjour pour gagner la terrasse avec son café, ses biscottes et sa boîte de fromage à tartiner qu'il fut attiré par l'image et le commentaire du journal d'information de SVT1 la chaîne nationale suédoise. Il faillit en échapper son mug. La journaliste commentait en direct d'un feu de forêt vers Skårby en Scanie. Un incendie énorme ravageait l'endroit et la région partait en fumée. Quoique ne faisant pas face directement aux flammes, le parc zoologique de Ystad proche du sinistre dont on procédait à l'évacuation urgente, était menacé. Un appel aux fermiers volontaires pour accueillir dans l'urgence certains animaux était lancé.

Nils ouvrit la porte de la maison qui donnait sur la véranda. Une lumière voilée et un air jaunâtre enveloppaient celle-ci. Une odeur de bois brûlé rentra dans la pièce. Rex le berger allemand s'avança sur la terrasse, leva le museau et fit demi-tour pour rentrer se coucher. Nils referma la porte puis s'assit dans le canapé, pensif. À la télé, la journaliste rapportait les informations comme elles tombaient. Elle interrogeait tous les acteurs du drame qui passaient à sa portée. Un pompier en sueur annonçait qu'ils étaient dépassés par un incendie hors de contrôle qui avait d'ailleurs détruit un de leurs véhicules d'intervention. Un policer annonçait que la route de Malmö était désormais coupée. Depuis les studios de la chaîne à Stockholm, l'expert de service expliquait les raisons de la propagation rapide de l'incendie liées à la sécheresse estivale et aux vents forts. Au Ministère de l'Intérieur, la cellule de crise rameutait tous les pompiers du sud de la Suède et envisageait si cela ne suffisait pas de faire appel au Centre de la Coordination et de la Réaction d'Urgence européen de sécurité civile basé à Bruxelles pour demander l'aide des canadairs français, les plus proches. De flash d'informations en interventions d'experts, un jeune loup politique aux dents longues de l'opposition, matinal pour l'occasion, s'en prit à la majorité au pouvoir à Stockholm dénonçant le manque de moyens accordés à la défense civile. La seule chose de positive était pour le moment liée à l'absence de victime, ce qui fit intérieurement sourire Nils.

– J'ai fait fort, pensa-t-il, alors qu'une légère angoisse l'étreignait presque. Il fut cependant réconforté par le fait qu'il n'y avait pas un mot sur le camion. Il n'avait pas été découvert ce qui pour lui était plutôt une bonne chose car l'enquête serait certainement beaucoup plus compliquée désormais.

Nils changea de chaîne, l'incendie l'ennuyait, cela le chagrinait aussi de voir les forêts qu'il aimait partir en fumée et puis il ne pouvait, malgré les informations, oublier que quelque chose le tarabustait. Il ne savait toujours pas quoi, il y avait un os quelque part. Il passa sur une chaîne de sport, c'était d'ailleurs la raison pour laquelle il s'était réveillé aussi tôt, c'était l'heure de la retransmission en différé du match de foot américain de Super Série du championnat suédois de la veille, entre son équipe des Göteborg Marvels et celle des Uppsala 86rs. Il saisit son casque, il aurait dû le jouer ce match s'il ne s'était pas blessé quelques jours auparavant. Rex sauta sur le canapé sachant d'expérience que quand le patron regardait cette étrange succession d'images, il partageait largement sa viande séchée de renne. Le match avait commencé et c'était serré, personne n'avait marqué à la fin du premier quart temps. Alors rentrèrent les *« cheerleaders »*, les *« girls »* aux formes avantageuses débutèrent leur numéro. C'est en les regardant se trémousser, que l'évidence traversa l'esprit de Nils comme un éclair, il comprit alors ce qui le tracassait. Il se leva d'un bon, balançant au passage un coup de hanche dans le museau de Rex, ce qui le fit couiner.

– Ah la vache ! La fille dans la bagnole, c'est celle du resto de l'abbaye ! Merde ! s'écria-t-il.

Poul, Karen et leurs amis prenaient le petit déjeuner sur la terrasse. La fraîcheur, le calme et la clarté matinale étaient un ravissement, le bruit des vagues leur parvenait. Bernard Saint faisait les honneurs de la propriété à Virgule qui découvrait les mousses et les arbustes et autres sapins. Ça sentait bon pour sa truffe qu'elle plantait régulièrement dans le sol tout en agitant son plumeau de queue, elle ne montrait pas d'intérêt pour le petit déjeuner, ce qui en disait long sur celui qu'elle portait à la nature ambiante.

Le café et le plantureux petit–déjeuner scandinave avalés, les amis se dirigèrent vers la mer par un bout se sentier dans la forêt puis traversèrent une zone de lande avant de rejoindre la dune de sable toute proche avec les chiens à leurs côtés. C'est alors que Virgule qui depuis quelques instants zigzaguait en soufflant fort bondit dans un fourré. Un chevreuil jaillit et leur fila sous le nez poursuivi par la spaniel qui s'offrait là un moment de joie.

– Virgule ici ! lui cria Jean.

Virgule revint rapidement, car chien d'arrêt, elle n'était pas du genre à poursuivre le gibier plus de quelques secondes une fois levé. Elle leva les yeux vers son maître se demandant peut-être pourquoi il n'avait pas amené son fusil. Bernard Saint la regardait avec un air bienveillant se demandant quelle mouche avait bien pu piquer son congénère face à un animal aussi placide. La chasse lui était totalement étrangère. Le groupe descendit la dune de sable, celui-ci d'une finesse extrême et d'un blanc éblouissant collait aux pieds. La plage était quasiment déserte vu l'heure matinale ; seuls quelques Danois plutôt âgés se baignaient, des gens du coin. Le fait qu'ils soient nus ne surprit pas les Lafay habitués du Danemark. Le nu était assez couramment porté sur les plages scandinaves et il était légal sur celles de Bornholm jusqu'à dix heures du matin, avant l'arrivée des premières familles.

Tous s'élancèrent dans l'eau de la Baltique. Elle était bonne en standard nordique mais avec ses 12°C, elle aurait fait fuir un Méditerranéen, découragé un Bourguignon et fait réfléchir un Breton. Agnès ne dépassa pas les premiers rouleaux et ressortit rapidement. Son frère se risqua à quelques brasses et y passa quelques minutes. Poul, lui, y resta davantage puis revint sur le bord. Pendant ce temps Karen nageait à cent mètres au large en habituée qu'elle était. Les deux chiens avaient suivi, Virgule adorait l'eau, la température l'indifférait car elle n'était pas pire que l'hiver sur la Loire. Par contre les vagues et l'inhabituel goût légèrement salé la contrariaient et après quelques désagréments dus aux éclaboussures, elle ressortit, se secoua et s'allongea sur le sable, dans la brise. Bernard Saint lui s'allongea dans l'eau, au bord. Il résistait aux vagues de par son poids et sa taille

Poul prit sa serviette et son téléphone et retourna se mettre les pieds dans l'eau après avoir consulté l'heure.

– Laboratoire Øresund Lab Analysis ? Bonjour, ici le juge Poul Eriksen, Ministère de la Justice. Puis-je s'il vous plaît parler au Directeur ? Merci.

– Bonjour ! Ici le pharmacien Jesper Knudsen que puis-je faire pour vous monsieur le juge ?

– Bonjour, je vous ai envoyé deux échantillons par DHL hier soir depuis l'aéroport de Bornholm. Les avez-vous reçus ?

– Oui, il y a quelques minutes. Que souhaitez-vous connaître exactement par rapport à ceux–ci ?

– Rien d'extraordinaire dans un premier temps, juste avoir la confirmation que ce soit du sang ou pas, probablement de chien pour l'échantillon A et peut–être humain pour le B. Si cela en est pour le B, merci de m'indiquer son groupe d'appartenance. Je souhaiterais surtout le savoir vite. Pensez-vous que ce soit possible dans la matinée docteur ?

– Oui, pas de problème, monsieur le juge, je fais au plus vite et je vous rappelle dès que c'est fait.

– Je vous remercie. Ah au fait ! Conservez les échantillons s'il vous plaît, ne les jetez pas. Des analyses complémentaires pourraient s'avérer nécessaires.

– Je n'y manquerai pas, juge Eriksen.

– Je vous remercie monsieur le directeur, à plus tard.

Agnès trouvait marrant de voir agir son ami Poul, mener une enquête en maillot de bain, les pieds dans l'eau au milieu des vagues glacées de la Baltique. Karen ressortit enfin, puis après avoir reçu les félicitations de tous pour son courage, on se dirigea vers la maison mais par un chemin plus long afin de ménager une remontée plus facile à Bernard Saint pour qui la dune était trop raide.

Chapitre 5

Le commissaire Lundqvist n'avait pas non plus beaucoup dormi cette nuit-là même si l'incendie sortait largement du cadre de ses compétences. Son rôle s'était borné à envoyer une équipe de policiers accompagner les pompiers de Ystad et à passer une partie de la nuit au téléphone afin de trouver des places d'accueil pour les animaux du zoo. Des coups de téléphone baroques qui tiraient du lit des fermiers endormis pour leur demander s'ils pouvaient accueillir un troupeau de zèbres ou de chameaux sur leur propriété. Ignorant le drame qui se jouait et croyant à une blague, la plupart des paysans réveillés en sursaut l'injuriaient copieusement. Mais à sa grande surprise un homme accepta et proposa son aide pour prendre des gros herbivores. Ingemar resta en veille, calé dans son fauteuil, les pieds sur le bureau, pour répondre à toute demande des autorités supérieures ou de son équipe. Il avait juste eu à procéder à une vérification d'identité dans la nuit par rapport à un jeune couple dont la voiture abîmée avait été arrêtée quittant la zone incendiée. Il avait été surpris de découvrir le nom de Gertrud Thorsson, la championne connue, comme passagère de la voiture et la mention du café *« Bäckahästen »* son lieu de travail où il comptait justement se rendre ce matin-là pour en apprendre davantage sur l'histoire du chihuahua dans la théière. En d'autres temps une telle demande, saugrenue, lui aurait fait hausser les épaules mais le juge Eriksen n'était pas un timbré et il importait d'entretenir de bonnes relations avec Copenhague.

Ingemar Lundqvist avait suivi comme tout le monde l'évolution de la situation de l'incendie à la télé du matin, enfoncé dans le fauteuil de coiffeur en cuir de son bureau de commissaire, tout en soufflant doucement dans son tuba. Satisfait de son effort musical, il reposa l'instrument à côté du héron estimant avoir pris la bonne décision quant à l'emplacement choisi pour le roi des marais. Les pattes et le cou graciles de l'oiseau tranchaient sur les dix-huit kilos de tuyaux de cuivre du mastodonte. Il croisa en sortant Marta et Märta Svensson ses deux secrétaires qui arrivaient bras dessus bras dessous au travail. Celles-ci ne se montrèrent pas surprise de le trouver là et le saluèrent d'un « Bonjour commissaire Lundqvist » à l'unisson.

Depuis sa nomination à la tête de la police de Ystad, Ingemar Lundqvist défrayait gentiment la chronique dans la ville, résolvant toutes les affaires et s'intéressant à tout, d'insignifiantes affaires de voisinage jusqu'à celles très sérieuses du crime organisé. Il semblait ne pas avoir d'horaire, était serviable et aimable, peu pressé mais toujours actif. Ses secrétaires et son staff l'adoraient car avec lui, tout s'arrangeait sans heurt. Mais son style détonait, son bureau voyait s'amonceler les objets hétéroclites le faisant ressembler à une brocante. Il avait l'habitude de jouer du tuba et de dessiner ses enquêtes assis dans cet invraisemblable fauteuil en cuir de coiffeur d'un luxe suranné, acheté dans un vieux palace en faillite. Le bureau du patron décontenançait tout le monde, de ses collaborateurs jusqu'aux malfrats. La femme de ménage y avait d'ailleurs renoncé au grand soulagement d'Ingemar qui préférait y passer lui-même un coup de balais de temps en temps.

Les quelques ruelles qui séparaient le commissaire Lundqvist de l'abbaye étaient calmes. Une vague odeur de brûlé flottait dans l'air. Était-ce synonyme d'un vent qui tournait ?

Arrivé au *« Bäckahästen »*, Le commissaire se dirigea directement vers la table, indiquée par Poul, au fond du jardin et regarda la photo prise par Karen. C'était bien là. Le café ouvrait juste. Il alla au bar où se tenait Sven le patron qu'il connaissait vaguement de vue. Celui-ci le reconnut pour l'avoir remarqué en photo dans le journal local. C'était de plus un client occasionnel qu'il croisait parfois en ville.

– Salut ! Commissaire Lundqvist de la Police de Ystad. Pourriez-vous me dire s'il vous plaît qui a nettoyé les tables du fond hier soir lors de la fermeture ?

– Ce doit être Soliyana ou Gertrud. Pourquoi commissaire ? Les tables sont sales ?

– Non, au contraire, elles sont très propres. Pourriez-vous faire venir vos deux employées s'il vous plaît ?

Les deux jeunes filles arrivèrent. Il n'était pas possible d'être plus dissemblables, Soliyana était de taille plutôt petite pour une suédoise, mince et légère. Elle devait à ses origines éthiopiennes par son père le goût de la course de fond à laquelle elle excellait. Elle était très amie avec Gertrud qu'elle connaissait depuis l'école. Le commissaire fut stupéfait par la carrure de Gertrud qu'il n'avait vue qu'en photos car elle fréquentait comme lui les pages du journal local. C'est la première fois qu'il rencontrait en chair et en os la championne dont la ville se faisait la fierté. Elle était vraiment impressionnante et même dans un pays de gens plutôt grands et costauds, elle en imposait. Elle était bâtie comme un bûcheron tout en étant très féminine avec un visage assez joli, poupin.

– Bonjour mesdemoiselles ! S'il vous plaît, laquelle de vous deux a nettoyé la table, au fond à droite du jardin, hier soir ? Rappelez-vous, quatre personnes et deux chiens dont un saint-bernard noir. Ils sont partis les derniers. Ils ont pris un thé et des tartelettes.

– C'est moi répondit Gertrud sans joie.

– Très bien. Venez avec moi mesdemoiselles, s'il vous plaît.

Sven les suivit, poussé par la curiosité ; il se rappelait très bien de ces gens, dont un couple danois plutôt classe et poli et deux étrangers. Pourvu qu'ils n'aient pas oublié un portefeuille et qu'une des gamines l'ait barboté, pensa-t-il.

– Quand vous avez débarrassé cette table, n'avez-vous rien remarqué ?

– Si, il y avait un bébé chien mort sur la table.

– Selon ces personnes dont je ne remets pas en cause la déclaration, le chien se trouvait dans la théière, dit-il en lui montrant la photo ainsi qu'à Sven. Qui a servi et préparé le thé ?

– C'est moi aussi qui l'ai préparé, répondit Gertrud, c'était la dernière commande.

– C'est moi qui l'ai servi, ajouta Soliyana et j'ai encaissé au même moment.

– Très bien et qu'avez-vous fait du chien ?

– Je l'ai balancé dans les fleurs, là, en désignant du doigt le massif à côté d'eux, répondit Gertrud, un peu gênée, en rougissant.

– Vraiment ?

Le commissaire écarta les plantes et découvrit dans la verdure le chihuahua vaguement roulé en boule. Il semblait intact.

– Comment expliquez-vous qu'il se soit retrouvé dans une théière ? C'est vous qui l'y avez mis ?

– Non ! Je n'ai pas dû faire attention, c'était en fin de journée, j'étais fatiguée, affirma Gertrud qui se demandait comment elle avait pu ne pas s'en rendre compte … et puis, oui, j'ai été dérangée.

– Par qui ? Par quoi ?

– Le livreur de bière, je l'ai trouvé quand j'allais chercher la théière dans la réserve. Ça m'a surpris de le voir là.

– Ah bon ? Pourquoi cela vous a-t-il surpris ? Il ne vous livre pas par la réserve habituellement ? lui demanda le commissaire qui avait maintes fois observé des camions de livraison derrière l'abbaye.

– Si, mais ce n'était pas Anders le livreur habituel, et puis d'ailleurs, il ne nous a rien livré. Il est juste reparti avec des fûts vides. C'était bizarre.

– C'était quelle marque de bière au fait ?

– « Knöll ».

Mais Gertrud se rendit compte qu'elle se trompait, que ce n'était pas exactement au moment où elle avait préparé le thé qu'elle avait été dérangée par le livreur, mais en allant chercher la théière. En tout cas elle n'avait pas menti sur le fond, elle ne s'était pas rendu compte du contenu de la théière, elle n'avait pas regardé en fait avant de préparer le thé car elle avait la tête ailleurs, elle parlait au chef.

– Mademoiselle, dit le commissaire en s'adressant à Soliyana, puis-je vous demander d'aller préparer le même plateau que vous avez servi à ces clients avec la même théière, mais remplissez-la d'eau froide, pas la peine de faire du thé. Amenez aussi les tartelettes. Monsieur Sjöberg puis-je vous emprunter une boîte en plastique hermétique pour y mettre le chien s'il vous plaît ? Et puis amenez-moi également un mug de café, merci !

Resté seul avec Gertrud, Ingemar reprit la parole.

– Mademoiselle, je suis au courant des détails de la nuit que vous venez de passer. J'ai lu les rapports de mes subordonnés. Vous êtes formelle par rapport à la moto qui a failli vous rentrer dedans ? Est-il vrai qu'elle roulait tous feux éteints ?

– Oui commissaire.

– Avez-vous vu le visage du conducteur ?

– Non, il portait un casque, un foulard noir et des lunettes glaciers, comme sur les vieilles photos et puis il faisait nuit.

– Votre fichu sur la tête ? Vous avez eu les cheveux brûlés ?

– Oui, un peu, c'est moche.

– Je comprends lui répondit-il en souriant. Mademoiselle, donnez-moi s'il vous plaît votre numéro de téléphone, dit-il en lui tendant sa carte de visite. Je peux avoir à vous poser d'autres questions en particulier par rapport aux évènements nocturnes.

Soliyana la serveuse et Sven le patron arrivaient avec le plateau de la veille, le café et un tupperware sur un chariot.

– Mademoiselle, vous avez amené la commande sur le même chariot hier ?

– Oui comme toujours.

Le commissaire comprit alors que la jeune fille n'avait pas pu s'étonner du poids de la théière, car elle l'avait poussée et non pas portée. Quant à Gertrud, vu sa force, le poids de la théière n'avait pu que l'indifférer.

Ingemar Lundqvist s'agenouilla dans le massif de fleur, se saisit de la boîte en plastique, l'ouvrit puis poussa le chihuahua dedans et referma le couvercle. Il remercia les deux jeunes filles qui reprirent leur service mais il retint Sven le patron.

– Alors monsieur Sjöberg vous êtes contents de vos employées ?

– Oui mais pour le coup du chien, elles vont m'entendre !

– N'en faites rien, je suis au contraire ravi qu'elles n'aient pas balancé ce cabot à la poubelle. De plus, cette gamine, Gertrud est une star locale. Elle sera peut-être championne olympique un jour. Ménagez-là ! Elle peut vous faire une pub du tonnerre. Quant à la petite, vous ne pouvez rien lui reprocher. Je n'ai jamais vu qu'on ouvre une théière au moment de la servir. Elles ne sont de plus pour rien dans cette histoire j'en suis persuadé.

– Mais alors qui est responsable commissaire ? Il y a de quoi y laisser une réputation pour mon établissement.

– Je vous le dirai quand je le saurai. Mettons cela sur le compte d'une mauvaise blague pour le moment. Ne vous inquiétez pas pour les clients qui ont trouvé le chien dans la théière, ils ne feront pas de grabuge, je les connais personnellement. Combien je vous dois, s'il vous plaît ? Pour le café et les tartelettes, elles sont d'ailleurs très bonnes. Merci de me les envelopper.

Après avoir payé, le commissaire quitta le café, le chihuahua sous le bras et les tartelettes à la main alors que les premiers clients arrivaient. C'est en repartant seulement qu'il remarqua que l'air sentait bon le bois brûlé. Le vent avait tourné.

Le commissaire Lundqvist marcha quelques rues, il était encore tôt et la vie démarrait à Ystad. Il rentra dans un bâtiment ancien où sur la porte, on pouvait lire « Docteur Hildegard Nyström – Médecine vétérinaire ». Il y avait déjà du monde dans la salle d'attente. Le commissaire alla droit à la réception et sortit sa carte de policier.

– Bonjour Madame, pourriez-vous dire au docteur Nyström, lorsque le client sortira, que le commissaire Lundqvist de la police de Ystad souhaite la rencontrer immédiatement.

Puis il s'assit entre un lapin inquiet et un caniche à l'air triste. C'était un vrai zoo cette salle d'attente. Dans son panier, un matou à l'air revêche, du genre gouttière, qui devait venir pour sa vaccination, se montrait agressif et commençait à sortir ses griffes à travers la grille de sa caisse. Une poule angora caquetait dans les bras d'un homme à l'air simple. Un gamin serrait son hamster contre lui. Le commissaire ressentit l'impression désagréable que tous les regards l'observaient. Il réalisa que la boîte transparente placée sur ses genoux laissait voir le chihuahua, mort de toute évidence, mais il fit comme si de rien n'était. Enfin la porte du cabinet s'ouvrit laissant passer une dame avec un brave toutou muni d'un abat-jour autour du cou dénotant une opération récente.

Ingemar Lundqvist se leva, ce qui effraya la poule qui s'envola dans la salle d'attente en perdant quelques plumes. Le commissaire fit un pas de côté pour éviter le volatile et mit malencontreusement le pied contre le panier du chat teigneux. Le matou hurla de plus belle et accrocha de ses griffes le bas de pantalon du commissaire, lui faisant traîner la caisse. Le bruit effraya le lapin qui sauta des genoux de sa jeune maîtresse. Enfin, le commissaire parvint à s'extirper de la mêlée grâce à un coup de pied dans la boîte du chat tout en marmonnant de vagues excuses puis il pénétra dans le cabinet du docteur Nyström.

– Ingemar quel bon vent t'amène ? Tu tombes bien !

– Le travail ! Ça va Hilde ?

– Le travail ? Je paye mes impôts et je n'ai rien fait de mal !

– Ne t'inquiète pas ! Je sais que tu as eu une nuit agitée avec l'évacuation du zoo.

– Je ne te le fais pas dire, il y a mieux comme nuit agitée. Alors, que puis-je faire pour toi ?

– Je t'amène un chien.

– Un chien, toi ? Depuis quand as-tu un chien ?

– Depuis dix minutes ! répondit-il tout en ouvrant la boîte en plastique.

– Tu aurais dû l'amener plus tôt, je ne peux plus rien faire, à moins que tu ne veuilles … ?

– … une autopsie ! Exactement ! C'est une urgence. Peux-tu me faire cela aujourd'hui ? C'est un travail très officiel, je m'adresse à toi en tant que chef de la police.

– Je la ferai à midi, une fois que j'aurai terminé avec la salle d'attente que tu as mise en émoi, dit-elle tout en refermant la boîte et la plaçant dans un frigo.

– Je te remercie Hilde, appelle-moi quand tu as terminé et conserve l'animal après l'autopsie s'il te plaît.

– Attends Ingemar, ne t'en va pas ! Tu tombes à pic en fait, j'allais t'appeler, j'ai un service à te demander, par rapport à l'évacuation du parc cette nuit. Je te demande d'accueillir Pépita pour le weekend, elle est gentille comme tout et a grandi avec les hommes. Je ne peux pas la garder ici, elle fait peur à tous les animaux de mes clients et je n'ai plus de place chez moi car ma maison est devenue une arche de Noé.

– Pépita ? C'est quoi ?

– Tu vas voir !

Hildegard ouvrit alors la porte de la salle contiguë qui servait en temps normal à la convalescence des animaux opérés puis elle tendit la main…

– Viens Pépita, fit-elle d'une voix douce.

Puis se tournant vers Ingemar :

– Je te présente Pépita, une demoiselle chimpanzé de 25 ans, elle a besoin d'un toit jusqu'à lundi. Elle est tellement habituée aux hommes qu'au zoo de Ystad elle était en semi-liberté. Fais-moi une faveur, garde-là s'il te plaît. Voici un sac de fruits frais pour la nourrir. Pour le couchage, voilà une couverture, elle choisira un endroit surélevé confortable comme un canapé.

– Bon d'accord, bonjour Pépita ! Je vais devoir l'emmener au bureau car j'ai beaucoup à faire avec l'incendie.

– Merci pour elle, c'est gentil d'accepter ! Au fait, pense à moi, on doit toujours aller dîner un soir !

– Je n'oublie pas ! À bientôt !

Le commissaire ressortit du cabinet vétérinaire, en tenant Pépita par la main, l'entrevue avait été rapide. Dans la salle d'attente, c'était au tour du hamster. Rentré avec un chihuahua mort, Ingemar ressortait de chez la vétérinaire avec un chimpanzé bien vivant, il y gagnait, pensa-t-il. Il prit le chemin du commissariat traversant la ville encore calme et se surprit à parler à Pépita. Ingemar fut étonné par l'odeur plus forte de bois brûlé qui flottait sur la ville. Arrivé au travail, il trouva qu'Ulf Öberg le planton de service le regardait bizarrement alors qu'ils franchissaient l'entrée : la présence du chimpanzé probablement, pensa Ingemar. Une fois dans les bureaux, il offrit tout de suite les tartelettes du café à ses deux secrétaires, Marta et Märta Svensson.

– Que vous est-il arrivé commissaire ? Votre pantalon ! Vos chaussures ! demanda Marta.

Il remarqua alors que son bas de pantalon était déchiré et qu'une merde de poule ornait une de ses chaussures.

– J'ai pris des risques dans une enquête.

– Ah ! Qu'est-ce que c'est que ça ? Un singe ! fit à son tour Märta apercevant seulement le chimpanzé qui était caché par le bureau.

– Je vous présente Pépita, elle est charmante, elle vient du zoo et elle va passer quelques jours avec nous, le temps que le parc puisse à nouveau l'accueillir. À part ça, quoi de neuf ?

– L'incendie progresse, on attend les canadairs, fit Marta en posant son tricot.

– C'est tout ?

– Non, la brasserie Knöll a appelé. Il leur manque un camion. Le chauffeur, vingt ans de maison, n'est pas réapparu depuis hier. On vérifie les vidéos de surveillance fit Märta penchée sur sa grille de mots-croisés.

Le commissaire se retourna lentement, sa physionomie avait subitement changé, de gros nuages, noirs comme l'horizon de Ystad, remplirent soudainement ses pensées.

Karen, Poul et leurs amis venaient d'entamer leur journée d'excursion par un bref arrêt à Østerlars, un village du centre nord de l'île, connu pour son église fortifiée ronde du XIIème siècle de style roman.

– Ce seraient des chevaliers Bourguignons, venus à l'occasion d'une croisade contre les Baltes qui auraient fait bâtir ces églises sur le modèle octogonal de celle du Saint Sépulcre à Jérusalem. L'implantation des églises dans l'île rappellerait la géométrie de l'étoile de David. On dit aussi que ces chevaliers en auraient profité pour cacher des trésors dans Bornholm. Certains affirment même que ces églises font partie d'un jeu de piste des Templiers menant au Graal et aux Dix Commandements. Ça doit te plaire, sourit Poul.

– Pas moins ! Je vois, on nage en plein ésotérisme, répondit Jean, mais pourquoi pas ? Cela ajoute à l'ambiance des lieux.

Ils admirèrent les superbes fresques du bâtiment et des pierres runiques du jardin datant de la conversion des Vikings au christianisme. C'était aussi l'occasion dans ce village de profiter de l'une des meilleures boulangeries de l'île et d'acheter des gourmandises. On avait fait vite car les deux chiens dans la voiture s'impatientaient. Les quatre amis repartirent après cette courte pause pour la forteresse de Hammershus au Nord–Ouest de l'île. Ils quittaient juste Østerlars quand le téléphone de Poul tinta. C'était le laboratoire d'analyse de Copenhague.

– Allô, juge Eriksen ? Ici Jesper Knudsen. Je vous appelle pour vous donner le résultat des analyses des échantillons que vous nous avez envoyés hier soir.

– Ah, très bien, vous avez fait vite ! Alors ?

– Je vous confirme que l'échantillon A est du sang de chien et qu'il y a également des tissus musculaires et du poil blanc de l'animal, un chien de petite taille probablement. Quant à l'échantillon B, c'est bien du sang humain, A Positif. Il y a également la trace d'un produit nettoyant non identifié pour le moment.

– Merci de m'avoir appelé docteur. Envoyez le compte rendu d'analyse à l'adresse indiquée, ainsi que la facture s'il vous plaît. Gardez les échantillons, ne les détruisez-pas. Le Ministère de la Justice ou moi-même vous contacterons plus tard.

Poul raccrocha. Il traduisit en français à l'attention des Lafay, puis un silence se fit dans la voiture. Ce fut Jean qui le rompit.

– Nous nous enfonçons lentement dans une enquête même si pour le moment nous n'avons que des cadavres de chiens, enfin un seul, le chihuahua, et des restes du second.

– Oui, dit Poul, ce qui est inquiétant est que ces animaux avaient un maître dont on est sans nouvelle or nous ne savons pas où et comment les contacter.

– Je vais rappeler Ingrid et lui demander si le propriétaire du portefeuille s'est manifesté. J'appellerai ensuite le commissariat du port de Rønne au cas où ce monsieur s'y soit présenté.

Chapitre 6

Le commissaire Lundqvist rentra directement dans le café et alla parler à Sven Sjöberg qui fut surpris de le voir revenir aussi vite.

– J'ai besoin de m'entretenir discrètement avec Gertrud, ce ne sera pas long.

– Je la fais venir commissaire. Je vous propose l'arrière-cuisine, dit le patron, en indiquant la porte de la main.

– Très bien. Je l'y attends.

Il s'installa sur un tabouret contemplant la pièce assez vaste où était soigneusement entreposé tout un bric à brac d'ustensiles divers sur les étagères dont les fameuses théières dans l'une desquelles avait été trouvé le chihuahua. Gertrud ne fut pas longue.

– Bonjour Gertrud, ça va mieux ?

– Oui, répondit-elle en souriant. J'ai bien dormi et je me suis entraînée toute la matinée.

– Quel genre d'entraînement ?

– De la musculation, de la course et des exercices pour la rapidité d'action, de rotation.

– Gertrud, à quoi ressemblait le livreur de bière d'hier soir ?

– À peu près de votre taille, peut-être légèrement plus grand, costaud, mal rasé, environ trente trente-cinq ans, une cicatrice sur l'arcade sourcilière, pas d'accent particulier, un type du coin, un Suédois ordinaire, il portait une tenue de livreur Knöll.

– Avez-vous vu le camion ?

– Non, enfin si, mais pas au même moment, enfin ce n'était peut-être pas le même. Pas quand il est venu prendre les fûts de bière en tout cas.

– Comment cela, je ne comprends pas ? Vous avez vu un camion Knöll quand et où alors ?

– Le soir en prenant la route de Malmö avec Lars le chef de cuisine, le camion nous a doublés, on ne roulait pas très vite.

– Vous êtes sûre ?

– Ils sont faciles à remarquer, c'est écrit en gros dessus avec une nana déguisée en pingouin.

– Quelle heure était-il ?

– Environ 22h45. On a fini le boulot vers 22h30.

– La moto pendant la nuit, à quoi ressemblait le pilote ?

– Habillé en cuir sombre, lunettes glaciers et un casque, un demi-bol. Je n'ai pas vu son visage caché par un foulard noir, ça a été si rapide. Par contre la moto, c'était une Husqvarna de trial, j'en suis sûre.

– Ah bon, comment le savez-vous ? s'étonna le commissaire.

– Mon frère faisait de la compétition de trial il y a encore quelques années et nous l'emmenions avec mes parents tous les weekends. La moto très haute, avec des petites roues à gros crampons comme toutes les motos de trial, s'est arrêtée juste à ma hauteur à côté de la portière, j'avais le logo de la marque devant les yeux. Vous savez le « H » dans un pneu. Une moto sans phare, peinte en noir. Le son aussi, typique, un deux-temps nerveux, un gros, une 250.

Le commissaire regarda la jeune fille, ébahi.

– Mademoiselle, quel sens de l'observation vous avez ! Vous êtes une aubaine. Si vous dites vrai, et je n'en doute guère, vous pourriez rendre un grand service à la police. Reprenez votre travail, s'il vous plaît, nous nous reverrons. Je vous remercie pour votre aide précieuse.

Le commissaire remercia également Sven Sjöberg et lui demanda de faire venir le chef. Mais celui-ci était porté absent pour maladie. C'est bon, pensa Ingemar, je sais où le trouver, j'ai son adresse.

De retour au bercail, le commissaire ordonna qu'on lui dresse au plus vite la liste de toutes les Husqvarna de trial 250 de la région. La gamine s'y connaissait, autant foncer dans cette direction. Quand il rentra dans son bureau, Ingemar Lundqvist trouva Pépita dormant dans son fauteuil. Il en profita pour ouvrir la fenêtre puis en enjamba le rebord, attrapa la corde attachée contre le mur du bâtiment se hissa sur la grosse branche de l'arbre en face. Il commença par remplir de graines la mangeoire qu'il avait installée pour les oiseaux. Puis il accrocha des bananes et autres fruits dans les branches pour Pépita car il avait lu quelque part que pour stimuler l'instinct des animaux en captivité, il importait de les amener à chercher leur nourriture. C'est alors qu'Ulf Öberg le planton manqua de s'étrangler en voyant son patron manger une banane dans un arbre.

Nils venait d'éteindre la télé, le match était terminé, les Marvels avaient perdu, une fois de plus. Cela n'était pas pour le réjouir mais il n'y avait rien à dire car les autres étaient meilleurs. Voir jouer son équipe lui avait fait bizarre, même s'il n'était pas très ami avec eux car il fréquentait l'équipe *ad minima.* Dans toute autre équipe, son manque avéré de sens des relations humaines lui eut probablement coûté sa place mais pas aux Göteborg Marvels dont il était le joueur le plus ancien, ayant fait partie des premiers inscrits au club lors de sa fondation en 2005. On le considérait comme un très bon joueur et un drôle de type, taciturne, peu causant, sérieux, pas marrant. Il habitait loin, mais le club savait qu'il pouvait compter sur lui, il n'avait jamais raté un entraînement sauf blessure, c'était un fidèle de la première heure. Le commentateur télé avait mentionné son absence et l'entraîneur avait regretté au micro qu'il ne put jouer. Mais Nils s'inquiétait, la fille du resto l'avait-elle reconnu dans la nuit ? La voiture l'avait-elle suivi ? Car en se remémorant le film des évènements, il en était sûr, la vieille SAAB décapotable qu'il avait failli se payer était la même que celle qu'il avait doublée à la sortie de Ystad sur la E65. La fille du resto, l'avait-elle vu partir du *« Bäckahästen »* ? L'avait-elle observé charger les barils et la moto dans le camion ? Il n'aurait pas dû laisser le clébard dans la théière, c'était une connerie. La blonde avait dû le trouver et le suivre. Tout ça à cause de ce cabot minable. La fille pouvait l'identifier, c'était le seul témoin. Le coup était rattrapable, pensa-t-il.

Nils boucla alors la porte de la maison et tira les rideaux. Il attrapa Rex par le collier, sortant le berger allemand de sa sieste et le délogea du canapé. Puis il poussa le meuble contre le mur et roula le tapis ce qui découvrit une trappe dans le plancher de sapin. Il souleva celle-ci et se glissa par l'ouverture. Dans le réduit, il trouva l'interrupteur, alluma et s'assit sur une caisse de grenades. D'un petit meuble en bois, il sortit divers révolvers bien emballés et en choisit un après réflexion, peu discret par la taille, pas une arme d'artiste, mais de bon calibre, pour le tir rapproché. Il le vérifia, remplit le chargeur et appuya sur le cran de sûreté, puis il glissa l'arme dans la poche de son blouson de cuir. Nils ressortit du réduit, remit les meubles en place et ouvrit les rideaux. Rex regagna le canapé. La maison avait retrouvé son apparence. Enfin, consultant l'heure, Nils prit son téléphone et appela.

– Allô, c'est moi.

– Qu'en as-tu fait ? lui répondit une voix froide.

– Comme convenu.

– Très bien, je m'assure du résultat demain et tu recevras le reste dimanche comme prévu.

– D'accord, à dimanche.

Le commissaire Lundqvist avait garé sa voiture dans la banlieue de Ystad devant un pavillon. Il trouva Lars le chef de cuisine dans son garage en train de réparer sa voiture. Celui-ci avait ôté le siège arrière, enlevé les restes du parebrise et démonté l'aile enfoncée. Les lambeaux de la capote gisaient dans une poubelle.

– Belle voiture, c'est dommage. Lars Johansson je suppose ? Commissaire Ingemar Lundqvist, police de Ystad, je suis au courant des détails de la nuit.

Le commissaire comprit que le chef n'était pas malade mais obnubilé par sa voiture, il préféra ne rien dire.

– Bonjour commissaire ! Oui, malheureusement, elle a failli brûler.

– Et Gertrud Thorsson et vous avec ! Bon pour la voiture, ça n'a pas l'air trop grave. En faisant le tour des casses, vous trouverez les pièces.

– Oui, mais ça va prendre du temps, soupira Lars et de l'argent.

– Certes. Montrez-moi la marque dans la portière, le coup de pied.

– La voilà, côté passager.

Le commissaire se pencha et vit en effet une marque profonde. Le talon avait laissé son empreinte, on voyait même l'arrondi dans la tôle et celle-ci était à nue, la peinture était partie.

– Vous avez déclaré que la moto roulait tout feu éteint, en pleine nuit ?

– Oui.

– Avez-vous vu le conducteur de la moto au moment du coup de pied ?

– Non, Gertrud m'en empêchait, elle était entre lui et moi.

– Gertrud a déclaré que vous avez été doublés par un camion Knöll en quittant Ystad vers 22h45, vous confirmez ?

– Oui, c'est vrai et il roulait assez vite.

– L'avez-vous vu tourner quelque part ensuite ? Peut-être vers Kårsby ?

– Non, nous roulions tranquillement et on n'y faisait pas attention.

– D'accord, je vous remercie.

Comprenant qu'il n'apprendrait rien d'intéressant de la part du chef du *« Bäckahästen »*, Ingemar repartit et rentra à son commissariat.

Le planton Ulf Öberg le salua comme à l'accoutumée, ce qui rassura le commissaire sur sa mise. Dans les bureaux, l'enquête avait avancé. L'employé de la brasserie Knöll, Anders Dahlberg, qui n'avait pas reparu depuis la veille était maintenant recherché. Sa femme avait signalé sa disparition et une rapide enquête avait montré qu'il était insoupçonnable. L'entreprise ne pouvait que louer ses services depuis vingt ans. De plus, ils avaient réservé pour le dimanche dans un restaurant de la ville afin de célébrer leur anniversaire de mariage. La disparition en était d'autant plus inquiétante. Enfin un des camions de livraison avait été filmé quittant l'entreprise à 22h35.

Le commissaire demanda que l'on recherche activement le témoignage du passage d'une SAAB décapotable et d'un camion Knöll sur la E65, entre 22h30 et 23h la veille à la sortie de Ystad et au carrefour de Kårsby sur la même route. Les caméras de surveillance ne pouvaient pas les avoir ratés. Il demanda aussi de vérifier si une moto avait été vue circulant sur ces axes, aux mêmes heures et en particulier si elle avait franchi ce carrefour quel que soit le sens, entre 21h et minuit, ce en quoi il ne croyait pas une seconde. Une fois expédiées les affaires courantes, Ingemar Lundqvist franchit la porte de son bureau et vit le chimpanzé installé sur une des branches de l'arbre en face. Il nota avec plaisir qu'elle avait mangé de nombreux fruits

– Salut Pépita ! Comment vas-tu ?

Celle-ci gloussa de contentement puis franchit la fenêtre et vint lui donner la main.

– Regarde Pépita, je vais te montrer un truc rigolo.

Alors Ingemar attrapa son tuba et joua la gamme ce qui fit s'écrouler de rire le chimpanzé qui frappa dans ses mains. Ingemar recommença puis il présenta l'embout à Pépita.

– Vas-y ! À toi ! fit-il en faisant vibrer ses lèvres.

Pépita mit ses lèvres sur l'embout du tuba et souffla fort. Elle en tira un son convenable ce qui la fit hurler de rire et frapper dans ses mains, puis elle recommença ce qui fit rire Ingemar à son tour.

Le téléphone du commissaire sonna, c'était la vétérinaire Hildegard Nyström.

– Tu as fait vite ! Alors cette autopsie ? Qu'as-tu trouvé ?

– Le spécimen que tu m'as amené est un chihuahua nain dit *« Tea Cup* » d'environ dix mois pour quatre cent cinquante grammes, avec un collier portant le nom d'Hercule. Il n'est pas mort en bonne santé.

– Ça commence bien ! dit-il en riant franchement… Un chihuahua *« Tea Cup »* mort dans une théière !

– Justement, non il n'est pas mort dans la théière ! Il ne s'est pas noyé.

*tasse de thé

– Tiens donc ! C'est intéressant.

– Il a été écrasé par quelque chose de lourd ou a pris un coup très violent avec quelque chose de large. De nombreux os sont cassés en particulier ses côtes. Il n'a pas dû être heurté sur une surface dure car vu sa fragilité, le corps aurait été transpercé par les os et il y aurait eu du sang, des plaies or il n'en présente pas. On lui a même probablement tordu le cou pour s'assurer qu'il soit bien mort à en juger par la torsion des cervicales car sa tête a fait un tour complet. Il n'a pas d'eau, enfin de thé, dans les poumons donc il était bien mort avant de se retrouver dans la théière.

– Je te remercie. Garde-le au frigo. Je passerai te payer.

Pendant ce temps, Pépita continuait à rire et frappait dans ces mains à chaque son sortant de l'instrument.

– Attends, je n'ai pas fini !

– Ah pardon !

– Hercule n'aurait pas vécu très longtemps car il était bourré d'anomalies, de rhumatisme, ses os étaient malingres. C'est souvent le cas chez les chihuahuas nains et chez les chiens dit « de race ». Les spécimens de petite taille sont souvent perclus de malformations et autres problèmes rénaux dues à la consanguinité, à l'appauvrissement génétique. Mais Hercule semblait les collectionner, il était un vrai catalogue de tares génétiques.

– Très bien j'éviterai donc ce genre de chien et je prendrai un corniaud. Encore merci !

– Sois patient bon sang ! T'en auras pour ton argent !

– Vas-y !

– Pour finir, une bizarrerie : « Hercule » comme pour la plupart des chiens aujourd'hui, portait une puce électronique avec un numéro, dans l'intérieur de l'oreille. Je l'ai lue.

– Oui et alors ?

– J'ai trouvé ce numéro, sauf qu'il n'est pas référencé. Il n'existe pas quand on le recherche sur la banque de données qui répertorie les chiens de son espèce !

– Et alors ? Qu'est-ce que ça fait ?

– T'es policier ? Que dirais-tu si, contrôlant un véhicule sur la route, la plaque d'immatriculation s'avérait bidon ?

– En effet … As-tu fini ? lui demanda Ingemar, tout en s'interrogeant sur l'importance de cette dernière information.

– Oui, je n'ai rien à ajouter. Et dis-moi, comment se passe ta cohabitation avec Pépita ?

– Très bien, elle s'est mise au tuba et à l'air de s'amuser.

– Ah, c'est ça que j'entendais en bruit de fond ! Laisse-la se balader si tu peux, ouvre une fenêtre de ton bureau, elle ira faire un tour dans les arbres.

– Oui, j'y ai pensé. En tout cas merci pour l'autopsie, tu as fait un boulot sensationnel. À bientôt !

– J'espère être récompensée à ma juste valeur.

– Tu le seras.

On s'approchait de Hammershus, les quatre amis avaient quitté la route principale et emprunté la jolie route côtière. Celle-ci tournicotait, offrant de superbes paysages d'un littoral très vert et aux côtes par endroit déchiquetées.

Karen referma son téléphone, la réponse avait été longue à venir. Le jeune flic de service au commissariat du port n'était pas au courant de l'histoire du portefeuille mais il avait l'air de s'ennuyer ferme et était bavard. Il ne cacha pas que tous les policiers de service étaient nouveaux et que les cadres étaient soit en congés, soit de sortie. Après quelques efforts, il trouva finalement les affaires d'Olaf Lauritsen.

– Le propriétaire ne s'est pas manifesté au commissariat du port de Rønne, annonça Karen à son mari et ses amis. J'appelle Ingrid.

Au bout du fil, Ingrid, confirma ne pas avoir la moindre nouvelle de son ami juge de chiens. Son téléphone ne sonnait d'ailleurs plus. Il avait dû le perdre aussi pensa-t-elle.

– Ṣais-tu où il devait loger ? demanda Karen.

– Non, mais probablement dans l'une des innombrables résidences et autres appartements de location ou *sommerhus* de l'île.

– Oui, bien sûr comme tout le monde, opina Karen.

– Je dois normalement le voir ce soir à la soirée « Royal Croquette » de la résidence *Strandslot* où tous les juges sont invités. Il y sera forcément.

– D'accord, c'est à quelle heure ?

– 20 heures.

– Nous serons juste à côté, nous visitons Hammershus. Nous pourrions passer juste pour dire à ce monsieur où est son portefeuille dit Karen se demandant si Ingrid n'allait pas trouver sa proposition curieuse car elle pouvait lui en faire part directement.

– Oui, bonne idée, il sera certainement ravi de vous rencontrer. Il doit se faire un sang d'encre pour ses affaires.

Ingrid se montrait for inquiète et voyait avec anxiété la possibilité que la SRCD fasse les gros titres des journaux pour de sordides fait-divers. La présence d'un juge aussi imminent que Poul Eriksen ne pouvait qu'assainir la situation, elle se sentait désormais protégée. Et puis savoir Karen sa copine d'enfance à ses côtés lui faisait du bien, elle avait toujours rêvé d'amener son amie à devenir membre de la SRCD.

Chapitre 7

Nils avait pris le pick-up. La fumée qui emplissait l'air s'était épaissie et devenait presque inconfortable. Il avait pensé emmener Rex, il aurait pu le laisser dans la voiture mais c'était bien aussi qu'il garde la maison et puis les chiens lui causaient trop de désagrément depuis la veille. Alors qu'il roulait vers Ystad, il vit voler deux gros avions à hélices jaune canari qui filaient en sens inverse, des « pélicans » bombardiers d'eau. Leur lourd zonzon lui remplissait les oreilles. Ils vont aller faire le plein dans le lac de Vombsjön puis attaquer l'incendie, pensa-t-il.

Nils se gara derrière l'abbaye, traversa le jardin, longea l'étang puis enfila les ruelles désertes jusqu'au café *« Bäckahästen »*. Comme la veille, quand il courrait derrière le chihuahua, il pénétra par la soupente. L'endroit, plutôt sombre, était calme, les bruits de cuisine lui parvenaient aux oreilles. Il se cala dans un coin derrière le rideau d'une penderie vide. Il n'y avait plus qu'à patienter.

Arrivés à Hammershus, Karen, Poul et leurs amis libérèrent les deux chiens. L'endroit était somptueux. Le téléphone de Poul vibra.

– Commissaire Lundqvist ! Comment allez-vous ?

– Bien, je n'ai pas chômé ! Voici ce que j'ai appris.

Le commissaire raconta par le menu détail les événements qui s'étaient déroulés depuis le matin. Il présenta le témoignage de Gertrud, sur le livreur, la balade nocturne en forêt, la moto, le camion Knöll disparu mystérieusement à l'heure du début de l'incendie en précisant qu'il ignorait s'il exista un quelconque lien entre ces événements. Le commissaire termina par les résultats de l'autopsie du chihuahua sans omettre les anecdotes des tares génétiques et du numéro dans l'oreille.

Poul n'en perdait pas une miette. Il mit à son tour le commissaire au courant de la découverte d'un possible homicide et de la présence de sang humain sur le container d'un camion à bord du *Leonora Christina* ainsi que de la trouvaille du portefeuille et d'une grosse somme appartenant à une personne qui n'était pas réapparue. Enfin, Poul annonça au commissaire le nom de la propriétaire d'Hercule la victime dans la théière, une certaine Joséphine Weichmann, une dame allemande, domiciliée à Ystad dont il lui communiqua l'adresse.

– Je vais aller rendre visite à cette dame, lui assura Ingemar Lundqvist.

Les nouvelles arrivèrent vites au commissariat. Le passage de la SAAB et du camion Knöll était confirmé aux heures dites, les déclarations de la jeune Gertrud étaient exactes. Puis on rapporta au commissaire qu'un camion Knöll avait tourné au carrefour de Kårsby à 23h10 pour s'enfoncer vers la zone où l'incendie s'était déclaré, suivi dix minutes après par la SAAB. Par contre, pas la moindre trace d'un motard à ces heures avec ou sans éclairage. Le type qui avait flanqué un coup de botte dans la voiture avait donc bifurqué dans un chemin de traverse. Ceci conforta le commissaire sur le fait que le motard connaissait le coin comme sa poche pour se permettre de rouler sans éclairage et qu'il n'habitait probablement pas très loin. Peut-être était-il lié à l'incendie ?

On amena au commissaire la liste des 250 Husqvarna de trial et de leurs propriétaires dans la région, il y en avait assez peu. Seules deux correspondaient à la partie nord de la route E65. La plus proche était à la sortie de la ville et une autre à une quinzaine de kilomètres. Pensant qu'il lui serait bon de se mettre une heure au vert, le commissaire sauta dans sa voiture. Il roula quelques minutes avant d'atteindre une des premières fermes de la région. Le fermier qui l'occupait l'accueillit poliment un peu surpris de sa visite.

– Ma moto ? répondit l'homme, elle est depuis cinq ans dans la grange, je dois m'en débarrasser. Je ne m'en sers jamais. Venez, je vais vous la montrer.

Le commissaire pu constater qu'en effet, couverte de poussière et d'objets divers, la moto n'avait pas bougé depuis longtemps. Une poule à l'air soupçonneux y avait même élu domicile, couvant sur le siège. Il remercia l'homme et repartit.

La seconde moto était à dix kilomètres chez un certain Nils Björklund, un type qui avait eu maille avec la police dans le passé, des histoires de bagarre, de détention d'armes de chasse non déclarées, de braconnage puis le type s'était calmé depuis qu'il avait débuté une carrière semi-pro dans le foot américain suédois. Le commissaire se dit qu'au vu de l'adresse, en pleine nature, on se rapprochait de l'incendie.

Effectivement, au fur et à mesure qu'il avançait, le ciel et la fumée s'épaississaient quand enfin un barrage de police se dressa sur la route, Ingemar Lundqvist salua un de ses subalternes.

– Salut Viktor, tout va bien ? Je me rends à un kilomètre d'ici, je vais voir la maison d'un type, Nils Björklund. S'il te plaît passe-moi les clefs de la voiture de patrouille

– Je ne suis pas certain que vous puissiez l'atteindre commissaire, ça brûle dans ce coin depuis que le vent a tourné.

– Je ferai attention, dit-il en rangeant sa voiture sur le bas-côté.

Le commissaire roulait doucement. Les pompiers ne furent guère surpris de le voir passer. Le capitaine de pompier Gunnar Magnusson le reconnaissant lui proposa de l'accompagner jusqu'à la maison. Ingemar accepta.

– Alors capitaine Magnusson, où en est-on de cet incendie ?

– Ça se calme grâce aux bombardiers d'eau. Nous, nous arrosons les bords et veillons à ce que le feu ne reparte pas en consumant le bois et les racines au sol. Je ne suis pas sûr que la maison que vous souhaitez visiter existe toujours commissaire le coin a été visé par les canadairs il y a une demi-heure.

– Oui, en effet, j'arrive peut-être un peu tard répondit Ingemar observant les troncs calcinés et les amas de cendre qui bordaient le chemin.

Enfin sur les lieux selon le GPS, le policier et le pompier sortirent de la voiture. Ils constatèrent que la maison n'était plus qu'un tas de ruines fumantes où des flammèches virevoltaient. Elle s'était écroulée. Curieusement la porte d'entrée et le chambranle ainsi qu'un cadre de fenêtre étaient encore en place. De la véranda où ils s'étaient avancés, il ne restait que les trois marches de l'escalier y menant et l'une des deux rampes pour y accéder. Observant l'énorme tas de cendres de ce qui avait été l'intérieur de la maison, ils virent une carcasse de chien carbonisée entre les ressorts d'un canapé.

– À en juger par la taille, ce n'était pas un chihuahua. J'imagine que le proprio ou le locataire n'était pas là quand ça a brûlé.

– Sans indiscrétion commissaire, qu'est-ce qui vous amène ici ? demanda le pompier.

– Une possible histoire de meurtre.

– Nous fouillerons les décombres quand cela aura refroidi, dit le capitaine.

– Je veux voir ce qu'il y a dans le petit bâtiment, probablement le garage à en juger par les traces de roues de voitures. Il n'a que partiellement brûlé.

Ils marchèrent sur l'une des deux voies parallèles s'enfonçant dans le sol couvert de cendres. Le cabanon avait tenu le coup, seul un côté avait été attaqué par les flammes. Les planches étaient très épaisses et on était vraiment à la limite de l'incendie. Les premiers arbres intacts se dressaient à côté.

Par l'ouverture de la paroi en partie détruite du cabanon qu'il acheva à coup de pied, le commissaire pénétra suivi du capitaine qui alluma sa torche. Le policier vit immédiatement la moto qu'il cherchait contre le mur.

– La voilà, c'est bien une Husqvarna de trial, une 250. Pas de phare, très haute, peinte en noire avec le logo apparant sur le réservoir, bien entretenue, elle sert régulièrement.

Elle correspondait à la description faite par Gertrud.

– Capitaine, la personne qui chevauchait cette moto hier soir aurait peut-être des choses très intéressantes à nous dire sur l'incendie car elle semble avoir été proche du cœur du foyer à l'heure où il a débuté. Je vais laisser une patrouille présente ici et dès que ces hommes le pourront, ils fouilleront ce hangar et embarqueront la moto. Bien sûr, si ce Nils Björklund revient, il devra être amené au commissariat.

Le commissaire n'eut pas le temps de poursuivre, une énorme explosion secoua le garage. Les parois au trois quarts brûlées furent soufflées et les deux hommes projetés au sol dans un fracas de planches et de cendres. Passé le choc, le commissaire se releva doucement, sonné, mais surpris et content de se sentir indemne. Puis il aida le capitaine des pompiers à retrouver ses esprits. Les cendres continuaient à retomber tout autour d'eux semblables à une première neige. Le bâtiment s'était en grande partie effondré.

– Rien de cassé capitaine ?

– Il semble que non… qu'est-ce qui s'est passé ?

– Une explosion. Nous avons eu de la chance ! Ça venait de la maison, allons voir.

La porte avait cette fois-ci disparu. Un cratère assez profond occupait désormais le centre de la maison.

– Il semble que le contenu de la cave ait explosé. J'aurai décidément beaucoup de chose à demander à ce Nils Björklund quand je le rencontrerai, dit le commissaire. Allons-y capitaine !

– Mes hommes aideront les vôtres, commissaire.

Ils repartirent vers le fourgon de police et réalisèrent qu'accroché à un tronc de sapin noirci pendait désormais le squelette du canapé dans les ressorts duquel était empêtré le cadavre du chien carbonisé. L'ensemble avait été projeté par l'explosion. La scène tranchait avec le paysage de cendres et le blanc-jaunâtre du ciel ; elle était digne d'un scénario d'épouvante. Les deux hommes regagnèrent la zone d'intervention et donnèrent des ordres particuliers afin que personne n'approche la ferme de Nils Björklund. Puis ils convinrent de la zone à fouiller en priorité, celle où selon toute vraisemblance l'incendie avait dû se déclarer. Elle fut marquée d'un cercle rouge sur la carte d'état-major. Le capitaine assura qu'il tiendrait au courant le commissaire de tous les développements, puis celui-ci lui répondit qu'il l'inviterait à boire une bière une fois l'affaire terminée. Prenant congé, Ingemar Lundqvist entama le chemin du retour après avoir enlevé ses chaussures couvertes de cendres boueuses.

Le commissaire gara sa voiture devant le commissariat de Ystad. Öberg le planton faillit tomber à la renverse en le voyant passer pieds nus avec un costume en loques, en partie brûlé. Ses secrétaires poussèrent des cris, Marta rata une maille de son tricot et Märta se trompa de case dans sa grille de mots croisés.

– Que vous est–il arrivé commissaire ?

– J'ai fait un barbecue… de chien.

Après avoir donné ses ordres, et observé Pépita dans l'arbre qui feuilletait le journal, le commissaire rentra chez lui se changer.

Nils attendit longtemps dans la penderie … Une première alerte se produisit quand une jeune employée entra dans la soupente, la petite serveuse métisse attrapa une pile d'assiettes et repartit tout de suite. Puis ce fut au tour d'un cuisinier qui se pencha dans un congélateur afin d'y prendre des chapelets de saucisses. Enfin, elle arriva. Nils la reconnut immédiatement avec sa carrure d'athlète, malgré un foulard sur la tête dont dépassaient des cheveux blonds. C'était bien elle, rencontrée la veille et aperçue par deux fois dans la voiture. Elle venait dans sa direction et s'approchait, s'apprêtant à passer à quelques mètres de lui. Il n'hésita pas, sortant lentement de la cachette, il se posta devant Gertrud, la mit en joue, le révolver au niveau de son visage en lui faisant signe de se taire. Gertrud ne broncha pas. Surprise mais pas affolée, elle reconnut le livreur de la veille.

– Tu vas me suivre, sans faire d'histoire. J'ai des questions à te poser et ensuite, je te relâche. Ne t'inquiète pas, tout se passera bien. Fais ce que je te dis. Pose ton tablier, sans faire de bruit. On sort par le jardin et on passe derrière l'abbaye. Tu marcheras devant moi, tout droit, jusqu'à un pick-up couleur sable. Si tu essayes de te sauver ou dis quoi que ce soit à qui que ce soit, je tire.

Alors, sans un mot, Gertrud déplia ses gigantesques bras en levant les coudes, enleva doucement son tablier et en un éclair le lui balança comme un coup de fouet, en pleine figure tout en se jetant à terre. Nils surpris en lâcha presque son arme et tira d'instinct, n'y voyant rien. La balle se perdit dans un frigo. À peine se dégageait-il du tablier qu'un monstrueux coup de pied dans le ventre le projeta dans le mur. Nils s'écroula mais resta cramponné à son révolver. Alors il fit à nouveau feu, de dépit, au hasard. La balle ricocha contre le fût en sifflant avant de se loger dans une batterie de casseroles accrochées au mur qui dégringolèrent dans un tintamarre. Un geyser de bière jaillit du baril dont la paroi avait été percée par le tir à bout portant, avant que le lourd cylindre de métal ne s'écrase sur la tête et l'épaule de Nils qui en lâcha son arme et perdit connaissance. Gertrud de rage continuait à cogner. Elle brandissait le baril d'un bras, le faisant tournoyer de haut en bas comme un marteau et l'abattait à chaque rotation sur son agresseur, sans ménagement, alors que la bière sous pression jaillissait avec force.

Finalement Gertrud posa le baril. Dans l'encadrure de la porte, Sven Sjöberg et des employés passaient la tête, alertés par les tirs et le vacarme. Ils découvraient effarés, un type gisant au sol dans une mare de sang avec une arme à ses pieds. Un baril de bière arrosait la pièce du sol au plafond comme une fontaine de Versailles.

Gertrud, calme, trempée, les cheveux en bataille et le regard bas s'assit posément sur un congélateur. Elle sortit son téléphone ainsi qu'une carte de visite.

Chapitre 8

Bâtie sur promontoire rocheux, Hammershus, la plus grande forteresse de Scandinavie, est située à la pointe nord-ouest de l'île de Bornholm. Construite au XIIIème siècle par un archevêque suédois, elle servit de bases aux croisades danoises vers la Finlande et l'Estonie. Les Lafay, Karen et Poul arrivèrent dans les prés entourant l'imposante bâtisse. L'endroit, était saisissant de beauté avec sa petite prairie en pente douce entourée de forêts d'un côté et bordé par la mer de l'autre. On accédait à la forteresse par un pont de pierre posé sur des arches. Le parking était à distance, permettant à tous de découvrir le site épargné par la modernité, les constructions, le bruit et les véhicules. Construit en pierre et en brique, le château fort conservait encore tout son lustre, montant la garde à l'entrée de la Baltique depuis des falaises surplombant la mer de presque quatre-vingts mètres. Le lieu, c'était incontestable, respirait l'Histoire. Battue par les flots et les vents, la forteresse dressait fièrement ses huit siècles d'existence.

Il y avait beaucoup de touristes aujourd'hui et les chiens étaient nombreux. Des grappes de jeunes venus au ''Wonderfestival'' de rock tout proche dormaient sur les pelouses pour récupérer des concerts et des émotions de la nuit. Les Lafay promenaient Virgule et les Eriksen, Bernard Saint, la température estivale était agréable. Tous les propriétaires de chiens tenaient leurs animaux en laisse, on faisait échange d'amabilités. On aurait presque cru que le concours canin de Bornholm avait débuté. Les toutous étaient superbes et de toutes races, pomponnés comme il se doit, du chien qui savait se tenir, c'était la journée détente avant la compétition.

Les amis visitèrent la forteresse croisant de nombreux groupes aperçus sur le bateau. Poul reconnut des membres de la table ronde de Bornholm guidés par Bacchus Vejrhanesen le politicien, qui reconverti en guide pour l'occasion, prenait l'ascendant sur une partie des personnalités de tous bords en racontant l'histoire de l'endroit qu'il connaissait par cœur. Il en était au séjour forcé de la comtesse Leonora Christina, fille du roi du Danemark Christian IV, la plus célèbre prisonnière politique de Scandinavie et auteure reconnue du XVIIème siècle. Poul salua sa vieille connaissance d'un discret signe de tête.

Un groupe d'activistes abordait poliment les gens afin de les attirer à leur cause relative à l'interdiction du lancement d'une fusée et d'un chien dans l'espace. Cela semblait peu efficace, les visiteurs n'étaient soit pas au courant, soit s'en fichaient. En tout cas cela n'allait pas les détourner de la visite ou d'un moment agréable passé en famille.

Dans l'espace gazonné du château, des acteurs en tenues d'époque reconstituaient les grands moments des guerres entre

Suédois et Danois pour le contrôle de l'île, qui avaient vu la victoire de ces derniers à la suite d'une révolte locale au XVIIème siècle. Des croisés mimaient des combats, tandis que jongleurs, acrobates et troubadours ajoutaient une touche artistique à l'ensemble.

Peu sensible à ces considérations, Virgule se fit remarquer ; elle entama le creusement d'un trou dans une belle herbe tondue à raz par des moutons. Le lieu l'inspirait mais différemment.

Les quatre amis assis dans l'herbe appréciaient l'endroit comme tout le monde. Ce fut Jean qui prit la parole.

– Pensez-vous que toutes ces histoires de chiens et de disparitions soient fortuites, ou que nous assistions à quelque chose de vraiment important ? Devrions-nous appeler la police ?

– Pour l'instant, complot ou hasard ? Il est un peu tôt pour le dire. En tout cas appeler la police, j'en doute, la majorité des policiers sont en vacances et ceux détachés ici sont jeunes. Si on leur dit quoi que ce soit, il ne se passera de toute façon rien avant lundi. C'est le plus gros weekend de l'année. Ils reprendront tout à zéro. De plus, une partie des faits s'étant déroulés en Suède, ça complique la chose, et puis le seul mort avéré est un chihuahua. C'est maigre.

– Au moins à Ystad, nous pouvons compter sur le concours d'un brillant policier poursuivit Karen.

– On pourrait essayer d'en savoir plus sur le container ? Il ne devrait pas être difficile de le retrouver dit Agnès.

– Il est probablement dans le port de Nexø, c'est de là que la Bornholm Space Agency opère pour les lancements, poursuivit Karen.

– Tenez regardez, qui voilà ! Salut Ingrid !

– Je vous ai vus de loin grâce au saint-bernard ! Quelle chance de se rencontrer ici !

Ingrid marchait d'un pas tranquille, accompagnée de Thor. Celui-ci se mit à japper de rage à la vue des deux chiens. Il s'approcha de Virgule occupée à creuser mais celle-ci lui montra les crocs, ce qui impressionna fort le salami obèse. Il fit alors prudemment demi-tour et reporta sa hargne sur Bernard Saint. Ce dernier lui mit gentiment un coup de patte sur le museau qui l'aplatit dans l'herbe.

– Allons au café, il est nouveau et a l'air superbe, proposa Karen.

Il était en effet grand temps de boire quelque chose, l'après-midi avait été longue. C'est alors que le téléphone de Poul retentit.

Ingemar Lundqvist venait juste de prendre une douche et de se changer, de retour au commissariat il avait ramené un monocycle à Pépita. De ses années bohèmes il avait conservé ce goût pour le monocycle. Il lui apprenait à s'en servir sur le parking du commissariat quand il réalisa qu'on l'appelait. Aussi, Ingemar répondit avec Pépita sur une hanche et le téléphone à l'oreille tout en zigzaguant entre les arbres.

– Allô !

– Commissaire Lundqvist ? C'est Gertrud Thorsson.

– Oui, bonjour, que puis-je faire pour vous aider ?

– Le livreur de bière d'hier, il est revenu au *« Bäckahästen »*, il a voulu m'enlever, je crois que je l'ai tué. Venez vite !

– J'arrive tout de suite.

Le commissaire roula vite mais se retint de mettre en marche le gyrophare et la sirène de la voiture car cela faisait peur aux honnêtes gens. Il arriva en même temps que les secours. Il pénétra dans le café et passa entre les employés et devant Sven Sjöberg. Celui-ci était blême. Ingemar entra dans la soupente et trouva Gertrud assise sur un congélateur. Le commissaire vit immédiatement le corps allongé et l'arme. Le baril continuait à arroser la salle. Une flaque de sang mélangée de bière s'était répandue sur le sol de la pièce. Le commissaire commença par prendre une photo de la scène puis il s'approcha du corps, se faisant asperger par la bière au passage, il s'agenouilla près du corps les genoux dans la mare.

– Il vit encore, lâcha-t-il.

Il fouilla les poches de sa veste et trouva un portefeuille avec un permis de conduire. Il les ramassa ainsi qu'un portable, un trousseau de clefs de voitures puis glissa le tout dans sa poche.

Il laissa la place aux secouristes qui immédiatement débutèrent les premiers soins nécessaires afin de tenter de sauver le blessé.

Le commissaire s'adressa à Sven,

– Fermez votre café, je vais avoir besoin de place et d'interroger du monde.

Les renforts de police arrivés entre-temps avaient neutralisé l'arme, constatant que celle-ci était chargée et le chargeur rempli à bloc. Un policier confirma aussi que deux balles avaient été tirées, une dans un frigo et l'autre dans un baril de bière sur lequel elle avait ricoché avant de traverser une batterie de casseroles et de terminer dans un jambon. Calibre 11.43, un truc de brute d'un modèle ancien qui pouvait arrêter un ours, plutôt une arme des années 60 d'Europe du sud, pas courante en Scandinavie, selon l'expert en balistique.

Puis, les secours emportèrent Nils, intubé de partout et toutes sirènes hurlantes. Le médecin confia au commissaire en partant que le blessé avait une demi-chance de s'en sortir car il était jeune et costaud.

Enfin, Ingemar Lundqvist s'adressa à Gertrud.

– Mademoiselle, dites-moi ce qui s'est passé.

Gertrud raconta tout sans rien omettre, d'une voix calme. Le commissaire rédigeait sur son ordinateur portable la déclaration de la jeune fille.

– Vous avez eu beaucoup de chances Gertrud et vous êtes très courageuse …

– … ou inconsciente poursuivit-elle.

– Il aurait vraiment pu vous tuer, les balles ne sont pas passées loin de vous. Allons voir cette voiture, sortons.

Ils marchèrent jusqu'au pick-up de couleur sable. Le commissaire l'ouvrit avec les clefs, il n'y avait rien de particulier à l'intérieur à première vue. Un magazine de football américain, des bricoles. Il ordonna qu'on l'emmène au commissariat pour la fouiller.

L'air frais faisait du bien à Gertrud qui s'enhardit.

– Commissaire, que va-t-il m'arriver ? Vous allez me mettre en prison ?

– En prison ? Pourquoi ? C'est un cas de légitime défense, vous rentrez chez vous. Disons que vous êtes la victime d'une tentative d'enlèvement et que vous vous êtes défendue. Je viendrai demain vous faire signer la déclaration que je vais relire et imprimer. Vous pouvez prendre un ou deux jours de congés. Je vais parler au patron. Je vous remmène chez vous et vous y restez. Vous êtes sous contrôle judiciaire.

Une rapide enquête auprès du personnel confirma que personne dans le café n'avait rien vu ni ne connaissait Nils l'agresseur. Les tirs et le ramdam avaient attiré le personnel. Le commissaire dit à Sven que la jeune serveuse avait besoin d'un peu de repos et qu'elle lui avait probablement évité une prise d'otage, voire beaucoup plus grave et dommageable pour la réputation de son établissement. Le baril s'était enfin vidé, la soupente avait été nettoyée. Alors que le commissaire s'en allait, Sven lui demanda :

– Vous croyez qu'il va s'en sortir ? Il fallait voir comment elle lui cognait dessus, un baril de trente litres, d'une seule main.

Mais le commissaire ne répondit pas, il se contenta de hausser les sourcils, cela le laissait songeur. Gertrud en effet sortait de l'ordinaire.

Ingemar conseilla au patron de ne rien dire, surtout à la presse. Celle-ci, sur le front de l'incendie, venait justement d'arriver au moment où le commissaire et Gertrud sortaient par derrière. Sven éconduit le journaliste et le photographe sous prétexte que le café était fermé. Ceux-ci, des débutants, n'insistèrent pas.

Le commissaire gara la voiture devant le commissariat. Il franchit l'entrée du bâtiment le baril percé qui goûtait encore dans une main et un jambon dans l'autre. Il salua Ulf Öberg le planton. Celui-ci ouvrit des yeux ronds à la vue du commissaire au costume zébré de bière.

Les deux secrétaires Marta et Märta en laissèrent tomber leur ouvrage en voyant leur patron rentrer couvert de taches et empestant l'alcool.

– Que vous est-il arrivé commissaire ?

– J'étais au bistro…

Pénétrant dans son bureau, Ingemar Lundqvist retrouva Pépita assise dans son fauteuil. Il se fit la réflexion qu'elle le remplaçait avantageusement. Celle-ci vint à sa rencontre lui témoignant de l'affection. Il posa le baril dans un coin de la pièce, de côté, dans son champ de vision, plaçant l'impact de la balle de façon apparente. Il décida alors de modifier l'arrangement de la pièce, il attrapa la selle de cheval qu'il plaça sur le baril de bière afin de permettre à Pépita d'être confortablement à hauteur pour souffler dans le tuba sur son reposoir. Cela créait de la place à côté du héron. Satisfait, Ingemar s'assit dans son confortable fauteuil de coiffeur en cuir et comme à son habitude mit les pieds sur le bureau. Il sortit son couteau rangé dans le tiroir à côté des carnets de croquis. Il prit alors le jambon ramené du café *« Bäckahästen »* et découpa de fines tranches dans la pièce à conviction tout en pensant aux péripéties de l'affaire sous l'œil de Pépita qui assise sur la selle reprit sa pratique du tuba en riant de bon cœur.

Chapitre 9

Poul répondit au téléphone alors que Karen et leurs amis avaient pris le chemin du joli café de la forteresse de Hammershus.

– Bonjour, commissaire, quoi de neuf ?

Ingemar le mit au courant des développements de la journée, il raconta en particulier la fouille, la découverte de la moto, l'explosion, puis la tentative d'enlèvement dont avait été victime la serveuse du *« Bäckahästen »* et l'arrestation du dénommé Nils Björklund qui se trouvait en piteux état, en soins intensifs, et sur lequel on était en train de se renseigner.

À son tour, Poul confia à Ingemar Lundqvist le résultat des analyses confirmant la présence de sang humain sur la porte du container et de celle d'un chien sous la roue qui le transportait. On restait sans nouvelle du propriétaire du portefeuille. Tout ceci était bizarre et faisait déjà deux cadavres possibles de chiens, une tentative d'enlèvement et un blessé grave mais on ne déplorait pas de morts pour le moment malgré des disparus potentiels chez les humains. La conversation était entrecoupée de sons de étranges et de rires déments, mais le commissaire était lui très sérieux.

– Je me dis que le *Leonora Christina* qui repassera à Rønne ce soir aura toujours ses poubelles pleines car ce sont celles du bord. Je me rappelle avoir vu le nom du navire écrit dessus en passant. Elles ne doivent être vidées qu'à la fin de la rotation. Ils se pourrait que ces poubelles aient des choses à nous dire. Or le propriétaire du portefeuille et du chien probablement écrasé est censé se présenter ce soir à une soirée où je me rendrai. S'il n'y est pas, je vous préviens et dans ce cas, j'irai jeter un œil à bord du navire. Il y a peut-être autre chose dans le bateau que nous n'avons pas vu.

Poul rejoignit sa femme, Ingrid et leurs amis au café. La vue de la terrasse était superbe. En léger surplomb, elle embrassait toute la forteresse, la forêt et la mer. Il fut surpris de trouver une énorme tête de mort en relief sculptée sur le sol à l'entrée du café. La tête, goguenarde, semblait se vanter. Un clin d'œil macabre et plutôt déplacé au lourd passé des lieux pensa Poul. Il longea la boutique de souvenirs, traversa la salle et aperçut sa femme et ses amis qu'il retrouva. Non loin d'eux, il nota en passant qu'une cliente installait une mini-table pliante devant son pékinois sur laquelle elle disposait une assiette pleine de biscuits et une écuelle. Les longs poils de l'animal étaient tenus par des barrettes roses ce qui le fit sourire. À quelques mètres, deux chevaliers réalisaient des tours de magie pour amuser les clients, passant de table en table. Poul se dit que ce ne devait pas être aisé avec un heaume, même en carton.

Le bulletin d'information de la télévision du café présentait la situation de l'incendie en Scanie. Les canadairs français avaient commencé à le bombarder depuis la mi-journée, lâchant leurs six mille litres d'eau à chaque passage. Sur place un capitaine de pompier fatigué expliquait que ses équipes commençaient à avancer sur la route de Kårsby où il semblait que l'incendie avait débuté. Les pompiers vérifiaient qu'il n'y ait pas de victime dans les différents hameaux isolés. On rassura les téléspectateurs sur le sort des animaux du zoo d'Ystad qui avaient tous été secourus. Des fermiers et des particuliers s'étaient spontanément proposés le matin. On eut droit à l'interview de l'un d'entre eux au nez de boxeur tenant deux chameaux en laisse, qui expliquait avoir assez de place pour leur offrir un logis. Heureusement, l'absence de grands fauves avait facilité le sauvetage. Seules les autruches avaient posé problème en raison de leur dangerosité mais on avait trouvé une solution. L'expert de la chaîne était de retour pour raconter tout ce qu'il savait sur les avions canadairs façon Wikipédia. La cellule de crise du Ministère de l'Intérieur à Stockholm se montrait plutôt optimiste. Selon elle, la situation évoluait favorablement et l'incendie serait circonscrit dans les heures à venir. Puis ce fut le retour presque drôle du jeune loup politique qui adoptait une ligne plus nationaliste en s'offusquant que la Suède fût bombardée pour la première fois par une puissance étrangère depuis les Soviétiques en 1944.

– On comprend que les peintres paysagistes danois du XIXème soient venus peindre attirés par la lumière et la tranquillité des lieux, remarqua Jean, c'est magnifique ! Quelle inspiration !

– Oui après avoir été une prison, puis abandonné depuis le XVIIIème siècle, le site a finalement vu sa préservation débuter fin XIXème et les touristes y viennent désormais nombreux. Il était temps, insista Karen.

– Alors Ingrid, votre ami Olaf Lauritsen ne s'est pas manifesté depuis qu'il a perdu son portefeuille ? demanda Poul.

– Non et je n'arrive pas à le joindre.

– Que fait-il dans la vie ?

– Il est banquier. C'est un homme tranquille.

– Est-il marié ?

– Non, célibataire. Ses chiens sont sa grande passion.

– Il en a plusieurs ?

– Non, un seul, et il n'a toujours eu que des spitz.

– Pensez-vous Ingrid que nous puissions nous rendre à la soirée « Royal Croquette » de ce soir ?

– Oui, j'allais vous le proposer. J'ai des invitations non distribuées, il m'en reste deux. Tenez, les voilà, dit Ingrid en prenant dans son sac une enveloppe. Vous n'aurez qu'à écrire votre nom dans les blancs. J'ajoute vos noms sur la liste des participants.

– C'est quoi au juste cette réunion « Royal Croquette » ? demanda faussement naïvement Jean.

– « Royal Croquette » est le géant suédois de l'alimentation pour chien. L'un des deux principaux sponsors des concours canins. La SRCD est sous contrat avec cette entreprise, comme avec l'autre, sa rivale danoise « Royal Baltic ».

– Ah ! remarqua Jean, la rivalité dano-suédoise se poursuit à Bornholm par toutous interposés.

– Oui, dit Ingrid, chacune d'entre elles souhaiterait avoir l'exclusivité mais nous faisons jouer la concurrence et avons des contrats avec ces deux entreprises qui nous rapportent la même somme. Chacune d'entre-elles sponsorise à peu près la moitié des deux cents et quelques prix ce weekend. Et puis bien sûr, ils sponsorisent les autres concours pendant l'année.

– Quel va être le programme ce soir ?

– Il s'agit surtout de relationnel d'entreprise, tout le monde se connaît plus ou moins. Les juges viennent de toute l'Europe, même si une majorité d'entre eux sera scandinave. « Royal Croquette » présentera ses nouveaux produits, il y aura le discours du PDG, des récompenses, des remerciements. C'est du marketing, bien sûr, accompagné de petit fours de champagne et d'un dîner. Et puis vous verrez, le bâtiment, le *Strandslot,* est magnifique, à dix minutes d'ici.

– L'entreprise adverse n'est évidemment pas invitée ? demanda Jean.

– Non, d'autant plus qu'ils font leur soirée demain. J'y serai aussi comme tous les autres juges et membres de la SRCD.

Ils furent interrompus par un bruit lourd et une cascade d'objets suivis de cris dans leur dos. La cliente au pékinois venait de s'écrouler à une table voisine, entraînant dans sa chute le contenu de son plateau et la table. À ses pieds, son chien aux barrettes roses couina, surpris par la chute de sa maîtresse.

C'était l'affolement dans le café. On se précipita en évitant les tessons de théière, d'assiette et de tasse brisées au sol, pour porter assistance à la dame d'âge mûr qui ne bougeait plus. Poul prit les choses en main, demanda que l'on appelle les secours au plus vite. Karen jeta un œil rapide dans le sac à main de la femme cherchant d'éventuels médicaments pour le cœur mais n'en trouva pas. Enfin, il fallait se rendre à l'évidence, celle-ci était décédée, un filet de vomi et de bave sortait de ses lèvres. Le pékinois fort nerveux, inquiet de la tournure des évènements, hurlait à la mort.

Karen ouvrit le sac de la dame et consulta les papiers contenus et fronça les sourcils. Elle sortit son portable et pendant que personne ne faisait attention à elle, elle prit des photos de l'ensemble.

– Le chien ! Regardez ! cria Jean.

Le pékinois vomissait à son tour puis il se coucha et se recroquevilla et dans un spasme, il passa de vie à trépas.

– C'est probablement le thé, dit une personne de la table voisine, j'ai vu qu'elle en a servi à son chien dans sa gamelle.

Poul prit un sac en plastique qu'il avait toujours avec lui quand il promenait Bernard Saint et ramassa le contenu de la théière. Une tisane selon toute vraisemblance.

Jean remarqua à ce moment que les chevaliers-prestidigitateurs avaient disparu. Il traversa la terrasse puis le café mais ne trouva pas les deux hommes qu'il cherchait. Alors il fit le tour à l'extérieur pour voir s'il apercevait les deux médiévaux mais tout ce qu'il trouva fut deux costumes et les deux heaumes, derrière le café, jetés en vrac dans le coin poubelle dissimulé derrière une palissade. Les croisés avaient pris la poudre d'escampette. Jean interrogea une bande de fêtards vautrés dans l'herbe qui se trouvait par là mais il n'obtint aucune réponse, ils n'avaient vu personne.

Les secours arrivèrent mais il n'y avait rien à faire pour la femme qui fut déclarée décédée par le médecin. Le jeune policier qui accompagnait les secours bafouillait ses procédures apprises par cœur, dépassé par la situation et visiblement mal à l'aise. Poul le prit à part et lui montra sa carte de juge d'instruction du Ministère de la Justice, ce qui impressionna le jeune fonctionnaire et le rassura. Il confia que frais émoulu de l'école de police, c'était sa première intervention et qu'il n'avait jamais vu de cadavre.

Dans la déclaration aux policiers, Jean avait précisé avoir découvert les tenues des chevaliers et leurs heaumes en carton. Le policier les avait embarqués. Poul avait demandé en sa qualité de juge qu'une autopsie soit effectuée, y compris pour le pékinois, car un empoisonnement était suspecté. Le jeune policier, Arthur Vestergaard, avait accédé à toutes ses demandes, ne sachant comment s'y prendre.

La victime et son chien emmenés, le site avait été fermé. La réception, le café et la boutique de souvenirs avaient baissé leurs rideaux et les employés étaient partis. Les quatre amis et Ingrid se retrouvèrent seuls sur le parking du château, il ne restait plus dans ce coin que deux voitures garées, les leurs. Plus loin, des centaines de jeunes retournaient par groupes au festival de rock tout proche.

– Un concert est un endroit idéal pour se cacher après un meurtre, fit remarquer Jean, pour ensuite en ressortir incognito. Dommage que Virgule ne soit pas entraînée à retrouver des hommes, soupira-t-il, elle a l'odorat parfait pour cela.

Virgule, désormais libre, gambadait allègrement la truffe au sol sous l'œil de Bernard Saint qui observait son manège. Le lieu toujours lumineux avait soudainement pris avec le silence ambiant une dimension beaucoup plus impressionnante. L'ambiance était rendue encore plus tragique par le lointain fracas des vagues sur les rochers. Le rouge des briques enflammées par la lumière basse et profonde du ciel scandinave éclatait sur le gris des pierres, il semblait faire écho aux multiples drames qui s'y étaient joués au cours de l'histoire ; comme à ceux des conflits religieux qui ravagèrent l'île au XVIIème siècle au cours desquels on avait enfermé beaucoup de monde à Hammershus et brûlé beaucoup de sorcières. La mort étrange du jour s'y ajoutait et en allongeait la liste.

– Bon, Karen, dis-nous tout ! Qui était cette personne ? Tu as eu le temps de photographier ses papiers.

– Il s'agit de madame Lene Jørgensen, une norvégienne, de cinquante-huit ans, célibataire, membre de la Société Canine Royale de Norvège et juge dans les concours canins. Tu la connaissais Ingrid ? Il y a aussi le carnet de son chien « Flipper ».

– Non, mais j'ai vu son nom dans la liste des juges. C'est une nouvelle, elle est accréditée depuis seulement quelque mois. C'est terrible mais pourquoi l'aurait-on assassinée ?

– Je ne sais pas répondit Poul, mais dis-moi Ingrid, combien y a-t-il de juges dans ce concours ?

– Une cinquantaine environ.

– Beaucoup de nouveaux ?

– Une grosse demi-douzaine, cela marche par roulement et disponibilité. Les gens ont un travail à côté ou ils sont retraités.

– Qui d'autre que toi a connaissance de la liste de tous les participants et des juges.

– Personne réellement en fait, cela fait trop de monde. C'est moi qui distribue les accréditations. Sinon le directeur du concours, Conrad Olsen et les secrétaires l'ont aussi, mais chiens et humains ne sont guère que des numéros.

– Écoute, j'ai une faveur à te demander, car j'ai tout lieu de croire qu'il se passe des choses pas très claires autour de ce concours. Pourrions-nous y inscrire nos deux chiens ? Ensuite pourrais-tu me faire passer pour juge du concours, me donner une accréditation ? Après tout, je suis un juge, un vrai et il manquera sûrement un et peut-être deux des juges demain. Je veux porter un regard sur ce concours depuis l'intérieur, les coulisses. J'ai besoin de ton aide.

Ingrid fut surprise mais ne pouvait pas refuser. Elle savait que Poul était un des principaux hommes de loi du pays et qu'il avait la réputation d'être irréprochable dans son travail. C'était contre les statuts de la SRCD d'agir ainsi mais la situation n'était pas ordinaire et plutôt inquiétante. Et puis où trouver un, voire deux juges à cette heure-ci pour le lendemain matin ? Elle accepta.

– D'accord, je vous envoie les papiers dans la nuit et le règlement d'attribution des points pour les juges pour toi Poul.

Il me faut ta photo d'identité et les numéros d'identification des deux chiens. Je les inscris en catégorie « Saint-bernard Senior » et en « Spaniel ». Il faut se présenter avec l'animal entre 8 et 9h demain matin, le concours commence à 10h. Pour toi Poul, 8h, cela commencera par une présentation, un rappel du règlement pour les juges. Tu recevras ton emploi du temps pour les deux journées. Renseigne-toi quand même sur la manière d'évaluer les chiens, la méthode est toujours la même et mets des bonnes notes à tous.

– Évite de trop charger l'emploi du temps s'il te plaît !

– Oui, bien sûr, juste de quoi justifier ta présence au concours.

– On devrait peut-être y aller ? dit Karen, il est 8h moins le quart.

– On fait deux groupes dit Poul. Karen tu accompagnes Ingrid à la réception « Royal Croquette » avec Jean et moi, je file à Rønne voir de plus près le *Leonora Christina* qui arrive dans trois-quarts d'heure au port. Agnès, tu m'accompagnes ?

– Oui, bien sûr !

– Bien, on s'appelle quand on a fini et on verra où on se retrouve, ajouta Karen.

– Allez ! Virgule, Bernard Saint, en voiture ! Vous allez avoir du travail demain.

Les deux véhicules démarrèrent, Karen avait laissé la place de devant à Jean à côté d'Ingrid qui conduisait. Elle en profita immédiatement pour envoyer un message à son mari dont la voiture les suivait, car elle n'avait pas tout dit devant Ingrid, le sac de madame Jørgensen contenait autre chose. Après quelques kilomètres, Ingrid bifurqua pour Sandvig et s'arrêta non loin d'une imposante bâtisse en bord de mer : *Strandslot.* Agnès et Poul continuaient en direction de Rønne.

Chapitre 10

Quand Marta pénétra dans le bureau du patron pour lui amener quelques dossiers et son café, elle eut la surprise de constater que le chimpanzé occupait le fauteuil du commissaire, jouait avec un Rubik's cube et que le commissaire était lui dans l'arbre. Elle regarda le croquis qu'Ingemar Lundqvist avait terminé plus tôt dans la journée de Pépita au tuba. Marta soupira profondément, l'homme décidemment la déroutait.

Perché sur une grosse branche au milieu des oiseaux, le commissaire Lundqvist lisait le rapport de ses subalternes concernant Nils Björklund. La fouille du pick-up n'avait rien donné mais le rapport sur son propriétaire était plus intéressant. Ce Nils n'était pas à priori un grand méchant mais pas non plus un enfant de cœur. Des bagarres de bistro vers vingt ans, une tentative ratée pour s'engager dans l'armée suédoise, on l'avait trouvé instable, énigmatique, pas fiable. Il y avait aussi des condamnations sans grande importance de chasse et de braconnage. Cependant on relevait l'omniprésence d'armes de chasse non déclarées, puis confisquées. Il avait toujours échappé à des condamnations sérieuses et à la prison, sauf en une occasion, celle où il avait été mêlé comme second couteau à la "guerre des bikers". S'il n'avait pas été incriminé directement dans les attaques de bijouteries et autres fusillades entre gangs, il s'était tout de même retrouvé condamné pour avoir servi d'armurier à l'un de ces groupes. Il avait pris six mois fermes. En sortant, le type s'était calmé, il était parti vivre à la campagne. Il semblait depuis s'être acheté une conduite, pas de drogue, pas de braquage, plus de lien avec un gang quelconque ou de trafic d'armes. Il jouait dans une équipe semi-pro de foot américain et avait même représenté la Suède quelques fois ce qui fit grimacer le commissaire qui se dit que tôt ou tard les journalistes sportifs allaient s'en rendre compte et débarquer. Sinon, on ne lui connaissait pas de liaison avec qui que ce soit, un loup solitaire en somme. Pas très coopératif sur le fond le bonhomme, pas grand-chose à offrir, il semblait s'être rangé, assagi. Cependant Ingemar retint que plusieurs années auparavant, Nils avait effectué des voyages dans les pays Baltes, en Lettonie notamment, peut-être pour s'approvisionner en armes. Il pouvait bien cacher n'importe quoi en fait. Ce serait bon de l'interroger mais Gertrud l'avait tellement démoli que l'on n'était même pas sûr qu'il survive.

Ingemar Lundqvist se dit qu'il se devait de faire un portrait de Pépita assise dans son fauteuil devant ses piles de dossiers mais le travail le rattrapa. Il se contenta d'une photo depuis sa branche puis il appela l'hôpital de Malmö, demandant qu'on lui passe Linus Hellström le médecin traitant. Celui-ci lui confirma que l'état de Nils était stationnaire, ce qui était une bonne nouvelle et qu'en dehors d'un coma, d'une fracture du crâne, d'un enfoncement de la cage thoracique et de multiples fractures du bras et de la clavicule il allait pour le mieux. Le médecin était plutôt confiant sur sa capacité à s'en tirer mais ne pouvait se prononcer quant à la condition dans laquelle Nils se trouverait. Pourrait-il seulement s'exprimer et serait-il valide ? Comparable à un grand accidenté de la route, il risquait de se retrouver impotent, dans un état végétatif. Ingemar remercia le médecin, ce dernier lui promit de l'appeler si Nils sortait du coma. Un policier restait en faction devant la porte de sa chambre.

Poul avait garé la voiture dans une ruelle proche de l'entrée du port de Rønne, alors que le *Leonora Christina* touchait à quai. Agnès et Poul se rendirent au guichet et achetèrent deux billets passagers. C'était la seule façon de monter à bord légalement sans déclencher une procédure judiciaire peu discrète. Il faudrait juste descendre avant l'appareillage. Les véhicules sortaient déjà ainsi que des passagers, il y avait quelques chiens arrivant de Pologne, le navire était surtout rempli de camions et de remorques chargées de containers.

Il n'y avait plus qu'à attendre. Agnès et Poul s'assirent, le journal télévisé passait un flash d'information depuis la Scanie voisine, une journaliste devant un paysage gris-cendre sur lequel tranchait le rouge des véhicules de pompiers et le bleu et jaune des ambulances, confirmait la mort de plusieurs personnes dans un véhicule retrouvé après l'incendie. Les secours se bornaient à annoncer une future conférence de presse arguant du fait qu'il était encore trop tôt pour dire quoi que ce soit et que l'enquête était en cours. L'expert, tout comme la cellule de crise du Ministère, semblait avoir pris leur weekend, laissant ainsi le champ libre à l'ambitieux politicien qui occupait le terrain faute de rival mobilisé. Le jeune loup aux dents longues exploitait le cadavre encore chaud, de façon démagogique, afin de réaliser une manœuvre de com' politicienne à son profit. On se serait cru en France.

Enfin le reportage glissa sur l'interview de l'une des pilotes de canadair. Celle-ci remerciée par les autorités suédoises s'était posée à Malmö. Fausse blonde méditerranéenne, elle descendit de son bombardier jaune accompagnée de son labrador Chouchou qui portait un foulard rouge et une paire de lunettes. Elle était habillée à la mode des années 50, d'un blouson d'aviateur ouvert, découvrant des formes aérodynamiques, porté sur un tailleur étroit et court. Isabelle de Montségur semblait plutôt destinée à allumer des incendies qu'à les éteindre. Elle répondait en riant et avec charme dans un excellent anglais mâtiné d'un fort accent du sud de la France. Dans son interview décalé, elle ignorait la plupart des questions et parlait surtout de Chouchou, confiant qu'elle ne s'adressait à lui qu'en espéranto.

Elle utilisait cette langue utopiste avec le labrador qui semblait vraiment la comprendre. À la question de ce qu'elle faisait quand elle ne pilotait pas, elle répondit qu'elle s'envoyait en l'air, en montgolfière. C'était une formidable opération de public-relations pour l'Union Européenne dont le drapeau ornait la manche du blouson de l'aviatrice. Les journalistes étaient bouche-bée. Une star était née.

Ce fut enfin aux passagers, peu nombreux, de monter à bord du *Leonora Christina* pour Ystad, il n'y avait presque personne. Agnès et Poul passèrent les derniers et une fois dans le ventre du navire, ils se rendirent à l'arrière du pont-parking. Naviguant entre les véhicules, retrouvant l'endroit où se tenait la veille le camion portant le container de la Bornholm Space Agency. Agnès et Poul observèrent au sol une tache rougeâtre et des poils sur le métal du pont mais ils ne virent rien de plus. Ils se dirigèrent alors vers les poubelles du bord toutes proches, alignées entre des files de camion dans le prolongement des ascenseurs. Là dans un univers de tôles et de néons, où flottait une vague odeur de mazout, une douzaine de grandes poubelles identiques en plastique vert de mille litres, d'un bon mètre cinquante de long, montées sur quatre roues, étaient alignées en rang d'oignons, arrimées au pont par des sangles pour empêcher tout mouvement pendant la navigation.

Agnès et Poul se mirent à soulever les couvercles. Il n'y avait heureusement pas grand monde et les camions les protégeaient de la vue de l'équipage qui vaquait à ses occupations. Les premières poubelles étaient vides mais les suivantes, pleines, contenaient des sacs de détritus en plastique noir soigneusement fermés. Poul soulevait les sacs pendant qu'Agnès tenait le couvercle du réceptacle ouvert. Ça ne sentait pas la rose mais on voyait que le navire était bien tenu car les poubelles étaient plutôt propres. L'odeur était cependant toujours plus intense, la fermentation jouait son rôle dans un milieu chaud et ça puait de plus en plus, passant de poubelle en poubelle, ils arrivaient dans les dernières, et celle-ci leur retourna le cœur quand ils l'ouvrirent.

– Oh, quelle horreur ! fit Poul en reculant.

Agnès se retourna tout en gardant le couvercle ouvert et en se mettant le nez dans le pli du coude. Poul prit une grosse inspiration et plongea les bras dans les sacs noirs. Ce ne fut pas long. Sous le deuxième sac plastique du bord du container qu'il souleva, apparurent une paire de jambes et des chaussures habillées.

– Le voilà, on l'a trouvé ! Regarde Agnès !

Elle se retourna et ne put que constater l'évidence, le cadavre d'un homme se trouvait là. Alors ils sortirent rapidement les autres sacs et dévoilèrent le corps entier. L'homme apparaissait recroquevillé, le crâne enfoncé. À ses côtés gisait une bouillie de chien balancée par-dessus, on avait fait vite manifestement. Poul prit la scène macabre en photo, il replaça rapidement les sacs et Agnès referma la poubelle. Les deux amis se dirigèrent vers la sortie mais au moment de débarquer du navire ils furent arrêtés par un membre de l'équipage.

– Où allez-vous ? Nous allons appareiller !

– Nous ne souhaitons plus partir, nous devons retourner à terre.

– Mais vous allez perdre vos billets. Et vos bagages ?

– Nous les avons justement oubliés à Svaneke, répondit Poul en essayant de paraître bête.

– Avez-vous un véhicule ?

– Non.

– Bon très bien, donnez vos billets vous allez repasser le contrôle dans l'autre sens.

On scanna les billets. Agnès et Poul redescendirent du navire. Ils sortaient du port quand la sirène du bateau retentit. Le *Leonora Christina* repartait pour Ystad.

– Il va être content le commissaire Lundqvist dit Poul ! Le pauvre, j'ai un peu honte de lui envoyer un cadavre dans ces conditions. Mais c'est mieux ainsi.

– Oui, cela évitera de donner l'alerte trop vite ici.

– Exactement et puis même si c'est un navire danois, le meurtre a été commis dans le port de Ystad.

– À l'heure de l'Europe, cela n'a pas d'importance, répondit Agnès.

Le commissaire Lundqvist aimait bien ces débuts de soirée du vendredi quand tout le monde avait fichu le camp du commissariat. C'était calme. Il en profitait toujours pour coller ses pieds sur le bureau et se pencher sur la semaine écoulée, il avait enfin le temps de dessiner, en particulier les personnages des affaires en cours. Il venait de terminer un croquis représentant Gertrud brandissant son baril qu'il punaisa sur le tableau en liège. Ce croquis rejoignit le chihuahua, un motard, une décapotable roulant dans les flammes, un berger allemand carbonisé dans des ressorts de canapé pendu à un arbre et Pépita soufflant dans le tuba. À cet instant précis, Ingemar se demandait quel pouvait bien être la raison pour laquelle le dénommé Nils avait voulu enlever Gertrud. Il paraissait bizarre qu'il y ait une relation entre cette histoire avec un mini chien dans une théière et puis ce camion de bière disparu dont on ne retrouvait pas le chauffeur. Tout ceci pouvait-il être lié ? C'était baroque, tordu mais il n'eut pas long à s'interroger davantage, le capitaine des pompiers l'appelait. Ce fut Pépita qui le lui signala en lui passant le portable en poussant des petits cris.

– Capitaine Gunnar Magnusson, quel bon vent ?

– Vent mauvais commissaire, vent mauvais. J'ai retrouvé votre camion de bière. Venez-tout de suite !

– Je vois, en effet ! J'arrive ! Répondit Ingemar en fronçant les sourcils. Il installa la couverture de Pépita sur son fauteuil, entrebâilla la fenêtre puis quitta le commissariat.

Il sauta dans sa voiture mais attendit d'être sorti de la ville, sur la E65 déserte à cette heure, pour mettre la sirène en marche. Puis après s'être assuré qu'elle fonctionnait encore, il la coupa, car il détestait tout ce qui sonnait, en particulier les sirènes de police. Après avoir passé le barrage tenu par ses subalternes qu'il salua au passage, le commissaire rejoignit le capitaine Magnusson dans sa camionnette et ils parcoururent ensemble les quelques kilomètres qui les séparaient de la clairière de Sjövägen, sur un tapis de cendres, au milieu d'un paysage désolé d'arbres rabougris dont les troncs noirs aux moignons calcinés se détachaient de la grisaille ambiante.

– Vous allez voir commissaire, la scène est étrange dit Gunnar en descendant du véhicule.

Le commissaire vit tout de suite qu'il s'agissait du camion disparu de la brasserie car on pouvait encore lire la plaque d'immatriculation. Les tôles déformées par la chaleur avaient fait s'affaisser l'arrière du camion, en revanche le toit s'était ouvert comme une boîte de conserve. L'habitacle s'était renversé en avant comme pour une opération de maintenance, l'intérieur avait entièrement fondu.

– Pas de chauffeur. Il était arrêté, ce n'était donc pas un accident, constata le commissaire.

– Oui, il n'y avait personne au volant, mais par contre venez-voir à l'arrière.

Le spectacle était macabre, un corps carbonisé gisait sur le plateau, manifestement mort avant de brûler à en juger par le fait qu'il était droit comme un « i ». Il avait donc été gagné par les raideurs cadavériques avant l'incendie.

– L'autopsie peut nous en apprendre davantage. Mais ce n'est pas le plus étrange, regardez, là, dit le capitaine en pointant le doigt vers ce qui ressemblait à un cylindre en métal.

– Des barils de bières ?

– Oui, mais ceux-ci ne sont pas ordinaires, approchons-nous.

Se baissant près du premier fût, le commissaire fut stupéfait par ce qu'il vit. À l'intérieur, un autre corps plus petit, dont on voyait la tête, était visible, carbonisé aussi. Le commissaire s'en vint regarder à l'extrémité du cylindre et vit un fond normal. Il essaya de remuer le fût du milieu qui bougeait légèrement mais résistait.

– Ainsi, trois barils de bière de trente litres ont été découpés de leur sommet et deux d'entre eux de leur fond et empilés. On y a dissimulé un corps que l'on a pu transporter sur un diable, ni vu ni connu, puis les charger dans le camion et on est venu les brûler ici.

– Capitaine, c'est ici qu'est l'origine du sinistre selon vous ?

– Oui, ça a dû commencer ici. Ce sont les voisins de la ferme à trois cents mètres qui nous ont prévenus, ils prenaient le frais sur leur terrasse. Ils sont formels, ils ont vu des flammes s'élever venant de la clairière puis ont nettement entendu l'explosion. Le vent violent a alors propagé le feu vers le Sud Sud-Ouest très rapidement, la sécheresse du sol et des arbres était idéale pour la propagation. L'incendie s'est répandu sur des kilomètres pendant la nuit. Mais bon, ces deux personnes ne sont pas mortes à cause de l'incendie.

– Non, on les a assassinées. Je connais d'ailleurs très probablement leur identité ainsi que peut-être celle du tueur-incendiaire. Bon, il faut envoyer ces corps à l'institut de médecine légale. Capitaine, observons les alentours du site, il y a peut-être des indices.

Pendant que le commissaire donnait ses ordres à son équipe par téléphone et rameutait du personnel au commissariat, il indiqua que Nils était désormais considéré comme un suspect majeur pour un double meurtre et aussi pour un incendie criminel. Puis il demanda à Stockholm qu'on se remua pour amener le suspect en soins intensifs dans un hôpital de haut vol. De son côté, le capitaine des pompiers faisait de même, rassurant sa hiérarchie et le préposé de la cellule de crise. Il indiqua que son enquête conjointe avec la police concluait à un incendie criminel et que l'on déplorait pour le moment deux morts.

Ingemar nota alors que le juge Eriksen l'avait appelé plusieurs fois mais qu'il ne l'avait pas entendu puisque son téléphone était toujours en mode silence. Puis levant les yeux, il remarqua qu'au bord du chemin, une petite dépression dans le sol ne comportait pas de cendre, il s'approcha.

– Capitaine venez voir !

– Qu'y a-t-il commissaire ?

– Regardez ! Des traces de pneu, plutôt large, des gros crampons, probablement une moto. Il faut relever l'empreinte. Il est possible que le tueur ait filé en moto après avoir déclenché l'incendie.

– Il aurait descendu la moto du camion ?

– Oui, peut-être.

– Mais comment se fait-il qu'il y ait pu y avoir de l'humidité ici ?

– Je ne sais pas mais ça m'intéresserait de comparer l'empreinte avec les pneus de la moto de ce matin.

– Je vois, vous voulez qu'on y retourne ? Demanda le capitaine qui se prenait au jeu de l'enquête.

– Et comment !

Ils partirent avec une voiture de police et quelques pompiers dans une camionnette. Le commissaire soupira en pensant qu'il lui faudrait encore se rendre à l'appartement de madame Weichmann après cela. Il y avait peu de chance qu'il la dérange car c'était certainement elle qui se trouvait dans les barils de bière.

Chapitre 11

La ferme de Nils n'était plus qu'un tas de cendres froides, le chien carbonisé était encore accroché à l'arbre dans les ressorts du canapé. L'endroit était toujours aussi sinistre.

– Bonjour les gars ! dit Ingemar à l'attention des deux policiers qui montaient la garde. Bonne nouvelle vous allez pouvoir rentrer chez-vous.

Aidé de la police scientifique et des pompiers, il se rendit dans la grange à moitié détruite mais qui n'avait pas brûlé. Par chance, le bâtiment avait été sauvé de la destruction, par un bombardement d'eau probablement, pour ensuite être en grande partie soufflé par l'explosion de la maison.

– Bon, débarrassons les planches et voyons ce que l'on trouve. Attention tout de même !

Il apparut dès lors qu'ils se trouvaient dans un endroit fort bien équipé, plus vaste qu'au premier abord, un atelier de mécanique où rien ne manquait et qui avait probablement été correctement rangé avant l'explosion. Il y avait même une fosse pour travailler dessous, camouflée par un plancher de sapin. Découverte, elle ne renfermait rien à la satisfaction de tous.

– Embarquez la moto s'il vous plaît, dit le commissaire tout en comparant les pneus à la photo prise des traces dans la boue du sous-bois.

– Ce type avait tout l'équipement nécessaire pour monter et démonter n'importe quel véhicule. Il a parfaitement pu préparer ses barils ici.

Cela lui glaça le dos de penser que le gars n'en était peut-être pas à son coup d'essai.

Les policiers avec l'aide des pompiers s'affairaient sur les restes de la maison, déblayaient les cendres. Celles-ci encore tièdes en profondeur surprirent le commissaire.

– Alors qu'en pensez-vous ? demanda-t-il au policier et au pompier descendus dans le cratère au centre de la maison.

– Grenades, explosifs militaires… il y avait la dose ! Heureusement qu'il y avait des arbres autours et pas de voisin répondit le spécialiste. Vous avez eu de la chance hier tous les deux, les éclats n'ont pas dû vous passer loin des oreilles.

– Il faudra fouiller l'endroit plus avant et sonder le terrain aussi, on ne sait jamais. On commencera demain. Le site reste sous protection policière. Interdiction à quiconque d'y pénétrer.

Après avoir remercié tout le monde Ingemar remonta dans la voiture. Il se dit qu'il était grand temps d'appeler le juge Eriksen à Bornholm

Agnès et Poul étaient à l'aéroport de Rønne, pour la deuxième soirée consécutive. Ils avaient demandé à la même employée DHL d'envoyer une enveloppe dans un labo d'analyse à Copenhague. L'envoi du contenu suspect de la théière partirait par le dernier avion. L'employée trouvait bizarre que ces personnes viennent avec leurs chiens pour expédier des enveloppes à un labo de Copenhague par le dernier avion, mais bon.

Ils rejoignaient la voiture avec Bernard Saint et Virgule quand le téléphone de Poul sonna.

– Commissaire Lundqvist, je vous remercie de m'avoir rappelé. Figurez-vous qu'il s'en est passé beaucoup ici aujourd'hui.

– Ici aussi à Ystad ! Bon, je crois que je devrais commencer car je pense que ce sont des faits qui s'inscrivent chronologiquement avant les vôtres.

– Allez-y cher ami !

– Et bien on a retrouvé le camion de bière… avec deux cadavres dedans !

– Ne me dites pas ! Madame Weichmann et l'employé de la brasserie Anders Dalhberg ?

– Oui, très probablement, ils ne sont pas encore identifiés mais c'est la possibilité la plus logique. Madame Weichmann, brûlée à l'intérieur de trois barils de bière empilés dont le haut et le fond avait été découpés. La pauvre femme a pu être ainsi déplacée par le faux livreur, incognito, c'est plutôt malin. C'est l'incendie du camion qui a probablement au passage déclenché l'énorme feu de forêt qui a ravagé la région.

– Et le suspect, ce Nils Björklund ?

– Toujours dans le coma, mais il a une chance de s'en sortir selon le toubib. Il a été transféré en soins intensifs à Malmö. La visite de son atelier qui heureusement n'a pas brûlé nous a appris qu'il avait tout l'outillage nécessaire pour réaliser ce type de préparation. Et vous, de votre côté ?

– Et bien, alors que nous visitions Hammershus avec nos amis, une femme s'est écroulée, morte. Un empoisonnement foudroyant selon toute vraisemblance. Son chien aussi a succombé, après avoir bu le même thé. Le poison a peut-être été versé par des types qui faisaient des numéros de magie. La victime est une dame norvégienne, Lene Jørgensen, cinquante-huit ans, elle se rendait à Bornholm comme juge dans le concours canin qui commence demain. Étonnant non ? Elle était aussi porteuse d'une grosse somme, deux cent mille couronnes suédoises qui n'ont pas disparu. Nous envoyons le contenu de la théière pour analyse.

– Étrange tout ça.

– Enfin, gâteau sous la cerise, je vous annonce que le *Leonora Christina* qui fait route vers Ystad transporte un cadavre dans les poubelles du bord avec là aussi celui d'un chien. Il s'agit selon toute vraisemblance du propriétaire du portefeuille, Olaf

Lauritsen, un banquier danois. J'avoue avoir un peu honte de vous l'envoyer ainsi, mais je pouvais difficilement expliquer toutes ces histoires à dormir debout à la police locale sans y passer des heures et devoir interrompre cette enquête qui s'est imposée à nous, comme ça, sans prévenir.

– Je comprends. Je vais réceptionner ce monsieur. Le navire arrive à onze heures ce soir, il sera là dans une demi-heure. C'est étrange tous ces gens qui décèdent brutalement avec leur chien et des grosses sommes que personne ne vole.

– Au moins l'argent n'est pas le mobile du crime.

– Oui, il semble que le meurtre soit la raison première mais pourquoi ? Pour les empêcher de payer quelque chose ?

– Encore trop tôt pour le dire mais j'espère certainement en apprendre davantage demain, je vais infiltrer le concours canin. Il semble que l'affaire tourne autour de cet évènement. En tout cas les victimes, sauf l'employé de la brasserie, sont toutes mêlées à ce concours.

– Bonne idée, je vais voir ce que je peux apprendre sur les trois personnes décédées et leurs animaux et sur ce Nils Björklund. Ah ! Si seulement il pouvait sortir du coma !

– Restons en contact commissaire, car l'affaire nous réserve certainement encore bien des surprises. Il semble y avoir clairement la volonté d'éliminer des gens, répondant à un profil spécifique, un complot organisé.

– Bonne soirée juge Eriksen, je vous envoie un message dès que j'ai trouvé le corps sur le navire. À plus tard !

Arrivés à la résidence *Strandslot*, Ingrid, Karen et Jean gravirent les marches de l'imposant escalier. Champagne et petits fours étaient au rendez-vous. Karen et Jean observaient l'ambiance, Ingrid passait d'une personne à l'autre, elle connaissait beaucoup de monde. La grande terrasse de la résidence dominait la mer. Celle-ci scintillait d'une lumière rosée, reflet d'un soleil bas dans la profondeur de l'horizon. On se pressait autour du buffet. « Royal Croquette » avait mis les petits plats dans les grands, le service était assuré par des employés déguisés en chiens. Karen et Jean attrapèrent une coupe de champagne proposée par un teckel. Ils se déplaçaient entre les groupes. Beaucoup de gens étaient amis de longue date, et il ne semblait pas y avoir de stress particulier. Les membres de l'entreprise étaient reconnaissables à leur costume cadre-sup. Une flopée de gens oscillait entre le classicisme austère, simple et effacé scandinave et le style pouet pouet de la bourgeoisie décadente. Les gens étaient contents, le champagne et les amuse-gueules excellents. « Royal Croquette » ne se moquait pas du relationnel.

Enfin une voix retentit dans les haut-parleurs, c'était Göran Henriksson, le Président Directeur Général de l'entreprise, dit

« le roi de la croquette ». Il présentait bien, sexagénaire aux cheveux argentés, grand, sportif, il prenait soin de lui-même. Le genre à jouer au golf tous les après-midis et à entretenir une liaison avec une femme de trente ans de moins, pensa Jean. Göran Henriksson commença par remercier tout le monde de leur présence puis rappela les liens anciens entre l'entreprise et la SRCD et d'autres associations ou collectivités présentes. Il insista ensuite sur le travail commun accompli depuis l'année précédente. Enfin vint l'heure des récompenses : d'abord la médaille de l'entreprise à l'employé modèle puis à une dame de la Mairie de Rønne, ainsi qu'à une autre de la SRCD. Finalement, le PDG fit monter sur scène un subordonné pour la présentation des nouveaux produits et disparut sous des applaudissements nourris. Jean ne put s'empêcher de penser que « le roi de croquette » était un grand pro, rompu à ce type d'exercice et que l'entreprise était solidement dirigée. Alors que son successeur sur le podium vantait les nouvelles croquettes pour toutous seniors et autres amuse-gueules à base de bestioles diverses, Karen et Jean virent arriver Ingrid qui d'un air désolé s'adressa à eux.

– Je n'ai pas vu Olaf, c'est étrange car il ne rate jamais ce genre de manifestation et il était convenu que nous nous y retrouverions.

– On devrait peut-être y aller ? dit Karen à l'attention de Jean.

– Attendons encore un peu, on ne sait jamais, il est peut-être en retard. J'y pense, personne mis à part nous n'est au courant du décès de madame Jørgensen ? N'est-ce pas Ingrid ?

– Non, j'avoue n'en avoir d'ailleurs pas parlé, répondit-elle encore sous le trouble. D'ailleurs il est probable que personne ne la connaissait.

– Vous avez bien fait.

À 23h, le *Leonora Christina* était de retour à quai dans le port de Ystad. Le navire ouvrit ses portes, mais au lieu d'en voir descendre des véhicules, ce furent le commissaire Lundqvist et ses hommes qui montèrent à bord, accueillis par le commandant, qui avait été prévenu et auquel on avait demandé de ne pas procéder immédiatement au débarquement. Ingemar Lundqvist et les policiers se rendirent directement au niveau du pont-garage et réitérèrent rapidement la découverte macabre effectuée par Poul et Agnès dans les poubelles du bord quelques heures plus tôt. Le débarquement des véhicules put alors commencer au grand soulagement du capitaine. Après avoir fait descendre les camions, bus et voitures, la police scientifique rameutée par le commissaire fit des prélèvements sur le pont à l'endroit où une tache encore visible montrait un amalgame de sang et de matériaux indéfinissables. Puis on roula les poubelles sur le quai, Ingemar mit la main à la pâte, aidant à ouvrir les nombreux sacs de détritus afin de voir si rien n'avait été dissimulé. On retrouva la petite valise à roulettes du malheureux défunt, elle aussi dissimulée dans une poubelle. Enfin, on embarqua le cadavre et les restes du chien pour l'Institut Médico-légal.

Au *Strandslot*, la présentation des nouveautés de « Royal Croquette » se terminait par la ligne « Sveltesse Luxe », des amuse-gueules au caviar avec pour slogan « Je mange comme mon maître ! », puis on convia tout le monde à passer à table.

Celles-ci avaient été rapidement dressées, face à la mer, par un staff discret et efficace, pendant le discours et la présentation. À l'exception de la table des notables, autour du directeur Henriksson, dont la nappe rouge tranchait sur le blanc des autres, on pouvait s'asseoir où on le souhaitait. Karen et Jean se mirent côte à côte, au milieu des rangées, puis firent échanges d'amabilités avec leurs voisins. Jean s'inventa pour l'occasion une raison d'être présent liée à un reportage sur le monde canin. Servie à l'assiette par les serveurs déguisés, l'entrée était constituée de raviolis de fois-gras. Jean avait engagé la conversation avec un Finlandais charmant, Mikko Väänänen, fabriquant d'accessoires pour animaux, qui ne ratait aucun concours pour montrer ses produits. Tout en socialisant, Jean observait vaguement les autres tables et jetait un coup d'œil aux messages envoyés par Agnès. Le corps avait été trouvé dans les poubelles du *Leonora Christina* dans le port de Rønne, ce qui fit réagir simultanément Karen et Jean qui d'un air entendu dirigèrent leurs regards vers la sortie de la réception devant l'horizon rougeoyant. Il était un peu délicat cependant de s'en aller dès le premier plat mais ils n'avaient plus rien à faire ici.

Alors que les convives appréciaient leurs raviolis, une voix étranglée suivie de cris s'éleva de la table des notables. Pris de panique, Göran Henriksson le directeur gesticulait et se tenait la gorge, la poitrine puis il s'écroula en hurlant *« Schnücks ! »*. Malgré l'attention dont il fut immédiatement entouré, le directeur gisait sur la table les bras ballants.

– Karen, s'il vous plaît, dit Jean, rendez-vous vers la sortie et regardez si personne ne quitte l'endroit.

Puis il s'approcha de la table, les gens autour du directeur étaient stupéfaits. Un médecin présent sur les lieux demandait qu'on le laisse passer. Jean lui emboîta le pas, et s'imposa tout de suite pour aider à porter Göran Henriksson qui fut placé sur une table voisine débarrassée à la hâte. Jean remarqua que le PDG tenait quelque chose entre les doigts. Il en profita pour le subtiliser discrètement alors qu'on s'affairait à lui défaire son nœud de cravate. Puis Jean prit du recul, laissant travailler le médecin qui démarrait les massages cardiaques. Jean regarda ce qu'il avait pris de la main de l'homme et vit à sa grande surprise et avec dégoût que c'était incontestablement une oreille de chien, noire, arrondie assez large, haute, en pointe. Il l'enfouit dans sa poche.

Il se dirigea alors vers la table désertée des officiels et n'eut pas de mal à trouver l'assiette du malheureux, à côté du carton à son nom, qui contenait encore plusieurs raviolis. Il ouvrit une serviette et versa le contenu à l'intérieur puis enfourna l'ensemble dans sa poche de veste, ni vu ni connu. Les secours arrivèrent vite mais le Directeur gisait là, inerte, malgré les efforts du médecin. Jean reconnut le jeune policier qui s'était occupé plus tôt du décès de madame Jørgensen à Hammershus, il montrait davantage d'assurance. Le médecin parlait d'un infarctus foudroyant, certaines femmes pleuraient d'émotion, les cadres de « Royal Croquette » téléphonaient à tout va. L'horizon rougeoyait sur la mer.

Dans la voiture d'Ingrid qui les amenait à l'aéroport, Karen ne disait rien et envoyait des messages à Poul, lui demandant de les attendre sur place et d'insister pour que DHL ne ferme pas son guichet avant afin de procéder à un dernier envoi, celui des raviolis et de l'oreille, pour le labo.

Enfin Ingrid, les lâcha à l'aéroport. Elle promit de s'occuper séance tenante des inscriptions des deux chiens au concours et du passe pour Poul. Avant de partir, Jean s'adressa à Ingrid.

– S'il vous plaît Ingrid, monsieur Henriksson a crié *« Schnücks ! »* avant de s'écrouler, qu'est-ce que ça veut dire ?

– Ça ne veut rien dire, c'est le nom de son chien.

– Quel genre de chien ?

– Un bouledogue-papillon.

Ils remercièrent Ingrid. Celle-ci passablement ébranlée repartit immédiatement pour sa *sommerhus.*

L'employée DHL baissait le rideau quand elle vit arriver une fois de plus les quatre énergumènes avec leurs deux chiens et encore une fois pour envoyer un truc douteux au même labo à Copenhague. N'avaient-ils rien d'autres à faire que de l'ennuyer à la dernière minute au moment de partir ces quatre andouilles ? pensa-t-elle. Ne pouvaient-ils pas aller boire une bière dans un bistro comme tout le monde et lui foutre la paix ? L'envoi rejoignit le dernier vol avec l'enveloppe d'Agnès et Poul.

Il était minuit largement passé quand le commissaire Lundqvist pénétra dans le commissariat. Il fut salué par Öberg, le planton somnolant, effaré à la vue de son chef décoré d'une pelure de pomme sur l'épaule, taché de manières variées et empestant les ordures.

Marta et Märta fidèles à leur poste tombèrent à la renverse.

– Commissaire !

– J'ai fait les poubelles…

Ingemar Lundqvist congédia son monde dont la journée avait été bien remplie. Le voyant avec plaisir rentrer dans le bureau, Pépita lui bondit dans les bras. Il la déposa sur la selle de cheval et lui offrit un sac de fruits frais dont elle fut ravie, ce qu'elle exprima en soufflant deux fois dans le tuba avant d'éclater de rire. Enfin le commissaire s'assit sur son trône de coiffeur. Il était détendu et confiant, l'enquête progressait, de vagues contours apparaissaient, des hypothèses s'échafaudaient. Quant à Pépita, elle s'était parfaitement adaptée à son environnement et ses collègues n'y trouvaient rien à redire malgré quelques facéties sans importance et autres collisions sans gravité avec le chimpanzé en monocycle dans les couloirs du bâtiment. Même les secrétaires en parlaient avec tendresse. Satisfait, le commissaire posa les pieds sur le bureau, attrapa son couteau et attaqua de plus belle la pièce à conviction de la tentative d'enlèvement en y découpant de fines tranches qu'il plaça sur du pain. Puis Ingemar envoya un message au juge Eriksen : *« Colis bateau bien reçus/Me rendrai demain matin chez Mme W. »*

Chapitre 12

Les quatre amis reprirent la direction de la *sommerhus* de Poul et Karen, en se racontant les péripéties de la soirée. Ils firent le point une fois arrivés autour d'une bouteille. Les deux chiens retrouvèrent leurs quartiers. Bernard Saint à côté de la cheminée et Virgule au pied de la table sur la terrasse, écoutant et humant la nature.

– Bon, commença Poul, la situation s'est passablement compliquée. Nous savons maintenant que selon toute vraisemblance madame Joséphine Weichmann, une dame allemande de soixante ans résidant à Ystad, a été assassinée peut-être dans les jardins de l'abbaye, plus ou moins au moment où nous nous y trouvions, probablement par un type s'appelant Nils Björklund, un Suédois de trente-trois ans, joueur de foot américain semi-pro. Celui-ci aurait caché le corps dans des barils de bière préparés pour l'occasion. Puis il aurait monté les barils et le corps dans un camion de la brasserie Knöll qu'il avait volé le même jour assassinant le chauffeur-livreur Anders Dahlberg pour ce faire. Enfin il se débarrasse du camion avec les deux cadavres en l'incendiant dans les forêts de Kårsby, déclenchant par la même occasion un immense feu de forêt.

– Par le plus invraisemblable concours de circonstance, reprit Karen, nous nous retrouvons avec « Hercule », le chihuahua de madame Weichmann dans notre théière au café *« Bäckahästen »* de l'abbaye. Le chien a été tué avant d'y être placé. Ce même Nils, habillé en livreur, est vu par une serveuse dans l'arrière-salle du café peu de temps avant. Cette dame allemande et son chien étaient inscrits au concours dans la catégorie « Harmonie » de samedi à Rønne.

– Le soir même, poursuivit Jean, Olaf Lauritsen un banquier danois est tué et son chien écrasé par un camion portant un container de la Bornholm Space Agency sur le pont-garage du *Leonora Christina,* alors à quai à Ystad. Les deux corps sont jetés dans les poubelles du bord. Ce monsieur se rendait à Rønne pour officier comme juge au concours canin. Il avait deux cent mille couronnes danoises dans son portefeuille qui n'ont pas été volées.

– À Hammershus, au café, une dame de cinquante-huit ans, madame Lene Jørgensen, norvégienne, bibliothécaire, meurt brutalement, probablement empoisonnée – les analyses nous le diront – et son chien avec. Cette dame se rendait aussi à Rønne en qualité de juge pour le concours et elle avait aussi deux cent mille couronnes dans son sac à main, continua Agnès.

– Enfin poursuivit Jean, quelques heures après, Göran Henriksson, PDG suédois de « Royal Croquette » s'écroule au cours de la réception organisée par son entreprise à l'occasion du concours canin de Bornholm qu'il sponsorise. Il est peut-être victime d'une attaque cardiaque fulgurante, déclenchée par un ravioli de bouledogue-papillon, le sien. On lui aurait fait manger son propre chien, semble-t-il. Est–ce assez pour déclencher un infarctus ou avons-nous à faire à un autre cas d'empoisonnement ? Là aussi les analyses nous dirons qu'en conclure.

– Je remarque que les quatre victimes, à l'exception du malheureux et vrai livreur Knöll, Anders Dalhberg, ont toutes à peu près le même âge, sont célibataires – sauf peut-être le PDG – partagent une situation financière aisée, un petit chien et se rendaient au même concours canin. Un profil des victimes apparaît.

La nuit résonnait des sons de la nature et des vagues de la Baltique. Virgule était à l'écoute tout en luttant contre le sommeil. Elle regardait ses maîtres Agnès et Jean, l'œil fatigué, agitant mollement son bout de queue, d'un air de dire : c'est une bonne idée de venir ici, mais quand est-ce qu'on dort ? La bouteille de Bourgogne baissait régulièrement. Le téléphone de Karen retentit. C'était Ingrid.

– Ça va Ingrid, t'es bien rentrée ?

– Oui, bon tout est prêt pour demain, Poul sera juge, son passe est préparé et les deux chiens sont inscrits en catégories « Saint-bernard Senior » et « Spaniel ». Soyez à l'heure !

– Nous le serons, rassure-toi !

– Ah, au fait ! N'oubliez pas de préparer les chiens, qu'ils soient beaux !

– Nous n'y manquerons pas.

– À demain !

– Bonne nuit, remets-toi de tes émotions.

Pendant le coup de téléphone, Poul avait consulté les listes des participants et sponsors du concours de Bornholm et, il découvrit que deux personnes portaient le nom d'Henriksson, le PDG décédé mais aussi un participant dans la classe des molossoïdes dont le nom apparaissait dans les catégories « Grand Danois », « Rottweiler », « Pitbull » et autres chiens à mâchoires pleines de dents. Une recherche rapide sur le net renseignait Leif Henriksson comme éleveur avec une adresse à Bornholm dans une ferme du centre de l'ile. Cela avait l'air plutôt sérieux à en juger par le site web de l'élevage. Davantage de recherches effectuées par acquis de conscience, en quelques clics, lui apprirent à sa grande surprise que le PDG décédé et l'éleveur étaient bien père et fils. On les voyait apparaître ensemble sur des photos. Poul remarqua aussi que la multinationale de la croquette était officiellement partenaire de l'élevage « Dansk Hund » du fils.

Poul fit part de sa découverte qui surprit à moitié sa femme et leurs amis.

– C'est un petit monde, que celui des chiens de concours, dit-il. Ainsi on retrouve le père sponsor des concours et de l'élevage du fils qui prend part aux concours organisés par son père.

– Les gros chiens mangent d'ailleurs beaucoup de croquettes s'amusa Jean. J'y pense, au fait, n'est-ce pas un grand danois qui doit être mis en orbite par l'association spatiale ?

– Si… fourni par cet élevage ?

– Il faut y aller demain matin, mais comment va-t-on s'organiser ? Il nous faut nous séparer en deux car je dois être à huit heures à la présentation des juges. Virgule débute son concours en fin de matinée et Bernard Saint en début d'après-midi. Il faut que quelqu'un reste avec les chiens sur place car c'est grâce à eux que nous pourrons nous promener dans les coulisses de l'évènement.

– J'irai visiter l'élevage après l'inscription de Virgule, puis je vous retrouve au concours, mais il me faudrait un véhicule, dit Jean. Il vaut mieux que vous gardiez la voiture cependant, on ne sait jamais.

– J'ai ce qu'il faut dans le garage, tu peux conduire une moto ?

– Oui, bien sûr, j'ai même amené mon permis.

– Parfait, viens-voir !

Jean suivit Poul au garage, ce dernier ouvrit les portes en bois, Jean siffla d'admiration étonné par ce qu'il vit.

– Wouah ! Un side-car ! Génial !

– Un Mash 400, dernier modèle ! Je l'utilise de temps en temps.

– Tu me le prêtes demain matin ?

– Oui, et on se retrouve à Rønne.

– Formidable !

– Il nous faudra aussi aller faire un tour à Nexø voir la Bornholm Space Agency, dit Agnès.

– Oui, demain samedi ou dimanche.

La nuit s'annonçait courte, il faudrait se lever tôt afin de se préparer et s'occuper des chiens puis rouler pour être à huit heures à Rønne. La bouteille étant finie, on fixa le réveil à six heures, « l'heure idéale pour une trempette dans la Baltique », selon Karen.

À Ystad, les secrétaires du commissaire Lundqvist eurent un haut le cœur quand elles entrèrent dans le bureau le samedi matin. Il dormait, déchaussé, dans son fauteuil de coiffeur en cuir, les pieds sur le bureau, un couteau à la main. Un jambon bien entamé posé sur les rapports tapés pendant la nuit y avait laissé des taches de gras. Des croquis représentant un type et son chien dans une poubelle et un chien assis sur une fusée étaient jetés sur le bureau. Elles ouvrirent les fenêtres en grand pour aérer, ce qui tira leur patron de ses songes. Pépita était déjà dans l'arbre.

– Déjà ! Salut ! dit-il d'une voix lasse.

Après avoir bu un café que lui préparèrent les braves femmes qui le connaissaient bien, le commissaire quitta le bureau. L'une d'entre-elle l'interpella pour lui rappeler de mettre ses chaussures car il partait en chaussettes. Pépita l'accompagnait, elle en profita pour chiper la casquette d'Ulf Öberg le planton, qui l'avait malencontreusement laissé sur une chaise puis ravie de l'aubaine, elle grimpa à l'arbre le plus proche avec le journal du jour qu'elle avait chapardé à la réception.

La fraicheur matinale revigorait le commissaire Lundqvist. La maison de madame Weichmann n'était pas très loin, aussi décida-t-il d'y aller à pied. Arrivé devant l'adresse indiquée, il poussa la porte d'entrée et consulta les boîtes aux lettres, celle de madame Weichmann n'avait pas été relevée depuis quelque jours. Elle habitait au deuxième. Devant la porte, il sonna mais n'obtint aucune réponse. Alors il sortit un passe-partout et ouvrit. Il chercha un interrupteur qu'il trouva à main droite. L'appartement était parfaitement rangé. Le commissaire se sentait mal à l'aise. Pénétrer chez quelqu'un comme ça le dérangeait mais la personne était probablement morte quoiqu'il en soit. Que venait-il d'ailleurs chercher ? Il n'en savait rien, un indice quelconque dans une histoire encore sans queue ni tête.

Son instinct lui dit que dans un lieu aussi bien rangé, il fallait s'approcher du secrétaire. Des photos encadrées de madame

Weichmann avec son chihuahua étaient posées sur le meuble. Il remarqua que ces photos avaient été prises à des époques différentes car au moins trente ans les séparaient à en juger par l'aspect de la dame à des âges variables. La dame n'avait eu que des chihuahuas d'après les photos remarqua le commissaire. Il constata que la femme était de petite taille, un mètre cinquante maximum, fluette. Le type qui l'avait mise dans les barils de bière était bien renseigné et avait soigneusement préparé son coup. Son regard fut alors attiré par un magazine et une publicité pour la Course des Grands Voiliers de cette année qui faisait escale dans la Baltique. Le commissaire vit que la publicité avait été cerclée au crayon à différents endroits. Le magazine était renflé en son milieu. Écartant les pages, il découvrit une enveloppe non cachetée avec un nom de bateau et une date. Il l'ouvrit et se montra surpris mais satisfait du contenu. Il reposa le tout dans l'ordre où il l'avait trouvé et décida alors de s'en aller. Après avoir refermé la porte de l'appartement, il rentra chez-lui. Il appela le commissariat pour que l'on fit poser des scellés sur l'appartement de la dame.

C'était le branle-bas de combat dans la *sommerhus* de Poul et Karen. Fidèle à elle-même, Karen s'était baignée dans la Baltique à six heures et quelques du matin après avoir préparé le petit déjeuner. Tout le monde fut prêt en un temps record.

Le petit déjeuner avalé, on sortit les chiens sur la terrasse. Ceux-ci, endormis, se montraient surpris. Ce n'était pas dans leurs habitudes de se faire brosser tôt le matin. Mais ce n'était pas non plus désagréable. Bernard Saint se coucha immédiatement sur le ventre. C'était un sacré travail tant l'animal était gros. Virgule avait des nœuds de poils dans les oreilles et s'était allongée de tout son long. Il lui fallait se retourner pour se faire brosser sur l'autre côté ce qui évidemment la dépassait. Tout en pomponnant les deux chiens, les quatre amis écoutaient le bulletin d'information du matin. On annonçait le décès brutal du PDG de « Royal Croquette », officiellement d'un infarctus. Le journaliste indiquait aussi qu'une personne avait été trouvée morte à bord du ferry entre Rønne et Ystad, sans plus de détail. Ceci représenta la transition vers le bilan définitif de l'incendie en Scanie qui se montait à deux morts avec une enquête toujours en cours. Le bulletin radiophonique se fit l'écho des réactions suivant l'interview d'Isabelle de Montségur et de son chien Chouchou en passe de devenir des phénomènes de société. La vidéo mise en ligne sur YouTube et Twitter avait récolté plus d'un million de « Likes » depuis sa diffusion ainsi que des torrents de commentaires en Suède. La demande pour les cours d'espéranto explosait.

Enfin, après quarante-cinq minutes d'efforts imparfaits les deux chiens avaient meilleure allure. On se résolut à partir car le temps pressait. Derrière la voiture où Karen, Agnès et Poul avaient pris place en plus des deux chiens, Jean suivait en side-car, tranquillement, l'air frais le réveillant. Les deux chiens avaient eu un traitement de faveur, Bernard Saint, une couverture toute propre dans le coffre de la voiture et Virgule avait eu le droit à la banquette arrière sur une couverture elle aussi, à sa grande satisfaction.

Garé sur le parking du Stade Nord de Rønne où se tenait le concours, Poul appela le labo d'analyse de Copenhague.

– Docteur Jesper Knudsen ? C'est encore moi, le juge Poul Eriksen, avez-vous reçu mes trois échantillons ce matin ?

– Oui Juge Eriksen, oui je les ai reçus à l'instant. Vous voulez donc connaître les plantes qui font partie du premier, le contenu des raviolis dans le deuxième et la nature de l'oreille du troisième échantillon ?

– Tout à fait, et merci de me le dire le plus rapidement possible, s'il vous plaît.

– Je vous appelle dès que c'est fait ce matin. Le labo s'y met tout de suite.

– Merci beaucoup, j'attends votre appel, gardez les échantillons !

– Bien sûr, à plus tard, monsieur le Juge.

Ingemar Lundqvist reçut l'appel du commissariat, celui-ci confirmait l'identité des trois victimes comme pressenties. L'employé de la brasserie Knöll, Anders Dahlberg, avait été tué à coup de barre à mine, selon toute vraisemblance celle retrouvée dans la carcasse du camion. Le crime avait eu lieu en début d'après-midi. Madame Weichmann, avait été identifiée par ses dents. On avait dû découper les barils à la disqueuse pour la sortir du métal. Le légiste avait pu établir que la malheureuse avait été étranglée avec tellement de force qu'elle en avait eu le cou brisé à en juger par l'état des vertèbres – comme son chien, songea Ingemar. Quant au banquier Olaf Lauritsen, il avait été violemment heurté. Sa tête était écrasée mais aussi tout son flanc gauche. Il présentait de nombreuses fractures, il avait été tué sur le coup avant d'être jeté dans la poubelle et son chien l'avait suivi. Le commissaire demanda alors à sa secrétaire qu'on lui réserve des billets sur le ferry de Bornholm du lendemain matin dimanche. Il en profita pour prendre des nouvelles de Pépita. Celle-ci avait semble-t-il chapardé des pelotes de laines à Marta Svensson.

Au concours canin de Rønne, Poul se rendit directement au bureau d'enregistrement des officiels, il fournit les papiers envoyés par Ingrid. Celle-ci lui avait préparé une veste de juge. Il fut dirigé vers une tente dans laquelle une dizaine de personnes attendaient déjà. L'ambiance était morne, la nouvelle de la mort du directeur de « Royal Croquette » avait jeté un froid en plus de celle du banquier Lauritsen annoncée par les journaux du matin. Poul compatit, il préféra éviter de se faire remarquer à poser des questions car en tant que nouveau, il fallait mieux laisser les gens venir à lui.

Pour Karen et Agnès, l'attente était beaucoup plus longue, les chiens déjà présents par centaines accompagnés par leurs maîtres attendaient en file indienne. Selon un système bien organisé, les chiens étaient tagués un par un avec un code barre et les inscriptions confirmées. L'attente était trop longue pour Virgule que la présence des nombreux congénères énervait. Elle commençait à grogner et se risqua à quelques aboiements ce qui n'augurait rien de bon pour la suite du concours.

Ce fut au tour de Bernard Saint d'obtenir son accréditation. Placide, il laissait la préposée lui poser une étiquette sur le collier. Pour Virgule cela se passa de manière plus difficile. Nerveuse, elle grogna à la vue de la main inconnue se rapprochant. Jean proposa de le faire, il ne s'agissait pas que de peur, Virgule ne morde quelqu'un.

Enfin accrédité, le groupe se scinda. Karen, Agnès et Bernard Saint pénétrèrent dans le périmètre du concours. Jean et Virgule prirent le chemin du parking. Il valait mieux éloigner Virgule. Jean décida de l'emmener avec lui dans le side-car pour aller visiter la ferme « Dansk Hund », il fallait être de retour pour le début d'après-midi. Après avoir prévenu Poul de son départ et lui avoir souhaité une bonne matinée, Jean démarra le side-car avec Virgule assise dans le baquet à ses côtés.

Chapitre 13

Rouler en side-car était un vrai plaisir, particulièrement sur des routes à peu près désertes où l'on ne croisait que des cyclistes et des marcheurs en goguette. Jean avait laissé un champ d'éoliennes sur sa gauche puis enfilé dès la sortie de Rønne, une route secondaire en direction des forêts d'Almindingen, la partie la plus sauvage au centre de l'île. Il jetait un œil à Virgule assise à sa droite dans le baquet du side qui, les oreilles au vent, semblait apprécier cette situation nouvelle pour elle. La route était droite, bien entretenue parfois bordée de sapins et autres bouleaux. Çà et là un moulin attenant à une ferme apparaissait comme un peu partout dans l'île, conservé avec soins. Puis après quelques kilomètres, la route obliqua lentement vers l'est pour finalement prendre la direction de Segen puis d'Østermarie. La forêt était partout, entrecoupée de petits lacs aux formes tarabiscotées. Jean se fit la réflexion que les Burgondes, qui venaient dit-on de Bornholm, n'avaient pas dû se sentir trop dépaysés en s'installant dans le Morvan au Vème siècle, les paysages se ressemblaient un peu. Mais petit à petit le relief changeait, une élévation et des ondulations se manifestaient. Les glaciers avaient marqué les lieux de leur empreinte au cours des temps géologiques. Des affleurements rocheux apparaissaient, un fort viking en ruine était encore visible sur l'un d'eux. Les nombreuses fougères témoignaient de conditions plus rudes. Le centre de l'île, avait résisté à l'emprise de l'agriculture intensive et conservait une nature bien plus sauvage, on se trouvait transporté dans une autre dimension, l'appel du nord, le monde des elfes surgissait tout à coup. Enfin, après quelques carrefours et autres petites routes, Jean et Virgule arrivèrent sur celle de Nydam puis s'enfoncèrent dans un chemin de traverse au milieu des arbres et après quelques dizaines de mètres, ils débouchèrent sur une ferme. Un panneau indiquait « Dansk Hund – Élevage canin ». Jean remarqua au passage que le logo de la SRCD était placé sous la pancarte. Il arrêta le side-car sur le parking. C'est sans surprise qu'il nota la présence de plusieurs motos, Harley et autres grosses routières parquées en rang d'oignons avec un ordre millimétré.

L'arrivée du side-car à une heure matinale dans le silence ambiant avait soulevé de nombreux regards, Jean reconnut certains visages de motards aperçus sur le bateau. Ils avaient posé leur blouson et prenaient leur petit-déjeuner dans un grand calme. Les surprendre dans leur repaire était incongru.

– Salut, je souhaiterais parler à monsieur Leif Henriksson, l'éleveur, fit Jean en anglais.

Personne ne réagit. Jean pensa, que c'était probablement en raison d'une certaine hiérarchie dans le groupe et que le fils ayant été prévenu du décès de son père, les bikers étaient certainement pris de cours. L'ambiance était de toute évidence particulière. Ceux-ci regardaient le side-car qui ne manquait pas d'allure.

– C'est au sujet de son père … hier soir, précisa Jean.

Un des types lui répondit finalement :

– Il est chez lui. Je ne sais pas s'il souhaite qu'on le dérange.

– Je comprends tout à fait, cependant si vous pouviez lui dire que Jean Lafay souhaite le rencontrer, je vous en saurai gré. Dites-lui que c'est par rapport à hier soir, merci.

– Attendez ici.

L'homme se leva, Jean remarqua que ces bikers n'étaient pas des jeunots, quelques trentenaires mais surtout des quadras et des quinquas. Il n'aurait pas dépareillé question âge, il les avait trouvés plus jeunes sur le bateau. L'absence des cuirs et des bottes devaient beaucoup y faire. Pendant ce temps, Virgule, la truffe en l'air, reniflait dans toutes les directions. On entendait japper dans des cages.

– Salut, vous voulez me parler ?

Leif Henriksson, était devant lui accompagné du motard parti le prévenir. Le fils du PDG disparu avait l'air passablement épuisé.

– Bonjour monsieur Henriksson, veuillez accepter mes condoléances à l'occasion du décès de votre père hier. Je m'appelle Jean Lafay, il se trouve que j'étais hier soir à la résidence *Strandslot* quand votre père est décédé. Pourrions-nous nous entretenir seul à seul s'il vous plaît ? En allant faire un tour par exemple…

– D'accord, allons dans la forêt.

Ils marchèrent quelques minutes sur le chemin entourés d'arbres, puis franchirent une limite constituée d'un muret et de barrières en rondins de bonne taille. Arrivés dans une clairière en légère pente où de grosses moraines jonchaient le sol, ils s'assirent. Jean détacha Virgule qui, ravie, se mit à folâtrer dans une nature généreuse.

– Vous connaissiez mon père ? demanda Leif.

– Non, pas du tout, je l'ai vu et entendu hier soir pour la première fois, avant qu'il ne décède. Je vais vous le raconter car ainsi vous comprendrez mieux pour quelle raison je viens vous voir or je ne suis pas certain que l'on vous ait dit tout ce qu'il s'est passé pendant la soirée.

Alors Jean lui raconta tout, le discours, le repas, les suffocations, le cri « Schnücks », le tumulte … puis l'oreille et les raviolis, les premiers soins prodigués par le médecin présent sur place, l'arrivée des secours, de la police puis il termina par l'annonce de l'analyse des raviolis en cours et pour finir il lui montra une photo de l'oreille sur son smartphone.

– Vous voulez dire qu'on l'a assassiné en déclenchant un infarctus foudroyant causé par l'ingestion de son chien ?

– C'est possible.

– Mais mon père n'était pas cardiaque, il prenait au contraire soin de sa santé.

– Peut-être y avait-il autre chose dans les raviolis ? Auquel cas l'oreille était peut-être un message, une signature, l'expression d'une vengeance. Il est particulièrement vicieux de faire manger son animal domestique à son maître.

– Mais pourquoi n'avez-vous rien dit à la police ?

– Voilà aussi la raison pour laquelle je souhaitais vous rencontrer. Votre père est la cinquième personne à décéder depuis quelques jours dans des conditions étranges. Il semble que ces décès soient liés au monde des chiens, des concours, en particulier de celui de Bornholm qui commence ce matin. Vous-y participez n'est-ce pas ? Il se trouve que j'enquête avec une équipe danoise du Ministère de la Justice de votre pays sur cette affaire.

– Mais vous n'êtes pas danois ?

– Non, mais c'est l'Europe. Je peux bien sûr vous mettre tout de suite en relation avec le juge d'instruction danois qui instruit l'affaire et qui m'envoie.

– Cinq personnes assassinées ?

– Oui, trois sûres et deux possibles dont votre père car ce n'est pas une certitude tant que nous n'avons pas le résultat des analyses. Et puis quatre chiens aussi sont morts. Lui connaissiez-vous des ennemis ?

– Non, pas à ma connaissance.

Le temps était splendide, frais, Virgule s'était couchée dans l'herbe bien grasse, au milieu des fleurs. Elle était à l'écoute humant, observant, écoutant. C'était un paradis pour elle.

– Vous étiez proche de votre père ?

– Au début non. Enfance compliquée, mère danoise et père suédois, parents divorcés. Échec scolaire, fugues, conneries d'ados. Après la crise des bikers danois, c'est lui qui m'a suggéré de me lancer dans l'élevage des molosses et qui m'a acheté la ferme. Il faut reconnaitre que c'était une excellente idée. Avec ses relations, j'ai eu un cadre très protecteur dans lequel évoluer. Mon père avait raison, les propriétaires de chiens sont tous les mêmes : caniches ou pitbulls, ils ont la même passion. Avec mes relations j'ai tout de suite eu des clients et des employés sur qui j'ai pu compter. En participant aux concours, j'ai acquis une réputation de qualité.

– Vous vous entendiez bien désormais donc ?

– Oui, mon succès en tant qu'éleveur, ma stabilité nous avaient beaucoup rapprochés même si nous n'étions pas d'accord sur tout, en particulier par rapport aux chiens.

– Votre père aimait beaucoup ses chiens ? demanda Jean qui se rendit compte que sa question était stupide.

– Il les aimait beaucoup trop.

– Ah bon ! Que voulez-vous dire ?

Leif hésita … puis il reprit la parole.

– Oui, bien sûre, vous ne pouvez pas le savoir, mais Schnücks n'était pas vraiment un chien !

– Quoi ? Comment ça ? Qu'est-ce que cela veut dire ? reprit Jean dont l'exclamation fit se retourner Virgule, surprise.

Elle décida de se lever, soudainement attirée par la forêt, les sens en éveil.

– Maintenant, cela n'a plus grande importance donc je peux vous le dévoiler.

– Et bien ?

– Schnücks n'était pas un chien ordinaire, c'était un clone.

– Vraiment ? Un clone ! Vous en êtes sûr ?

Jean se sentait tout à coup dérouté par le poids de la révélation.

– Mais les clones n'existent pas sur le marché !

– Officiellement non, mais des entreprises en proposent déjà depuis plusieurs années au marché noir.

– Votre père avait fait cloner son bouledogue-papillon ?

– Oui, il adorait le précédent, le chien original, il y a une dizaine d'année. Aussi quand il a su que certains proposaient d'essayer de cloner des chiens, il n'a pas hésité, faisant faire un prélèvement génétique de « Schnücks », le vrai. Celui-ci était le deuxième cloné, le premier clone n'avait vécu que trois ans.

– Trois ans, c'est déjà énorme. Mais qui propose ceci ? C'est interdit.

– Ce n'est pas ici que cela se fait mais dans l'ex-Union Soviétique.

– Et combien ça coûte ?

– Environ 20 à 25000 euros le chien.

– Votre père prenait-il part à ce commerce de ce qu'il est convenu d'appeler un trafic de chien cloné ?

– Non, financièrement il n'en avait pas besoin mais certains dans les concours canins ainsi que des vétérinaires trouvent les clients. Conrad Olsen l'organisateur et directeur du concours de Bornholm est l'un de ceux-là. C'est le seul que je connaisse.

– Comment le savez-vous ? Votre père vous l'avait dit ?

– Non, mais Olsen m'a approché, par erreur, confondant nos numéros de téléphones à cause de nos noms et se méprenant sur nos voix. Il m'a appelé croyant qu'en tant qu'éleveur de molossoïdes je pouvais trouver des propriétaires intéressés. Je lui ai fait remarquer que je proposais des chiens en bonne santé à un prix bien plus bas que le sien et que ma marge bénéficiaire serait toujours largement supérieure à celle d'un chien cloné bourré de tares dont le prix est exorbitant.

– Qui selon vous fait cloner son chien ?

– Des personnes qui ont une passion sans limites pour un animal qui représente une partie d'eux-mêmes. Des gens souvent seuls, ils se sont habitués à un animal, à ses réactions, un rythme et le connaissent à fond, le temps et le rapport homme-animal les conforte. Ils ne veulent pas le voir disparaître. Peut-être ces gens ont-ils peur du temps qui passe, de vieillir, de mourir. Quoiqu'il en soit, ils doivent avoir les moyens.

– Est-ce qu'Olsen savait que votre père avait un chien cloné ?

– Probablement, mais je ne pense pas que mon père le lui ait dit, les types qui dirigent ce trafic discret ont dû le lui apprendre. Je l'ai demandé à mon père car le coup de téléphone d'Olsen m'avait intrigué. J'étais probablement le seul à le savoir.

– Votre père ressemblait au profil que vous m'avez décrit ?

Ils furent interrompus dans leur dialogue par de sourds aboiements de Virgule, celle-ci la tête relevée et en arrêt pointait vers les arbres à quelques dizaines de mètres… alors, lentement, avec précaution, sortant de la forêt… énormes, magnifiques, emmené par un mâle imposant, précédant des femelles et leurs petits avec de jeunes adultes suivant derrière, un troupeau de bisons pénétrait dans la clairière.

Jean était stupéfait.

– Des bisons ! Vous avez des bisons à Bornholm ?

– Oui, ils ont été relâchés en 2012.

– Ce sont des bisons d'Europe donc, les mêmes que ceux de Bialowiesca en Pologne ou les hybrides du Caucase ?

– Oui, les bisons de Bialowiesca, ils se plaisent bien, je viens souvent les voir.

Jean connaissait l'histoire des bisons de Pologne car un projet similaire de réintroduction avait été lancé auparavant en France, à Sainte-Eulalie en Lozère. Le bison regagnait les lieux où il vivait deux mille ans auparavant. Les derniers dans ce qui serait un jour la France avaient disparu à l'époque de la conquête de la Gaule par César. Réintroduits en semi-liberté, ils allaient pouvoir entretenir la forêt de la Margeride comme ici celle d'Almindingen. En théorie, cela devrait assurer la survie de l'espèce qui avait failli disparaître après des millénaires de chasse et les deux guerres mondiales du XXème siècle.

Virgule contemplait les animaux, surprise elle aussi car elle n'en avait jamais vus. Sa truffe frétillait et s'imprégnait de l'odeur de ces animaux. Elle se risquait à de courts et sourds jappements d'interrogation. Ne sachant quelle attitude adopter, les « wouffs » soulevaient ses babines sans pour autant lui ouvrir la gueule. Jean se dit qu'elle devait les considérer comme des sortes de vaches ou de chevaux. Leif et Jean se turent admirant les magnifiques animaux. Puis après quelques minutes les bisons réintégrèrent la forêt et disparurent. Virgule, elle, repartit faire un tour là où les bisons avaient brouté. Après ce moment de magie, l'éleveur reprit la parole.

– Superbe n'est-ce pas ?

– Oui, magnifique et ceux-ci ne sont pas des clones. Monsieur Henriksson, pour nous l'enquête continue. Vous éclairez d'un jour nouveau ce monde canin qui entoure des crimes encore non expliqués. Mais je dois y aller, justement à Rønne pour le concours. À propos, le chien à mettre en orbite par la Bornholm Space Agency, c'est un animal de chez vous ?

– Oui, je dois l'emmener pour la présentation à midi et ils viennent le chercher demain au dernier moment pour ne pas le stresser avant le lancement. Venez, je vais vous le montrer.

Alors qu'ils quittaient le parc pour rejoindre l'élevage, Virgule avait subitement disparu. Jean appela… Elle arriva après quelques minutes en courant.

– Vous avez là une très belle chienne. Ça c'est un vrai chien !

Malgré le compliment, Jean ne put que constater la catastrophe. Retrouvant ses instincts Virgule s'était roulée dans des bouses de bisons fraiches. Elle en était couverte.

Leif et Jean repassèrent devant la ferme, les bikers s'affairaient. Ils chargeaient les molosses dans les cages pour le concours. Aucun chien cependant n'aboya à la vue de Virgule, celle-ci camouflée derrière une odeur de bison les prit de court, elle empestait.

Ils arrivèrent devant la cage du grand danois, il était imposant, assez jeune environ un mètre vingt au garrot.

– Salut Krølle-Bølle ! Salut ! Salut ! dit Leif.

– Est-ce que l'agence spatiale est déjà venue le chercher pour l'entraîner ?

– Non, pas pour l'entraîner car c'est moi qui m'en occupe. Mais leur vétérinaire passe souvent le voir, le pèse tous les jours. Vous avez d'ailleurs dû vous croiser car il est reparti peu de temps avant votre arrivée. On sert le repas de Krølle-Bølle à l'intérieur de la fausse capsule, revêtu de sa combinaison, cela fait partie du contrat. La voici dit Leif, découvrant une bâche qui révéla une capsule factice en fibre de verre. Leur plus grosse crainte est qu'il grossisse au point de ne plus pouvoir rentrer dans sa combinaison. Ils l'ont mis au régime.

– Pourquoi avoir choisi un grand danois ?

– À cause du poids et de la taille, ils veulent faire l'essai d'un vol habité avant de le tenter avec un cosmonaute. Ce chien se rapproche du poids et de la taille d'un homme petit à moyen. C'est la version danoise de Laïka, le premier chien soviétique de l'espace.

– Je souhaite à ce chien de devenir aussi célèbre que Laïka. C'est votre élevage qui sera alors en orbite.

Mais il fallait se dépêcher de rentrer à Rønne pour être à l'heure pour le concours. Jean pensa passer Virgule au jet mais il n'avait pas le temps cela allait mouiller le side-car. Il opta pour un journal déplié dans le baquet.

– Tu peux être fière de toi ma grosse ! Quand je pense que tu dois participer à un concours de beauté ! Tu sens la bouse !

Après avoir remercié Leif pour son accueil et lui avoir serré la main, Jean salua les motards d'un hochement de tête. Il démarra, Virgule avait repris sa place dans le baquet. Au bout de quelques kilomètres il s'arrêta sur le bas-côté de la route devant l'une de ces nombreuses petites cabanes ornées de drapeaux danois situées au bord des routes ou aux carrefours. Là, dans ces poétiques présentoirs en bois surmontés d'un toit, les habitants de Bornholm placent ce qu'ils ont à vendre, quelques fruits et légumes voire de vieux objets ainsi qu'une petite caisse dans laquelle les acheteurs déposent l'argent. Jean prit son portable et appela Poul pour le mettre au courant de ce qu'il avait appris sur les chiens clonés et le directeur du concours.

Alors qu'il redémarrait, Jean entendit arriver la caravane des bikers. Celle-ci ouvrait la route devant les fourgons contenant les chiens. Les motards s'arrêtèrent et lui proposèrent de les suivre. Jean se colla à l'arrière du cortège qui fit une entrée remarquée dans Rønne avant de se garer sur les parkings du Stade Nord.

Agnès fut consternée à la vue de Virgule, il ne restait que très peu de temps avant son entrée en scène, elle empestait le bison, elle était couverte de bouse, en particulier dans les oreilles où cela formait comme des grelots pris dans les poils ondulés. Ils n'avaient que juste le temps de procéder à un brossage grossier à l'eau suivi d'un séchage rapide avec sa couverture. On était proche du désastre.

– Tant pis, l'important, comme le disait Pierre de Coubertin, c'est de participer ! allons-y, fit Jean.

– C'est parti ! reprit Agnès.

Chapitre 14

Tout en prenant le café de bienvenue au concours canin, Poul se décida à lier connaissance avec les autres juges. Il récolta plus de questions que de réponses. En sa qualité de nouveau venu dans le groupe, on l'interrogea sur son passé canin, exercice dont il se tira par des réponses vagues car mieux valait éviter de révéler son ignorance totale du milieu dans lequel il pénétrait et de se faire remarquer. Il décida de repérer les lieux, de se familiariser avec l'endroit. Le concours était partagé en un grand nombre de petites aires carrées d'une douzaine de mètres de côté. Dans un coin se trouvait la partie administrative où tout un staff, du directeur du concours aux secrétaires en passant par les juges œuvraient à la bonne tenue de l'évènement. La SRCD était largement représentée. Un service vétérinaire était également présent.

Il n'y avait pas spécialement de partie réservée aux concurrents, chacun plantant sa tente autour de l'aire de concours qui le concernait selon la race du chien. Les maîtres déployaient une importante logistique, amenée sur des chariots à roues comme les nombreuses cages. Outre les tentes, ils installaient des tables de camping pour le toilettage des chiens, des grilles et des piquets pour réaliser des enclos. Ils déballaient aussi tout un petit matériel allant de la brosse au sèche-cheveux.

Des nombreuses caisses apportées soigneusement emballées, les maîtres sortaient des shampoings, des gamelles et de la nourriture. Il y avait dans le stade un coin de gazon d'échauffement pour courir et répéter les chorégraphies de groupes. Le public déambulait librement dans un vaste espace où l'on trouvait également des stands de professionnels proposant tout ce qui concernait le monde canin depuis l'alimentation jusqu'au animaux eux-mêmes car nombreux étaient les éleveurs amenant des chiots à vendre. Des vendeurs proposaient toutes sortes d'articles à la mode, des colliers comme des niches. On pouvait acheter une laisse à trois sous en imitation skaï fabriquée en Chine ou opter pour un modèle griffé de luxe en cuir italien avec chaine forgée à la main pour une coquette somme.

Au centre du stade se trouvait la piste principale pour les finales avec les chaises des juges et des tables pour l'examen des animaux. Les tentes ouvertes et les enseignes flottantes étaient agitées par le vent ce qui animait le lieu. Il faisait très beau, la journée s'annonçait bien, le concours était déjà un succès assuré. Nanti de son badge porté sur sa veste d'officiel vert-pomme et de son nœud papillon réglementaire orange, Poul arpentait la partie administrative, il repéra Ingrid qui distribuait des consignes à tout un groupe de volontaires. Il fallait lui parler quand elle était seule, ce qui ne s'annonçait pas facile. Poul avait le temps, le concours allait commencer, il alla se poster derrière les juges qui s'asseyaient afin de les voir agir. Il lui fallait apprendre.

Les haut-parleurs grésillèrent souhaitant en danois puis en anglais la bienvenue à tous pour le 42ème Bornholm Dog Show. On annonça l'entrée du premier concurrent, « Jolitorax », dans la catégorie teckel, sous les applaudissements de la foule sympathique. Le teckel avec son museau à l'horizontale, son air sûr de lui et sa queue en l'air, ressemblait à un dessin d'Ib Antoni le célèbre artiste danois. Jolitorax, habitué des concours, avait l'air d'apprécier le moment, en tout cas, de s'amuser.

Dans la tente à café, Karen épluchait la liste des participants et des catégories et Bernard Saint ronflait à ses pieds. Dans la partie réservée aux concurrents, Agnès et Jean s'employaient à nettoyer Virgule de la bouse de bison dont elle était couverte à l'aide de la brosse et de l'eau ce qui lui déplaisait fort.

Les concurrents se succédaient, les juges distribuaient des cartons de couleur rose, mauve, rouge ou bleu aux chiens qu'ils faisaient d'abord courir à la laisse en groupe avant de passer à l'inspection individuelle. À la suite d'une ou plusieurs dernières courses le juge éliminait les candidats, ne gardant que les deux meilleurs à son goût et attribuant à certains maîtres un coupon de vingt-cinq couronnes, parfois ponctué d'un "Excellent !" mais en tout cas toujours d'une poignée de main et d'un

''Merci !''. Personne ne protestait, être éliminé faisait partie du jeu.

Poul apprenait son travail de juge canin observant et mémorisant les différentes phases de la démarche à suivre. Il écoutait aussi les propos des autres auxquels il ne comprenait pas grand-chose. L'attribution des points lui posait problème, n'ayant pas grande idée de ce que cela représentait. S'il avait compris qu'il importait de noter selon les critères de la race et qu'une rapide recherche sur son smartphone les lui avait renseignés selon les chiens à juger, il ne savait pas trop les évaluer car ceci n'était conféré que par l'expérience. Il s'amusa à évaluer les chiens qui passaient les uns après les autres puis à comparer avec les résultats attribués par les autres juges. Il se rendit compte qu'au moins une certaine fourchette de points collait à l'impression donnée par le chien.

L'annonce du début de concours pour les spaniels retentit.

– Trop tard ! dit Jean, il faut y aller.

Virgule s'ébroua. Elle prit son tour dans la file, de méchante humeur, elle avait l'air d'un chien battu, détestant être lavée de frais après un retour de chasse ou de sortie. Elle montra les crocs à un griffon qui passait par là et s'approchait trop près d'elle, ce qui fit mauvais effet dans ce monde bienséant du chien de concours.

Enfin, on annonça « Virgule de la Guiche » qui pénétra dans l'aire du concours la truffe au sol, se moquant des attentes, tenue par Agnès. Un juge au physique de tonneau l'observait. Virgule n'était pas encore proche de la table qu'elle se planta, le museau dans le gazon, souffla et se mit à creuser de manière frénétique, éjectant l'herbe et la terre à deux bons mètres.

– Virgule arrête, ce n'est pas le moment, lui cria Agnès.

Mais Virgule n'en faisait qu'à sa tête, suivant la galerie de quelque taupe, elle se mit à creuser un peu plus loin, de plus belle, projetant la terre sur les chaussures et les bas de pantalons du juge qui s'impatientait et le faisait sentir. Dans la foule, après la gêne et la surprise initiale, on s'était mis à rire.

Agnès la tira de force par la laisse alors que Virgule entamait en grognant un troisième trou en remontant la galerie de l'animal qu'elle sentait proche. Agnès s'excusa d'un sourire un peu gauche auprès de l'homme au physique rondouillard.

– Elle est très racée, n'est-ce pas, désolée.

Agnès se souvint mais trop tard qu'il était attendu de ne rien dire.

Le juge aux chaussures terreuses ne semblait pas avoir beaucoup d'humour. Placer Virgule sur la table fut une épreuve pour Agnès comme pour Virgule. Celle-ci, le museau plein de terre, refusait de rester dessus, cela lui rappelait certainement les séances chez le vétérinaire.

Enfin le juge s'approcha du spaniel et ne put se retenir de faire la moue. Elle était sale de toute évidence, avait le poil humide, douteux. De plus, elle puait ce qui était dommage car c'était assurément une superbe bête qui surpassait de loin les autres mais elle n'était pas dans l'esprit. Saisissant le collier, il fit une grimace. Il exprima son dégoût en ouvrant ses mains à la vue d'une matière visqueuse et noirâtre qui lui couvrait les doigts. Approchant sa main de son nez, le juge identifia une odeur d'excréments. « Dégueulasse ! Ça en est ! », pensa-t-il. Consciencieux, il voulut aller au bout car spécialiste des springer-spaniels, il avait rarement vu un tel spécimen. Alors il ressaisit le collier et tenta d'attraper la queue de la chienne de sa main droite mais n'en eut pas le temps, Virgule se retourna comme un éclair et le niaqua par deux fois aux doigts, à la main puis sauta de la table.

« Ça suffit ! Concurrent éliminé ! Jamais vu ça en vingt-cinq ans de métier ! Scandaleux ! »

De sa main enduite de bouse de bison, il sortit un carton rouge qu'il agita en direction de la table de marque, tout en grimaçant car l'autre lui faisait mal, puis il se tordit la cheville en trébuchant dans l'un des trous creusés par Virgule auquel il n'avait pas fait attention. Des soubresauts dans l'assistance approuvaient la décision ; ce chien mal élevé n'avait que ce qu'il méritait enfin ! C'était l'évènement marquant de la matinée.

Virgule quitta l'aire de concours accompagnée d'Agnès un peu honteuse. Virgule laissait un juge mécontent et meurtri à remplacer et l'endroit balafré par trois trous fort réussis avec leurs trainées semblables à des comètes, à reboucher. Le concours allait prendre un peu de retard.

– Bravo ma vieille t'as fait fort ! Tu t'es faite virer ! lança Jean à l'attention de Virgule ravie de s'échapper du concours.

– On n'avait pas vu. Elle avait de la bouse plein le collier ! dit Agnès.

– Mais on a nos passes donc on peut se déplacer, c'est le principal. On tâchera de t'excuser auprès de ce monsieur si on le croise plus tard.

Poul après avoir parcouru l'ensemble du concours, retourna vers le coin réservé à la Direction. C'était l'endroit névralgique, là où il était susceptible d'apprendre quelque chose et puis Ingrid supervisait l'ensemble. Un bungalow de chantier sur lequel était marqué « Directeur » s'élevait à l'arrière à côté de sa tente où le bureau d'Ingrid était installé. C'était le seul dans le concours. Le directeur était pour Poul l'homme à surveiller, dirigeant un évènement autour duquel au moins trois personnes étaient mortes assassinées et peut-être même cinq. De plus ce monsieur Olsen était aussi cité par un témoin comme étant suspect d'entretenir des liens voire de faire partie d'un réseau de trafiquants de chiens clonés. Le problème de Poul était que pour le moment le directeur restait invisible. Poul décida alors de s'asseoir à quelques mètres du bungalow, enleva sa veste, gardant un œil sur Ingrid et le concours et l'autre sur son emploi du temps et sa montre.

Les chiens, se succédaient dans l'aire du concours selon les espèces suivant un ballet bien rodé. Le concours accusait un retard de quelques minutes nécessaire à la remise en état de la pelouse depuis le passage de Virgule. Le gazon donnait l'impression d'avoir été griffé par un animal géant. Il rappelait les affiches de *« Jurassic Park »* et de ses dinosaures hollywoodiens.

Enfin on annonça le début de l'épreuve réservée aux saint-bernards. Alors Poul, enfila sa veste vert-pomme et pénétra dans l'espace réservé aux juges, prit sa liste de concurrents, les feuilles de comptage de points et s'avança dans l'aire comme il avait vu le faire les autres juges. Poul prit l'air sérieux et concerné, fit courir ensemble tous les animaux avec leur maître. Puis il répéta le protocole qu'il avait vu ses alter-egos opérer, examinant un par un tous les concurrents, soulevant les babines, examinant la mâchoire, tâtant les oreilles, il arriva au point qui le dérangeait le plus, il fallait tâter les testicules de l'animal. Il ne put s'empêcher de penser que c'était une bien curieuse situation devant des spectateurs plus nombreux qu'il ne l'imaginait. Le premier animal, « Harald aux Crocs Bleus », était une belle bête, assez jeune. Il lui toucha le ventre à la place et compta jusqu'à trois.

Finalement il sortit son carton bleu qui qualifiait l'animal de chien de qualité. La dame avait l'air contente et on passa au suivant. Poul poursuivit son travail distribuant des bons points de façon assez large tout en s'amusant à penser qu'il était un faux juge qui était peut-être en train d'évaluer de faux chiens, clonés. Il n'oubliait pas cependant d'observer régulièrement le bungalow du directeur où aucun mouvement n'était à déceler. Poul remarqua que ses décisions entraînaient parfois des réactions de surprise du public de connaisseurs, mais bon, pas d'émeute non plus ; on n'était pas au football malgré le stade.

Enfin on annonça « Bernard Saint de Roskilde » dans la catégorie des chiens vétérans, Karen et son gros nounours noir pénétrèrent sur l'aire de concours. Bernard Saint, heureux de retrouver son maître agitait la queue. Exempté de la course en raison de son âge, Bernard Saint se devait tout de même d'effectuer le même parcours en marche rapide. Karen tira sur la laisse mais rien ne vint, Bernard Saint n'avait nullement l'envie de bouger. Karen tira alors plus fort ce qui fit tourner la tête du brave animal qui se demandait ce que sa maîtresse lui voulait car ce n'était pas son genre de le brusquer ainsi. Des rires étouffés s'élevaient du rang des spectateurs. Comprenant ce qui se passait Poul se mit à marcher aux côtés de Karen, Bernard Saint leur emboîta le pas. La surprise fut totale pour les spectateurs, un « Øh ! » retentit dans l'assistance car assister un concurrent contrevenait aux règles les plus élémentaires des concours ; un juge se devait d'être neutre. Poul termina le tour et jetant un œil vers le coin des officiels, il se rendit compte que la porte du bungalow était désormais ouverte. Alors il s'arrêta puis procéda de façon distraite au protocole d'examen de Bernard Saint qui lui léchait les mains, la foule était surprise. Une idée avait soudainement germé dans l'esprit de Poul. Il donna une caresse à Bernard Saint puis se tournant vers la table de marque, il sortit le carton vert témoignant d'un chien aux caractéristiques exceptionnelles. L'assistance réagit vivement, les commentaires allaient bon train. Qu'est-ce que c'était que ce juge ? Un carton vert était rarement remis, et jamais pour un vétéran ! Celui-ci était le premier du concours, le concurrent était un bel animal mais rien ne semblait en faire un animal d'exception. C'était le scandale !

Karen et Bernard Saint ressortirent de l'aire du concours suivi par Poul qui regagna le coin des juges. Ceux-ci visiblement soucieux l'accueillirent fraîchement. Le chef des juges, l'homme au physique de tonneau l'interpella.

– Et bien cher ami, vous n'y allez pas avec le dos de la cuillère ! Que vous vous montriez très large avec votre distribution de points passe encore à partir du moment où vous faites preuve de constance. Mais ceci reste à démontrer avec les concurrents de cette série car vos évaluations entraînent de gros remous. Seulement 260 points pour « Silver Diamond », un chien superbe, Madame Rita Von Stauffelberg est choquée ! On n'a pas fini d'en parler ! Mais alors le carton d'exception pour ce dernier concurrent ! Un vétéran tout à fait ordinaire ! Permettez–moi de vous dire que cela n'a pas de sens, vous dépassez les bornes !

– Ordinaire ! Ordinaire ! C'est vous qui le dites ! C'est un animal de grande classe ! N'oublions pas qu'il n'a, semble-t-il, guère d'expérience de ces manifestations. Croyez-moi mon vieux, il faut dépoussiérer l'image du concours canin, ne pas pénaliser les nouveaux venus face à des professionnels où seule l'élite est reconnue. Quant à madame Rita von Machin-Chose, elle aura l'occasion de s'en remettre. Au reste son chien a l'air cul-cul, on dirait un clown ! Non mais franchement, des pompons sur des oreilles de saint-bernard ! Ridicule ! Au moins, le dernier concurrent portait son tonnelet haut et fier et faisait honneur à cette race de chiens pyrénéenne !

– Vos propos sont scandaleux ! Je me vois dans l'obligation de faire un rapport et de demander un blâme à votre égard auprès du directeur du concours.

– Et moi je demanderai votre renvoi, car tout à l'heure dans le cas du spaniel disqualifié, vous avez fait pire ! Vous aviez-là un animal d'exception qui répondait aux critères de sa race, remuant comme un asticot, creusant des trous avec une dextérité et une rapidité foudroyante. Croyez-moi mon vieux, vous êtes à côté de la plaque.

– Mais enfin, vous n'allez pas réécrire les règlements ! Vous confondez les épreuves, et vous m'insultez par-dessus le marché ! Je dépose une demande de suspension immédiate devant le directeur.

– Très bien moi aussi ! Allons le voir le directeur ! Puis Poul se tût, estimant qu'il en avait assez fait. Il remit la feuille de notation qu'il avait signée, officialisant ses décisions qui étaient ainsi définitives. Le but avait des chances d'être atteint, faire enfin apparaître Conrad Olsen et pouvoir lui parler. Les deux hommes se rendirent alors auprès d'Ingrid.

Les juges étaient livides et l'assistance médusée, on n'avait jamais vu cela à Bornholm, des chiens non préparés, des décisions litigieuses, des juges qui se disputent publiquement. Les deux ou trois journalistes présents étaient contents. Ravis d'être envoyés à Bornholm par leur canard de Copenhague, la couverture du concours canin les rasait cependant au possible. Il était difficile de ne pas reproduire les clichés habituels, on aurait pu ressortir les articles des années précédentes en changeant à peine le nom des vainqueurs, des propriétaires et les photos. Mais pour une fois, il se passait quelque chose ce qui rendait l'évènement intéressant et plus facile à couvrir.

Chapitre 15

Le chef des juges et Poul ne furent pas longs à attendre devant le bureau d'Ingrid. Celle-ci ne manifesta pas la moindre surprise en les voyant, évitant d'ailleurs de croiser le regard de Poul pour ne rien trahir.

– Nous allons rencontrer monsieur Conrad Olsen pour une plainte disciplinaire de ma part à l'encontre de monsieur Eriksen. J'ai appelé monsieur Olsen, il arrive.

La remarque intrigua Poul. Ainsi, l'homme au physique de tonneau avait le contact facile avec le directeur. Accès que n'avait pas Ingrid qui avait pourtant la main sur la partie administrative du concours. Il l'avait donc appelé sur son numéro personnel. Enfin, Conrad Olsen arriva. Il ne ressemblait pas du tout à l'idée que l'on aurait pu se faire d'un tel personnage. Poul s'imaginait rencontrer un brave homme façon grand-père, souriant et affable. Au lieu de cela il avait devant lui un type à la mine plutôt patibulaire, visiblement nerveux, l'esprit occupé par autre chose. Son instinct et son habitude des criminels lui faisaient d'emblée ranger le type dans la catégorie des loups. Peut-être était-ce ses pattes d'ours ornées de bague en or, son costume italien et ses chaussures en serpent mais on n'imaginait pas une seconde le gars-là se soucier du nombre de points obtenus par Médor de la Haute de la baronne

Trucmuche dans la catégorie des fox à poils durs. C'était un spécimen rare de Danois ostentatoire, il avait l'air d'un yakuza sorti d'un film japonais. Les trois hommes pénétrèrent dans le bungalow de chantier à la porte en plastique. L'étroit couloir donnait sur deux autres portes. Une en face qui permettait de ressortir et une à droite donnant accès au bureau où ils entrèrent. Poul ne fut pas surpris par le dépouillement des lieux aux murs blancs et à la moquette synthétique grise. Le décor se limitait à une simple table, des chaises en plastiques, un ordinateur portable, quelques papiers et un bloc sur lequel des notes avaient été griffonnées.

– Que s'est-il passé ? demanda le directeur d'un ton aussi aimable que celui d'une porte de prison.

– Monsieur Eriksen a contrevenu aux règles les plus élémentaires de sa charge, il attribue des notes en ignorant les exigences de sa fonction, commença l'accusateur.

– Dans ce cas, vous êtes suspendu pour tout le restant du concours, poursuivit le directeur tout en jetant un œil par la fenêtre et sur sa montre.

– Vous avez le jugement expéditif, rétorqua Poul.

Le portable de l'homme au costume italien se mit à sonner, il répondit par un simple « J'arrive ! ». Puis après avoir raccroché, il poursuivit.

– Je ferai remonter la suspension auprès de la Fédération Canine Internationale. Monsieur Tøndesen, veillez à remplacer monsieur Eriksen pour toutes les épreuves qu'il était censé diriger. Vous signerez sa mise à pied auprès de madame Nielsen. Je dois y aller, la présentation va commencer.

Poul n'insista pas, il s'en fichait complétement. La seule chose qui l'intéressait était les lieux eux-mêmes où il se trouvait. Il en avait assez appris sur la tête du concours. Le directeur était plus un chef de gang qu'autre chose et le juge principal, une sorte de bras droit. Aussi se leva-t-il à la suite du directeur. Au passage, attrapant la poignée de porte du bungalow, Poul en tourna le loquet à l'horizontale.

Conrad Olsen traversa l'espace immédiat du secrétariat et se dirigea vers quelques officiels qui l'attendaient au centre du terrain où un grand podium avait été dressé. Øle Tøndesen enjoignit à Poul de rester avec lui puis adressa quelques mots à Ingrid Nielsen et signa un formulaire vierge puis se tournant vers Poul, il lui dit :

– Monsieur Eriksen, je vous suspends pour la durée du concours. Madame Nielsen va remplir le formulaire et vous le faire signer. Après la présentation, le directeur l'officialisera, vous rendrez alors votre badge et votre veste. Attendez ici auprès de madame Nielsen. Je vous laisse, on m'attend.

Poul ne dit rien. L'homme tourna les talons. Poul le suivit du regard. Le petit homme vert se dirigea vers le centre de la piste afin de rejoindre le groupe de personnalités présentes sur le podium alors que l'on finissait d'accrocher des banderoles.

Le public, nombreux, avait pris place tout autour de l'espace du concours. Conjointement à l'évènement en préparation, midi sonnait le début de l'épreuve réservée à la catégorie des molossoïdes. Les différents animaux de la catégorie tenus courts et serrés à la laisse, rentraient tour à tour remplissant l'espace. Poul reconnut de nombreux motards au milieu d'éleveurs accompagnés de dobermans, molosses, rottweilers, bas-rouges, dogues et autres chiens de grande taille réputés pour leur férocité. Les animaux étaient assez calmes, bien tenus par leurs gardiens qui faisaient office de maîtres-chiens. L'ensemble était plutôt spectaculaire et excitait la curiosité. C'était l'un des points d'orgue du week-end. Conscientes de l'exposition aux médias, certaines maisons de couture en profitaient pour habiller les participants de tenues en cuir dites « Néo-barbares ». On était entre le *catwalk* canin et le défilé de mode, pensa Poul en souriant intérieurement. Les photographes mitraillaient.

Poul se retrouvait seul avec Ingrid dans l'espace administratif alors que tous les regards convergeaient vers le centre du stade. Ingrid s'inquiéta :

– Tout va bien Poul ?

– Oui, ne t'en fais pas ! Tu me raconteras tout ce que tu sais sur ces deux personnes plus tard. Ils vont être occupés combien de temps au centre de la piste ?

– La présentation dure une demi-heure.

– Parfait, en attendant, je vais en profiter pour visiter le bureau de ce monsieur Olsen. Préviens-moi si quelqu'un approche et empêche-le de rentrer.

– D'accord, mais fais vite !

Des hauts parleurs, retentirent soudain les premières notes d'*« Ainsi parlait Zarathoustra »* de Johan Strauss, rendues célèbres au cinéma par le film *« 2001 Odyssée de l'espace »* de Stanley Kubrick. Poul ne put alors s'empêcher de penser que cette histoire tordue cultivait les clichés.

Il posa alors sa veste trop voyante sur la chaise devant le bureau d'Ingrid puis fit les trois mètres le séparant du bungalow, grimpa les deux marches, tourna la poignée et pénétra dans la salle où peu de temps auparavant il se tenait.

Poul parcourut les tiroirs du bureau, ceux-ci ne contenaient à priori rien de particulier, des formulaires, des règlements liés au monde canins, mais sous un dossier, il découvrit deux grosses enveloppes épaisses soigneusement scellées. À la forme de ce qu'elles contenaient, comme des petites briques, Poul pensa immédiatement à des liasses de billets. Il reposa les enveloppes à leur place sans chercher à les ouvrir. L'ordinateur était fermé,

Poul ne s'y attarda pas. Enfin, il regarda le bloc-notes. Les deux feuilles gribouillées étaient incompréhensibles. Le directeur rayait toutes les tâches une fois effectuées au point de les rendre illisibles. Il restait cependant deux notes lisibles à la page du jour, le 17 août ; la première indiquait :

« 12h, Présentation Krølle-Bølle, BSA »

La seconde lisait :

« 19h, Roche du Pasteur »

Poul resta pensif quelques secondes … puis il regarda sous le bureau, dans la poubelle, scruta les murs et jeta enfin un rapide coup d'œil par la porte entrebâillée. Il ressortit du bungalow après avoir replacé le loquet verticalement et refermé la porte.

– Merci, Ingrid.

– Tiens, lui répondit-elle, signe ta suspension en attendant qu'ils reviennent, tu pourras ainsi déposer un recours, si tu le souhaites, auprès de la SRCD, ajouta-t-elle.

– Je ne crois pas qu'il sera nécessaire de déposer un recours mais je la signe de manière à ne pas éveiller de soupçon, répondit-il.

Poul renfila sa veste couleur gazon puis s'assit pour écouter la présentation qui commençait. Il décida alors de faire un selfie en souvenir de son éphémère qualité de juge de chien. La photo était réussie, on le voyait souriant, dans sa veste verte avec en arrière-plan la banderole du concours et le podium où l'on avait dressé une fusée gonflable accompagnée du logo de la Bornholm Space Agency. Il l'envoya à Karen qui lui retourna un petit cœur.

Karen, Agnès et Jean observaient la mise en place de la présentation au centre du terrain depuis la buvette où ils s'étaient retrouvés. À leurs pieds, Virgule trouvait le temps long et donnait des petits coups de voix mi-excitée, mi-impatiente. Bernard Saint en fin stratège économe de ses forces avait démarré une sieste et dormait du sommeil du juste. Dans l'aire de concours, les molosses marchaient autour du podium, à bonne distance les uns des autres soigneusement tenus par leurs maîtres.

Karen reçut un appel, c'était le labo de Copenhague.

– Bonjour ! Ici le pharmacien Jesper Knudsen, puis-je parler au juge Eriksen s'il vous plaît ?

– Je suis sa secrétaire, je vous écoute, c'est pour les échantillons ?

– Oui, exactement, les analyses des trois échantillons envoyés cette nuit ont été faites.

– Oui, eh bien ?

– Alors l'échantillon C contient de la camomille et une très forte concentration de jusquiame noire un poison violent et rare utilisé par les sorcières du Moyen Âge. De même que l'échantillon D, les raviolis. C'est le même poison, là aussi à très forte dose et de la viande de chien. L'échantillon E est une oreille de chien. J'espère que personne n'a bu de cette tisane ni mangé ces raviolis.

– Malheureusement, si ! Je vous remercie docteur Knudsen, le juge vous rappellera, bien sûr, conservez tout cela.

Karen appela alors son mari pour lui rapporter la conclusion des analyses. Celui-ci lui raconta son entretien avec le directeur du concours et du chef des juges. Karen répéta à ses amis ce qu'elle venait d'entendre. Grâce aux descriptions de Poul, ils purent tous distinguer le personnage qui détonnait dans l'aéropage de personnalités présentes sur le podium. La veste verte du chef des juges aidait aussi à localiser les uns et les autres. Poul leur précisa aussi que le directeur aux airs de gangster de cinéma avait un rendez-vous à 19h où il serait souhaitable de "l'accompagner" discrètement.

« Ainsi parlait Zarathoustra » se termina finalement. Après la dernière note, Conrad Olsen salua l'assistance puis en ayant terminé avec les politesses d'usage, il annonça l'évènement : l'envoi prévu dans l'espace du *« Kosmohund »* Krølle-Bølle, "le chien de l'espace" de l'élevage Dansk Hund de Bornholm. Les applaudissements du public sans être nourris étaient polis, ce qui en standard danois était déjà plus qu'un succès d'estime. Poul se fit la réflexion que Conrad Olsen était plutôt bon dans

son rôle, et qu'il pourrait toujours se recaser dans l'animation sur les parkings de supermarchés et dans les foires-expositions. La sonnerie de son téléphone le tira de ses pensées, c'était le commissaire Ingemar Lundqvist de Ystad. Poul répondit immédiatement.

– Allô ! Commissaire, comment allez-vous ?

– Bien, j'ai du nouveau, figurez-vous que je me suis rendu chez madame Weichmann.

Le commissaire suédois lui conta par le menu détail le fruit de ses trouvailles. Poul hochait la tête. Il lui raconta à son tour les développements de l'enquête sur l'île et le résultat des analyses confirmant l'empoisonnement violent dont avait été victimes madame Lene Jørgensen avec le thé et le PDG Göran Henriksson avec les raviolis à la viande de chien. Satisfaits, les deux hommes raccrochèrent en concluant la conversation par un « À bientôt ! ».

Sur le podium, l'homme au costume rayé en alpaga avait cédé sa place au directeur de la *Bornholm Space Agency*. Alors que celui-ci présentait la genèse du projet et l'histoire de l'association, on entendait du brouhaha dans le lointain. Bacchus Vejrhanesen le politicien monta sur scène, il s'était absenté de sa table ronde. Il fit son apparition sous quelques sifflets puis vanta l'action de l'association qui amenait « la démocratisation de l'espace, toute à la gloire du Danemark et qui plaçait l'île et le royaume au centre du cosmos. l'inscrivant encore davantage dans l'histoire de la conquête spatiale » ce qui déclencha les rires recherchés de l'assistance. Arrivé sous quelques sifflets, Bacchus Vejrhanesen repartait sous les applaudissements ; il quitta le podium, ravi. Lui n'aurait jamais besoin de se reconvertir, pensa Poul. Puis ce fut au tour de l'un des deux principaux sponsors de prendre la parole, l'entreprise d'aliments pour animaux « Royal Baltic », qui pour l'occasion avait adopté comme slogan "La croquette de l'espace" et dont le logo ornerait la fusée le lendemain pour le lancement prévu. L'entreprise présentait les qualités de sa croquette pour "chien dynamique" et le régime particulier suivi par Krølle-Bølle depuis qu'il avait été sélectionné pour devenir *kosmohund*. Mais la présentation, ennuyeuse, traînait en longueur et le public commençait à s'en désintéresser. On entendait désormais mieux le bruit qui venait de l'extérieur, sans comprendre d'ailleurs le sens de la manifestation.

Enfin, l'homme aux chaussures en serpent, annonça « le moment tant attendu », l'arrivée sur scène de Krølle-Bølle. Le *kosmohund* de l'élevage Dansk Hund, « héritier de Laïka » apparut alors sur scène tenu en laisse, un superbe grand danois. Même de loin, on notait la haute taille de l'animal. Jean reconnu Leif Henriksson rencontré le matin même à Almindingen. Il nota l'indifférence de l'éleveur vis-à-vis d'Olsen, l'homme aux bagues en or, qu'il ignora ouvertement. Ce fut pour l'occasion le patron de la "Royal Baltic" qui annonça « avec beaucoup de tristesse le décès soudain, la veille », de son « concurrent mais néanmoins amis et partenaire pour ce programme spatial du *Kosmohund*, Göran Henriksson, PDG de "Royal Croquette"». Il mena ensuite la brève interview à laquelle Leif se prêta de façon assez morne expliquant que le chien était né dans son élevage deux ans auparavant et qu'il avait depuis vécu au grand air, étant promené quatre heures par jour et soumis à un entraînement quotidien de chien de concours sportif.

On allait maintenant procéder à l'examen de l'animal avec le vétérinaire du concours, celui-ci après quelques secondes annonça que Krølle-Bølle était en pleine forme. Puis ce fut au tour du petit homme vert, Øle Tøndesen de procéder à l'examen du chien. Le juge après que le grand danois eut effectué un tour de piste, en fit une évaluation sommaire puis sortit le carton vert désignant les animaux exceptionnels sous les applaudissements de la foule. Nul doute que Krølle-Bølle était amené à connaître une carrière de chiens de concours et de reproducteur après celle de chien de l'espace. Du parking, les cris se faisaient plus véhéments.

Le dernier acte de la présentation fut de dévoiler la capsule factice dans laquelle Krølle-Bølle était nourri depuis plusieurs mois. Jean la reconnut pour l'avoir vue le matin même. Celle-ci paraissait trop petite pour le chien. Le patron de « Royal Baltic » présenta une écuelle remplie de « croquettes de l'espace » à Krølle-Bølle qui pendant ce temps avait été vêtu de sa combinaison spatiale anti-g. Le chien grimpa dans la capsule avec souplesse, il en avait l'habitude, puis le directeur de la *Bornholm Space Agency* referma la porte de celle-ci. L'écran géant de télévision montra alors des images de Krølle-Bølle en train de manger ses croquettes dans l'habitacle. C'est à ce moment que l'aire du concours fut envahie par les cris et les banderoles. Les activistes du droit des animaux de *"Solidaritet på Dyr"* avaient forcé l'entrée et hurlaient contre l'agence spatiale, réclamant l'interdiction immédiate du tir, arguant du fait que le chien n'y survivrait pas.

« Libérons Krølle-Bølle ! Libérons Krølle-Bølle ! » criaient les défenseurs des animaux dans des haut-parleurs, ce qui faisait rire l'assistance. Les activistes, pugnaces, motivés, avaient atteint l'aire du concours et s'apprêtaient à la traverser quand ils réalisèrent qu'un mur de dents se dressait face à eux. Les molosses, soudainement énervés retrouvaient leur hargne naturelle, rottweilers, bas-rouges et autres dogues dont certains suivaient déjà un entraînement pour le gardiennage ou la police étaient prêts à bondir énervés par les cris et la foule. Ils étaient à peine contenus par leurs maîtres au point où les activistes étaient menacés de se faire dévorer par ceux-là mêmes qui protégeaient involontairement celui qu'ils entendaient sauver.

Du podium, les journalistes, aux anges, prenaient des photos formidables, certains étaient même descendus dans l'arène. Le concours dépassait toutes leurs espérances, on pourrait peut-être même décrocher la une ! Dans l'assistance des centaines de chiens confus, apeurés, énervés se mettaient à hurler. Virgule trépignait, jappait et Bernard Saint se réveillait mollement. L'ambiance était à son comble mais le podium s'était vidé, Krølle-Bølle et les huiles avaient disparu, on avait tiré le rideau sur la capsule. La police investissait le concours pour repousser les manifestants.

Chapitre 16

Les quatre amis se dirigèrent vers le parking alors que les activistes du droit des animaux sortaient encadrés par des policiers peu amènes et décidés. Les journalistes en profitaient pour prendre leurs derniers clichés et poser leurs dernières questions aux manifestants qui continuaient à crier leurs slogans. Virgule tirait tant qu'elle le pouvait sur la laisse, afin d'échapper à ces lieux inquiétants. Quelques minutes après, la voiture roulait vers la côte Est suivie du side-car.

Enfin revenus à la *sommerhus* les amis retrouvèrent la tranquillité immuable du littoral de Bornholm. Libérés, Virgule et Bernard Saint débutèrent leur ronde dans le jardin. Il était amusant de regarder les deux chiens au comportement si différents. Bernard Saint se tenait debout et observait, allant parfois jusqu'à effectuer trois pas là où Virgule zigzaguait la truffe au sol, faisait demi-tour, revenait sur sa trace, toujours en mouvement, reniflant ici, grattant là… analysant toutes les odeurs qui se présentaient sous l'œil impassible de Bernard Saint. L'appel de Karen les rappela vite sous la véranda, leur repas était servi.

Les humains aussi passèrent à table. La charcuterie danoise, le saumon et le fromage furent copieusement arrosés.

– Quel concours ! dit Jean pour rompre le silence. C'est une chance que cela n'ait pas tourné plus mal. Je suis surpris par la violence des activistes. Les bikers semblent pacifiques à côté.

– Il y a incontestablement une importante radicalisation des mouvements verts, des protecteurs des animaux, probablement due à la perception, non dénuée d'une certaine vérité, que les pouvoirs politiques peinent à imposer des règles de protection de l'environnement strictes face aux lobbies et aux entreprises privées.

– Oui, comme par exemple avec *« Sea Shepherd »* qui est parfois extrême avec ses interventions face aux baleiniers et autres écumeurs des mers rebondit Jean.

– Nous avons appris des choses intéressantes ce matin quoi qu'il en soit poursuivi Poul.

– Ah, tiens au fait ! interrompit Jean, ça me revient ! Je voulais vous demander, comment s'appelle le chien de l'espace, le *kosmohund* ? Creuleu quoi ?

– Krølle-Bølle !

– C'est ça ! Quel drôle de nom ! Ça veut dire quelque chose ?

– Selon le folklore local, un krølle-bølle est une sorte d'elfe qui habite les forêts de Bornholm. Il fume la pipe et sort la nuit pour voler des harengs sur les séchoirs et pincer les fesses des jeunes filles. Tu peux le voir représenté un peu partout dans l'île.

– Il a bon dos le krølle-bølle ! sourit Jean.

– Bon, faisons le point, continua Karen. On est désormais sûr d'avoir affaire à un complot. On meurt en effet beaucoup dans cette histoire. Cinq cadavres tous en rapport avec des chiens et des chiens eux-mêmes qui trépassent mais qui ne semblent pas être la cause directe de la mort des victimes humaines puisque certains toutous meurent « par accident » comme le pékinois de madame Jørgensen qui n'était pas spécialement visé et que l'on peut classer comme « victime collatérale » pour utiliser un vocabulaire de journaliste de guerre.

– Les chiens semblent être éliminés pour ne pas donner l'alerte, pour camoufler autant que faire se peut les corps, le plus longtemps possible comme avec le chihuahua où le spitz, poursuivit Agnès.

– Mais dans le cas du papillon, il semble que l'on ait voulu se venger où faire croire que c'était la raison d'un infarctus foudroyant continua son frère.

– Ce qui serait bien naïf car les analyses prouvent facilement que le produit responsable de la mort, de la jusquiame noire, a été utilisé dans la mort de monsieur Henriksson de « Royal Croquette » de même que celle de madame Jørgensen à Hammershus rappela Poul.

– À ce propos, dit Agnès, je viens probablement de trouver l'origine du poison, déclara-t-elle non sans fierté.

– Ah bon ?

– Oui, il vient certainement de Hammershus. Regardez, dans le musée du château, il y avait un panneau qui mettait en garde contre les plantes cultivées dont certaines sont toxiques.

– Oui, c'est vrai, d'ailleurs les environs du château sont un conservatoire reconnu de plantes anciennes, ajouta Poul.

– Exactement et regardez, dit Agnès, en montrant la photo du panneau, la jusquiame noire y figure "Bulmeurt – *Hyoscyamus niger* – Plante mortelle – À ne pas toucher, ni consommer".

– Cela veut dire, que le ou les assassins ont peut-être des moyens moins importants qu'on ne le croit. Ils pourraient être aussi des gens du coin qui connaissent bien la région. En tout cas, les deux chevaliers-prestidigitateurs qui ont l'accent de l'île ont très bien pu attirer le regard de madame Jørgensen et glisser le poison dans sa théière avant de filer.

– Pour aller ensuite préparer des raviolis de bouledogue, il faudra mieux les éviter dans la restauration, si ce sont eux, ajouta Jean.

– L'oreille mise en évidence pourrait être un message envoyé à certains qui ont compris l'allusion au chien.

– Au chien cloné ?

– Pourquoi pas ? Peut-être…

– Où se trouvait Schnücks le chien du Directeur de Royal Croquette avant d'être transformé en raviolis mortels ? On l'aura enlevé.

– Et tout cet argent qui ne disparaît pas ? Une chose est certaine, ce n'est définitivement pas l'argent qui motive l'assassin ! Bizarre toutes ces personnes qui meurent violemment porteuses de grosses sommes et qu'on ne dépouille pas.

– On les tue peut-être avant qu'elles ne payent quelque chose à quelqu'un ?

– Une guerre des croquettes entre le Danemark et la Suède ? suggéra Jean.

– Ça m'étonnerait, en général cela se passe de façon feutrée par l'intermédiaire d'avocats, sourit Poul et ça rapporte beaucoup plus ! Quoiqu'il en soit, Conrad Olsen le directeur du concours a rendez-vous ce soir à 19h à la Roche du Pasteur. C'est bizarre mais je n'arrive pas à imaginer qu'il puisse être un honnête homme, tout comme Øle Tøndesen, ce juge de chien d'ailleurs. Nous y serons à la Roche du Pasteur à 19h. C'est plutôt un drôle d'endroit pour un rendez-vous, à moins de vouloir ne pas être vu.

– … pour recevoir de l'argent ? continua Jean.

– … ou en donner ? poursuivit Agnès.

L'après-midi se passa tranquillement les deux chiens avaient fini par se coucher sur la véranda. Virgule s'était habituée à ce nouveau lieu dont le calme et la nature enivrante valait celle de son quotidien habituel. Karen et Poul cherchaient des informations sur Olsen et Tøndesen ainsi que sur d'autres personnages mêlés à l'histoire. Grâce aux ordinateurs du Ministère de la Justice, ils découvrirent sans surprise que les deux types avaient été condamnés dans des affaires plusieurs années auparavant, des escroqueries à la viande de cheval dans des aliments pour chien pour Olsen et de l'alcool frelaté pour Tøndesen. Ils avaient d'ailleurs été condamnés ensemble dix ans auparavant dans une affaire de carambouille et de pneus rechapés preuve s'il en est qu'ils se connaissaient bien, ayant vécu d'expédients et que tous les deux avaient été un temps, des petits malfrats de peu de morale. Les condamnations avaient cessé brutalement à la même époque pour les deux personnages, environ huit ans auparavant.

Poul appela Ingrid.

– Allô Ingrid !

– Salut ! Poul, tout va bien ?

– Oui, le concours se passe bien ?

– Oui, mais quelle journée ! Enfin ça y est, c'est calme maintenant depuis le départ des activistes.

– Dis-moi, depuis combien de temps monsieur Olsen dirige-t-il ce concours ?

– Cela fait huit ans.

– Et Tøndesen, depuis quand est-il juge ?

– À peu près pareil, il a toujours été juge à ce concours.

– Peux-tu essayer de trouver quand il a obtenu ses qualifications de juge s'il te plaît ? Je te remercie.

– Oui, bien sûr ! Je te rappelle quand c'est fait.

– Merci, à plus tard.

Poul et Jean se préparèrent à repartir pour la Roche du Pasteur, Virgule accompagnerait. Le terrain serait parfait pour elle car c'était sauvage à souhait selon Poul.

On décida de se retrouver au *Bakkarøgeriet*, une auberge, ou Karen avait réservé une table à 22h. Poul et Jean montèrent dans la voiture avec Virgule vaguement inquiète, vers quelle aventure l'emmenait-on encore ?

Poul et Jean roulaient tranquillement dans la jolie nature de Bornholm au milieu des champs et des fermes.

– Qu'est-ce que c'est que cette Roche du Pasteur ? demanda Jean.

– Nous nous dirigeons vers les forêts d'Almindingen au centre de l'île. Là, en bordure du parc où les bisons que tu as vus ce matin ont été réintroduits, se trouve une formation géologique curieuse qui traverse une partie de Bornholm sur une quinzaine de kilomètres, une longue falaise de granite appelée Ekkodale, "La Vallée de l'Écho". Le haut est un plateau forestier et le bas, une plaine herbeuse avec des moraines et des fermes. Un sentier de randonnée permet de parcourir l'ensemble. Au XIXème siècle, alors que des conflits religieux entre Protestants faisaient des ravages sur l'île, un pasteur local, Peter Christian Tranberg, en dispute avec son évêque, et interdit de temple avait pour habitude de monter sur le plus haut sommet de la ligne de crête et de là, il prêchait à la ronde grâce à l'écho surprenant de la vallée qui se propage sur plusieurs kilomètres le long de la falaise. C'est ainsi que ce point a pris son nom de "Roche du Pasteur". Tu verras, c'est un bel endroit.

Après quelques minutes, Poul arrêta la voiture à Ekkodale, au bout d'une route près d'une auberge et d'un magasin de souvenirs fermé. Deux voitures étaient garées que Poul prit en photo et transmit à Karen. Un des véhicules semblait être de location. Puis ils enfilèrent le chemin bordé de haies et après dix minutes d'une marche agréable entre deux champs, les deux amis arrivèrent à une barrière. Pendant la marche que Virgule avait appréciée, Poul et Jean avait décidé qu'au cas où ils tombent nez à nez sur le directeur du concours, ils feindraient la surprise. Jean remit la laisse à Virgule qui s'y prêta de mauvaise grâce. Puis ils franchirent la barrière intelligemment conçue pour laisser passer les hommes sans avoir à être ouverte tout en empêchant de sortir les bêtes. La falaise apparaissait, longue, filant vers l'horizon et haute comme un bâtiment d'une dizaine d'étages entrecoupée de zones de fractures qui permettaient d'atteindre la crête. On pouvait voir plusieurs chemins sur le sol dus aux pas des hommes et des animaux qui avaient laissé leurs empreintes depuis des temps reculés.

– Il n'est peut-être pas si simple de grimper rapidement, se risqua Jean.

– Si, répondit Poul, il y a de nombreux accès depuis la forêt ou la vallée. Il y a des chances que nous ne prenions pas le même chemin qu'Olsen. Tu vois là-bas le point de la crête à côté des grands sapins, continua Poul en pointant la falaise du doigt, c'est celle-ci "La Roche du Pasteur". Je n'y suis pas venu depuis longtemps.

Ils passèrent devant le monument au pasteur Tranberg, représenté par un buste en bronze, l'air sévère renforcé par un chapeau et une simple plaque. Au pied de la falaise, à une centaine de mètres, un troupeau de vaches paissait tranquillement, une trentaine de bêtes broutaient entre les chardons et les moraines. L'endroit rustique à souhait semblait d'un autre temps, c'était un ravissement pour l'esprit. Quelques bestiaux relevèrent la tête, c'étaient des Highlands d'Écosse aux longues cornes et aux longs poils roux qui leur couvraient les yeux. Leur robe s'accordait à souhait avec les couleurs chaudes du paysage. Elles regardaient Virgule, inquiètes, en bon bovin, d'un animal leur rappelant le loup. Virgule, elle, n'y voyait que des vaches ordinaires, mais la nature locale et les odeurs la transportaient.

Démarrant l'ascension, Poul et Jean, évoluaient dans une rocaille abrupte, curieusement humide et assez verte. Elle était juste aménagée pour ne pas se tromper mais pas trop pour ne pas la gâcher. Après une quinzaine de minutes ils atteignirent le sommet. Celui-ci leur offrit une superbe vue sur la vallée. Ils ne leur restaient plus qu'à marcher sur la crête pour atteindre "la Roche du Pasteur".

– C'est magnifique, dit Jean.

– Oui et ça n'a guère dû changer depuis le XIXème siècle.

– Il y avait peut-être moins d'arbres à l'époque.

– On imagine le pasteur avec son grand chapeau se rendant tous les jours sur la roche pour son prêche aérien.

Un grondement de tonnerre les arracha à leurs considérations, le ciel s'obscurcit brutalement, des nuages mauves aux bords grisâtres avançaient à toute vitesse dans le ciel de l'infini scandinave. Les roulements de l'orage semblaient continus et la Vallée de l'Écho n'avait jamais aussi bien mérité son nom.

– Le temps se gâte ! Consultant l'heure, Jean réalisa qu'ils étaient en retard. Il est sept heures passées de quelques minutes.

– Oui, nous avons un peu traîné mais nous y voilà et heureusement car le temps change. Il ne faudra pas s'éterniser.

Enfin ils arrivèrent ; la Roche du Pasteur formait un léger promontoire. L'endroit était désert.

– Nous arrivons trop tard, dit Poul, il n'y a personne, nous l'avons raté.

– Pas exactement, nous sommes en retard effectivement mais aussi à l'heure, regarde en bas Poul.

Poul s'approcha du bord de la roche, il vit d'abord le troupeau de Highlands qui broutaient imperturbablement cul au vent puis à l'aplomb, à peu près au milieu du troupeau apparaissait le corps d'un homme. À en juger par la tache rouge qui ornait un morceau de moraine, il était manifestement tombé du haut de la falaise.

– Zut, on est probablement passé à côté sans le voir à cause des vaches, dépêchons-nous, redescendons !

Les deux amis jetèrent un dernier coup d'œil où ils étaient mais ne trouvèrent rien qui prouva la moindre trace de lutte ou autre indice quelconque. Alors qu'ils quittaient la Roche et parcouraient la crête, les premières grosses gouttes de pluies commencèrent à tomber et le tonnerre se fit plus proche. Le vent agitait les arbres et la pluie devint soutenue. La descente fut plus rapide que la montée. Enfin, arrivés en bas, ils longèrent la roche entre chardons et hautes herbes. Les highlands s'étaient groupées et se rapprochaient de la falaise pour se protéger des intempéries qui se faisaient toujours plus fortes. La pluie ne les gênait guère mais l'herbe mouillée n'était pas leur menu favori aussi se groupaient-elles en attendant la fin de l'orage.

– Heureusement que nous sommes redescendus avant que ce ne soit complètement trempé dit Poul.

– Oui, nous aurions pu nous aussi tomber, poursuivit Jean qui tenait Virgule serrée car les bêtes vaguement inquiètes commençaient pour certaines à la fixer.

Ils arrivèrent à l'endroit où gisait le corps. Poul reconnut sans difficulté le directeur du concours à son costume et à ses bagues. Gisant face contre terre dans une mare de sang, il était tout à fait mort. Le cadavre était encore chaud, un paquet enveloppé dans un sac en plastique se trouvait de l'autre côté du rocher sur lequel il était tombé à moins d'un mètre du corps. Poul écarta le plastique et reconnut les enveloppes de billets aperçus quelques heures auparavant dans les tiroirs du bureau. En inspectant les poches du mort, il trouva des clefs de voiture, un portefeuille qu'ils laissèrent.

– Je dois dire que je ne m'attendais pas à cela. Je ne le voyais pas dans le rôle de la victime, dit Poul. Lui aussi n'a pas été dépouillé de la grosse somme qu'il transportait. Un ou des tueurs qui n'ont pas besoin d'argent, qui s'en fichent ou qui s'en méfient. Éliminer la personne est la seule chose qui compte, ajouta-t-il. Son téléphone a disparu.

– Non, le voici ! J'ai mis le pied dessus ! C'est une chance, le tueur ne l'a pas vu, dit Jean, si toutefois l'assassin est redescendu de la falaise, ce dont je doute, car l'herbe ne semble pas avoir été foulée.

Poul prit des photos et s'apprêtait à appeler Karen mais il se rendit compte qu'il n'y avait pas de réseau dans cette partie de l'île. Ils n'avaient plus rien à faire à la Roche du Pasteur et il tombait maintenant des cordes. Les highlands, indifférentes au drame qui s'était produit, broutaient imperturbablement les touffes de trèfle encore sèches au bord de la rocaille. Les animaux aux longs poils roux s'accordaient très bien à leur milieu. Elles avaient conservé cette apparence sauvage d'une terre ancienne. Jean tout en admirant ces superbes animaux, s'en méfiait, la taille de l'animal et la longueur des cornes étaient franchement impressionnantes.

Ils repartirent au milieu des vaches qui se déplacèrent parfois vivement mais sans montrer d'agressivité. Poul et Jean laissaient le corps du directeur du concours à la garde du bétail. Ils préviendraient la police plus tard. C'est sous une pluie battante et des éclairs zébrant le ciel qu'ils regagnèrent leur véhicule dont Poul constata avec plaisir qu'il n'avait pas bougé et que ses roues étaient toujours gonflées.

– Nous n'avons pas dû manquer le ou les tueurs de beaucoup, dit Jean.

– Peut-être même avons-nous été vus depuis la forêt.

– Je ne pense pas, Virgule nous aurait avertis, or elle n'a pas senti grand-chose là-haut avant la pluie.

– Ils ont pu, en admettant qu'ils soient plusieurs, descendre par un autre chemin, en tout cas s'ils n'ont pas touché à notre voiture, s'ils l'ont vue, c'est qu'ils n'ont pas pensé que nous puissions nous intéresser à ces affaires de meurtres.

Trempés et dubitatifs, les deux amis frustrés roulaient vers Svaneke.

Chapitre 17

Avançant lentement sous des trombes d'eau, Pouls et Jean retrouvèrent finalement la route principale le long de la côte. Poul décida alors de s'arrêter. De retour dans le réseau téléphonique, il appela le jeune policier rencontré à Hammershus. Poul avait pesé le pour et le contre, ne rien dire risquait de faire passer la nuit au cadavre dans la nature et aussi antipathique que l'homme était, cela constituait un manque de respect à un mort qui le dérangeait. Mais surtout, c'était peut-être laisser courir des risques à d'autres personnes, Poul pensait en particulier au juge principal, Øle Tøndesen, qu'il avait provoqué le matin pendant le concours et sur lequel il s'était peut-être mépris.

– Brigadier Arthur Vestergaard, ici le juge Eriksen, je vous appelle pour vous signaler la présence d'un corps au bas de la Roche du Pasteur.

– Décidemment ça n'arrête pas ! Un accident ? répondit le brigadier qui se voyait appelé à intervenir sur son troisième décès en deux jours.

– Peut-être mais j'en doute. L'homme pourrait avoir été victime d'un homicide.

– Un touriste ?

– Non, il n'en avait pas l'air d'autant plus qu'il était porteur d'enveloppes probablement remplies d'argent, je les y ai laissées. Il fait un temps épouvantable, je n'ai pas pu rester.

– J'y vais immédiatement avec une patrouille.

– Il y avait deux voitures garées non loin, au retour la deuxième avait disparu. Je vous envoie leur photo.

– Je vous tiens au courant monsieur le juge.

– Il va vite progresser ce jeune policier à cette vitesse, sourit Poul en refermant son portable.

Poul et Jean reprirent la route sous un ciel de fin du monde, vents et pluie passaient en rafale et les éclairs traversaient le ciel dans tous les sens, puis soudainement le front orageux se dissipa, s'échappant vers la Suède et laissa la place à un ciel d'un bleu profond et d'une clarté lumineuse. Arrivant à Svaneke, Poul gara la voiture à l'entrée de la petite ville du Nord-Est de l'île. Dans le port accostait le trois-mâts *Skåne Anda*. Jean reconnut le voilier aperçu en quittant Ystad deux jours avant. Le navire manœuvrait et s'approchait du quai sur lequel rebondirent les pommes de toulines ; un pécheur les récupéra amenant une amarre qu'il plaça sur une bite d'amarrage.

– Il vient pour la course, il y participe peut-être aussi ? demanda Jean.

– Ou peut-être embarque-t-il simplement des touristes. Arrêtons-nous le temps de boire un apéro, nous en profiterons pour sécher.

– J'aime le nom du café ! « Le Burgonde joyeux » ! Il est tout indiqué. C'est marrant de penser que les Burgondes seraient peut-être originaires de cette île avant d'avoir migré sur le continent comme tous les Goths.

– Ils venaient certainement dit-on, comme les autres de la Scanie et de l'île de Gotland qui a conservé leur nom.

– Oui, peut-être en raison d'une société en pleine croissance démographique alors que les ressources, plus limitées, les amenaient à devoir s'installer ailleurs. Un peu comme pendant l'expansion des cités grecques à partir du IXème siècle avant notre ère. Une sorte de répétition générale avant le déferlement des Vikings au IXème siècle sur le continent.

Le navire était à quai, la coupée avait été sortie. Le bateau avait été secoué. Il avait amené sa voilure un peu vite à en juger par la manière dont les voiles étaient ferlées. L'équipage assez jeune, tranchait avec les passagers plus âgés dont certains quittaient le bord avec leurs valises, leurs sacs et leurs chiens.

– Même sur les voiliers, il y a des chiens ici, remarqua Jean voyant des passagers descendre avec leurs animaux dans les bras ou bien en laisse.

– Oui, Bornholm joue la carte famille et animaux de compagnie, on peut aller partout avec son chien.

Aux tables voisines, des touristes scandinaves, réglaient leur commande et se dirigeaient vers le navire par petits groupes. Ils allaient certainement passer la nuit à bord avant de passer la journée du lendemain en mer. Ils étaient pareils à ceux qui descendaient, souvent âgés, parfois en couple.

Poul prit son téléphone et décida alors d'appeler Ingrid.

Elle décrocha immédiatement, Poul se garda de lui annoncer la mort du directeur du concours.

– Ingrid, que connaissez-vous de la vie de Conrad Olsen le directeur et d'Øle Tøndesen le juge principal ?

– Pas grand-chose en fait, ils s'occupent du concours depuis 8 ans, ils travaillent toujours ensemble. Je ne rencontre monsieur Olsen qu'à Bornholm à cette occasion. Par contre, je vois monsieur Tøndesen assez souvent.

– Ah bon ? Pourquoi ?

– Øle Tøndesen est de tous les concours de Scandinavie comme juge, il est l'un des plus connus d'Europe et il officie même en Amérique du Nord pour les grandes compétitions. C'est un expert en matière de chiens. Il gagne en partie sa vie grâce à cela.

– D'accord, je vous remercie, à plus tard Ingrid.

Poul réfléchit que l'homme au physique de tonneau était peut-être le véritable patron du duo, le comparse aux faux airs de gangster de cinéma n'étant peut-être qu'un homme de main. Une autre possibilité l'effleura : qu'Øle Tøndesen ne soit responsable de rien dans toute cette histoire et que les deux personnages se soient vraiment rangés des affaires pour devenir des honnêtes gens.

– Poul, je suis persuadé que tu t'interroges sur Øle Tøndesen. Est-il en danger ?

– Qu'en penses-tu ?

– Je ne crois pas. Les meurtres ne semblent que concerner des personnes qui portent des sommes d'argent importantes, mis à part Henriksson peut-être. Ils sont assassinés sans que le tueur ne ramasse l'argent. Or dans un cas comme celui que nous venons de voir à la Roche du Pasteur, le ou les assassins avaient largement le temps de se servir. On tue pour empêcher un paiement, le tueur de la Roche du Pasteur a empêché ce paiement de se produire. Il devait donc y avoir un troisième parti à ce rendez-vous pour prendre les enveloppes qui contenaient beaucoup plus d'argent cette fois-ci. Mais le tueur est arrivé avant. Ce troisième homme en admettant qu'il soit seul a pu arriver en retard, à cause du temps peut-être, comme nous.

– Oui, je crois que tu as raison et le tueur est probablement reparti comme il est venu, par la forêt. Il a pu se garer au *Kongemindet*, la tour du roi Frédérick VII sur le plateau non-loin qui sert de plate-forme d'observation aux ornithologues. La voiture que nous avons vu partir était peut-être celle de celui qui devait prendre l'enveloppe, notre présence l'en a peut-être dissuadé. Nous voyant au pied de la Roche, il se serait méfié. Peut-être même nous connaît-il ?

– On va nous suspecter de quelque chose !

– Oui, c'est possible.

Reprenant la route pour la *sommerhus,* ils s'arrêtèrent à Nexø. Face au port, l'effervescence régnait. La Bornholm Space Agency avait installé son camp. Les containers avaient été débarqués de leurs plateformes, placés en « U » et reliés entre eux par des toiles afin de former un toit. Une partie du matériel avait été déballé, on entendait tourner une disqueuse ainsi qu'un martellement métallique. Des vigiles à la mine patibulaire montaient la garde à côté d'une voiture de police. La menace des activistes du droit des animaux planait sur les lieux. Marchant vers l'entrée du site barré d'une banderole au logo de l'association spatiale, Poul et Jean n'essayèrent même pas d'y pénétrer voyant que les passants étaient systématiquement refoulés.

– Il y a une journée porte ouverte demain matin. Le tir est annoncé pour le soir d'après la banderole. Les membres de l'association spatiale pourront assister au compte à rebours à partir du début de l'après-midi, sur un bateau spécialement affrété, jusqu'à l'essai final.

– Mais au fait, où est le pas de tir ? demanda Jean

– En mer, sur une plate-forme remorquée. C'est du bricolage de génie.

– Pas tant que ça, répondit Jean. Les Italiens le faisaient déjà au large de Mogadiscio, sur les côtes de Somalie, dans les années 60, et ça marche… tant que la mer est calme ! L'avantage, c'est que comme il n'y a rien autour, en cas d'explosion au décollage, les risques sont minimisés.

Dans le port où ils se dirigeaient maintenant, les deux amis observaient un attroupement. Rejoignant les badauds Poul et Jean arrivèrent sur les quais. Des caméras de télévisions et quelques journalistes étaient prêts.

« DKTV, SV1, ARTE, la BBC, TV5, France 24 … et même des chaines américaines ! C'est la gloire ! », déclara Poul.

Tous fixaient l'entrée du chenal, on voyait à l'horizon s'approcher un convoi de bateaux.

– En effet, la course à l'espace est toujours un événement, dit Poul. Depuis Tycho Brahe à la Renaissance et Andreas Mogensen, le premier astronaute danois avec la mission spatiale européenne, le Danemark a une fois de plus l'occasion de briller dans les étoiles. Le gouvernement vient d'en prendre conscience et encourage ces amateurs.

Le convoi s'approchait et rentrait dans le port par une mer d'huile. L'étale de marée avait été choisi pour la manœuvre afin d'éviter tout incident.

– Un sous-marin ! s'étonna Jean.

– Il remorque la plateforme de tir, le convoi arrive de Copenhague, précisa Poul.

– Pourquoi la plateforme est-elle remorquée par un sous-marin ? C'est bizarre. Pourquoi pas plutôt un remorqueur ?

– Afin de pouvoir plonger pour récupérer les morceaux de la fusée ou l'ensemble si les choses tournent mal.

– Vraiment pas bête, cela permet de limiter les frais et puis il y aura le chien demain dans la capsule ajouta Jean.

– Oui, Krølle-Bølle ne devrait faire qu'un très rapide aller-retour dans l'espace de quelques minutes. Mais bon, j'imagine qu'il n'est pas prévu que la capsule coule avec le chien dedans.

Le sous-marin s'immobilisa au milieu du port. La plate-forme en remorque fut mouillée à l'aide de quatre ancres. Elle ne serait pas amenée à quai afin de couper court à tout risque de sabotage. La campagne des activistes était prise au sérieux par la police et des moyens étaient déployés d'autant que la présence des médias internationaux surprenait par son ampleur. Une fois le pas de tir flottant ancré, le sous-marin fut amené à quai. La centaine de badauds applaudit l'accostage du sous-marin sur le kiosque duquel on distinguait deux personnages dont l'un, le barbu capitaine Torsk était aussi célèbre dans le pays que le politicien qui l'accompagnait.

– L'homme de la Concorde ! s'écria Jean. Décidemment, il est partout !

– Oui, il connaît tout le monde, il est très doué, très médiatique, surtout quand il change d'avis !

Le personnel de l'association se chargea des opérations pendant que le capitaine Torsk rejoignait le bar improvisé sur le quai et portait un toast avec Vejrhanesen afin d'assurer la partie communication du projet, qui sied à toute activité de nos jours. L'ambiance, bonne enfant, tranchait avec la tension palpable qui régnait autour de l'évènement. Jean réalisa qu'il y avait un nombre élevé de policiers et de gardes un peu partout. C'est ce qui avait certainement découragé les activistes qui demeuraient invisibles. L'interview faussement improvisée des ingénieurs de l'association, de Vejrhanesen et du capitaine Torsk enchantait les journalistes. Poul et Jean reconnurent Stephen Lerhnsen le vétérinaire du concours canin qui représentait Krølle-Bølle et répondait aux questions concernant l'impact du tir de fusée sur la santé du chien. Le capitaine Torsk et le caméléon politique remportaient un franc succès par leurs bons mots. Les selfies et autographes se succédaient à la vitesse à laquelle les deux stars descendaient, l'un, ses verres de whiskey, et l'autre, ses canettes de bière.

Quittant la beuverie en cours, Poul et Jean reprirent la voiture car il fallait retrouver les dames, se changer pour aller dîner.

Virgule ne fut pas fâchée de sortir de la voiture et d'être à nouveau à la *sommerhus*. Elle fit la fête à Bernard Saint qui le lui rendit. Une gamelle réparatrice bien méritée l'attendait après une grosse journée d'efforts.

Le *« Bakkarøgeriet »* d'Ǻkirkeby était l'un des lieux les plus courus des connaisseurs et des amoureux de Bornholm, face à la mer, à deux pas d'un port de taille Lego où trois bateaux de pêche en forme de sabot remplissaient l'espace. Vieux habitués des lieux, Poul et Karen venaient en voisins, ils avaient réservé. Agnès et son frère retrouvaient avec plaisir l'endroit mythique. Avec son entrée ressemblant à une maison de poupée entre deux toits en pointe peinte en rouge et les cheminées blanches de la fumerie de harengs, le *« Bakkarøgeriet »* était un lieu improbable où depuis des décennies la famille Lauwersen vaquait à de multiples occupations.

– Ah, cette bonne odeur de harengs fumés, commenta Jean.

– Ça fait du bien, ça faisait longtemps, l'endroit n'a pas changé, il est toujours aussi sympa !

Les quatre amis traversèrent la partie de la fumerie et de vente de poisson puis se frayèrent un chemin dans le couloir qui menait à la salle principale, but de tout visiteur à cette heure tardive. Là, entre les flotteurs, bouées et autres pièces d'accastillage, s'entassaient du sol au plafond une décoration de scaphandres, vieilles enseignes, outils de jadis, et vélos accrochés dans des filets de pêche. Une assistance nombreuse s'amusait, festoyant sur de longues tablées. Toute la famille de Jack, le patron, mettait la main à la pâte, cuisinant, ou assurant le service.

Les quatre amis s'assirent, commandèrent l'assiette de harengs fumé-pommes de terre et la bière maison. Ils n'eurent pas longtemps à attendre, la commande arriva amenée par l'une des filles du patron.

La clientèle éclectique d'habitués constituée de personnes de tous âges venait principalement du Danemark, de Suède et d'Allemagne. Ouvert de juin à août, le *« Bakkarøgeriet »* d'Åkirkeby n'était autre que l'un des plus célèbres clubs de jazz de Scandinavie autant par sa musique que par son ambiance.

Le téléphone de Poul crépita, c'était le jeune policier.

– Bonsoir juge Eriksen, ici le brigadier Vestergaard.

– Alors, brigadier, vous l'avez trouvé ce cadavre ?

– Oui, en bas de la Roche du Pasteur comme vous l'aviez dit, ainsi que les enveloppes de billets. Un million de couronnes ! Une sacrée somme en liquide ! Il faudrait monsieur le juge que vous veniez pour la déposition car bien sûr, vous êtes témoins dans cette affaire puisque vous avez découvert le corps.

– Je n'y manquerai pas, vous ne voyez pas d'inconvénient à ce que je passe demain matin brigadier ?

– Non, bien sûr, j'allais vous le proposer, la journée a été longue.

– Je passerai demain à huit heures avec l'ami qui m'accompagnait lors de cette macabre découverte.

– Très bien à demain donc.

– À demain brigadier.

Poul mit ses amis au courant.

– Un million de couronnes, cela fait dans les cinq chiens clonés. Un assassin qui n'a qu'à se baisser pour ramasser une belle somme, et qui pourtant ne le fait pas. Un ou de dangereux assassins, six tentatives d'assassinats pour six cadavres, une efficacité redoutable, dit Jean. Il faut arrêter la série.

– Il se peut que nous soyons proches du dénouement, poursuivit Poul.

Les musiciens remontaient sur scène, Jack et une partie de sa famille assuraient aussi le spectacle, jouant du New Orléans, du swing jazz de la grande époque ainsi que de la *country*. Jack saisit son banjo ténor, un Petersen, une rareté fabriquée jadis par un luthier de Copenhague. À la famille de musiciens dont trois générations se trouvaient sur scène se joignait Siggi venu de sa lointaine Islande qui accompagnait à la guitare. Il arrivait même que dans ce lieu chaleureux, le chien de la maison montât sur scène. C'était reparti pour un set endiablé où les standards se succédaient pour le plus grand plaisir d'une des populations les plus férue de jazz du Vieux Continent.

La soirée se passait semblable à d'habitude, survoltée, depuis tant d'année que le patron Jack avait eu l'idée de développer un club de jazz, en alliant sa passion à son travail dans une île qui vivait trois mois par an du tourisme. Les spectateurs étaient ravis d'autant plus que les plats, simples et sains, étaient comme la bière, excellents. L'auberge était bondée, Franck et Siggi en grande forme, entre banjo, planche à laver, harengs fumés et filets de pêche, l'endroit était inoubliable, un but de visite dans l'île à lui tout seul.

Au milieu des nombreux convives, Poul et Jean reconnurent tout à coup la bande de joyeux drilles laissée plus avant dans le port de Nexø. Le capitaine Torsk était bien entamé de même que Vajrhanesen qui, régulier des lieux et aussi ivre que les autres, ne cachait pas sa joie d'être de retour. Les journalistes et le vétérinaire du concours avaient suivi mais avaient su rester relativement sobres. Poul fut cependant surpris de noter la présence d'Øle Tøndesen. Que faisait-il là ? Il lui vint une idée.

À la pause Poul se leva et s'approcha de l'expert des chiens.

– Alors monsieur Tøndesen, vous n'êtes donc pas avec monsieur Olsen le directeur du concours ?

– Mais qu'est-ce que ça peut vous faire ? lui répondit l'homme, surpris de retrouver là celui par qui le scandale était arrivé.

– Rien, mais je suppose que vous savez où il se trouve ?

– De quoi vous mêlez-vous ? Fichez-moi la paix !

– Oui bien sûr, mais vous devrez bien dire ce que vous savez demain à la police.

– Mais que voulez-vous dire ? Foutez-moi la paix bon dieu ! Vous m'entendez ?

– Vous savez que monsieur Olsen est mort ?

Øle Tøndesen blêmit.

– Quoi ? Que dites-vous ? Vous êtes fou !

– Au revoir monsieur Tøndesen, à plus tard.

Øle Tøndesen quitta précipitamment l'auberge et s'enfonça dans la nuit, suivi des yeux par Poul Eriksen.

Jean s'entretenait avec Jack causant banjo et Agnès parlait avec Siggi, le musicien islandais. Karen avait retrouvé des connaissances, des voisins. Les spectateurs faisaient une pause sortant de l'auberge, prenant le frais, fumant une cigarette alors que Jack le patron aux moustaches rieuses était parti se resservir une bière. Jean entreprit alors le vétérinaire Stephen Lerhnsen sur les animaux et l'espace, la présentation du *kosmohund* de midi ainsi que l'échange d'amabilités dans le port de Nexø lui servant d'introduction pour faire connaissance. Sur ce, tout le monde rentra petit à petit dans la salle, le spectacle allait reprendre.

Le dernier set commençait, Poul rejoignit sa femme et ses amis. Siggi entonna son tube *« I don't know this song »* puis la suite de la soirée se termina comme elle s'était déroulée, dans la joie et la bonne humeur avec un New Orléans puis de la *country*.

– Formidable soirée, dit Jean, cette auberge est vraiment un endroit extraordinaire ! Quelle ambiance !

– Et alors, ton entretien avec Øle Tøndesen ? lui demanda Karen. Fructueux ?

– Je vais peut-être pouvoir te répondre, dit Poul en allumant le portable d'Olsen, le mort de la Roche du Pasteur.

Les amis parcoururent à pied le kilomètre les séparant du *sommerhus*. Il faisait très sombre mais entre les lumières des portables et les lampes électriques des nombreux passants, on s'y retrouvait. Le tout était de ne pas se tromper de maison, voire de se perdre dans cette nature. Enfin, Poul prit la parole.

– Il y a de fortes chances qu'Øle Tøndesen ne soit pour rien dans la mort du directeur, s'il est la personne qui a appelé cinq fois Olsen sur son téléphone depuis que je lui ai parlé. J'ai peut-être été un peu dur avec ce monsieur Tøndesen.

Ingrid confirma quelques minutes après le numéro de téléphone du chef des juges. C'était bien lui qui avait appelé le portable du directeur du concours.

De retour à la jolie maison du bord de plage, les amis trouvèrent les deux chiens qui dormaient du sommeil du juste, n'ayant pas quitté la cheminée et son confort environnant.

Chapitre 18

Le réveil avait été matinal dans la *summerhus* des Eriksen, la journée promettait d'être longue. Fidèle à ses habitudes, Karen était partie se tremper à six heures dans la Baltique accompagnée de Poul qui resta sur le sable lui tenant sa serviette. Agnès et Jean se préparaient. Les deux chiens se promenaient autour de la maison, Bernard Saint plutôt mollement et Virgule de façon méthodique reniflant l'information nocturne laissée par une faune active.

Après un petit déjeuner vivifiant sous les premiers rayons d'un soleil douçâtre, Poul et Jean montèrent dans la voiture pour se rendre au commissariat central de Rønne où les attendait le brigadier Vestergaard afin de remplir la déclaration en rapport avec la découverte macabre de la Roche du Pasteur. Mais la voiture refusa de démarrer.

– Zut, manquait plus que ça ! Qu'est-ce qui se passe ?

– La batterie ? demanda Jean.

– Non, elle a l'air d'aller. Et évidemment, un dimanche ! Bon, ce n'est pas grave, je vais demander un véhicule à mon voisin, on se rend souvent service, il en a plusieurs.

Quelques minutes plus tard Poul garait dans un grincement de ferraille une camionnette Citroën des années 60, décorée de canards et autres sangliers d'une charcuterie roulante du

Périgord vantant foie gras, saucisses et bonne chair du Sud-Ouest de la France.

– Formidable ! C'est une merveille ! Il est en dans un état étincelant ce tube !

– Oui, mon voisin ingénieur est fou des Citroën. Il y avait aussi une 2CV et une 15-six cylindres.

– C'est un homme de goût ton voisin ! Bon, la 2 CV, on ne tiendrait pas à quatre avec les deux chiens et la 15 est trop classe pour y mettre les toutous sur la banquette en cuir. Le tube est au poil mais pour ce qui est de passer inaperçu…

Karen et Bernard Saint allaient rejoindre le concours pour la finale « Saint-bernard Senior ». Éliminée, Virgule n'avait plus de raison d'y traîner. Elle resterait donc avec Agnès dans la *sommerhus*, elle serait bien plus heureuse dans la nature et à la plage. Virgule vit monter Bernard Saint dans le tube et agita son plumeau de queue, on avait l'impression qu'elle regrettait déjà la compagnie de son gros ami. Une fois parti, le tube roula assez vite. Les routes étaient désertes à l'exception de deux ou trois habitants du cru qui filaient au travail. Île de vacances en été, Bornholm n'était pas un endroit de lève-tôt. Les deux amis atteignirent le commissariat à 7h30. Le brigadier Arthur Vestergaard buvait son café.

Le commissaire Ingemar Lundqvist avait passé une bonne nuit, tranquille, ce qui le changeait, après une semaine bien occupée. C'était d'autant plus remarquable que c'était la nuit précédant un jour de congé. Un jour pas comme les autres d'ailleurs. Décidé d'en profiter, il avait eu la sagesse de se coucher tôt, avec les poules, après avoir dîné et pris un bon bain chaud. Sortant de chez lui à l'aurore, il laissa sur le banc, devant sa porte un sac rempli de fruits que passeraient prendre Marta et Märta pour nourrir Pépita. Ingemar marcha tranquillement jusqu'au port dans le silence de la ville assoupie et embarqua sur le *Leonora Christina* pour Bornholm grâce au billet acheté par ses secrétaires. Les employés de la compagnie et l'équipage, le saluaient discrètement. Tous se rappelaient que deux jours auparavant il avait découvert, à leur grande honte, un cadavre dans les poubelles du bord. Le commissaire s'installa à la cafétéria avec un plateau chargé de croissants et de café puis il alluma son portable. Il avait raté plusieurs appels dans la soirée. Parmi eux deux retinrent son attention, l'hôpital de Malmö et le capitaine des pompiers.

Le brigadier Vestergaard accueillit Poul et l'inconnu avec satisfaction. Il souhaitait vraiment que la déclaration soit faite avant l'arrivée de l'officier lors de son bref et prévisible passage du matin.

Poul expliqua comment s'étant rendus en haut de la Roche du Pasteur, pour montrer les lieux à son ami, ils avaient aperçu le corps en contre-bas au milieu des vaches.

– D'ailleurs, nous avons également ramassé ce téléphone portable que voici, c'est probablement le sien, nous avons préféré le prendre car nous nous sommes dit qu'avec la pluie et les hautes herbes il était possible de ne pas le voir.

– Vous avez bien fait dit le brigadier cela nous permettra peut-être de savoir de qui il s'agit.

– Ah bon, il n'a pas encore été identifié ? demanda Poul d'un air faussement innocent.

– Non, il n'avait pas ses papiers d'identité.

La remarque ne manqua pas de surprendre Poul qui ne réagit cependant pas. Ainsi il y avait bien quelqu'un d'autre dans la nature environnante de la Roche du Pasteur au moment même où ils s'y trouvaient. La ou les personnes avaient donc attendu leur départ pour retourner auprès du cadavre.

– Et la voiture ? demanda Poul.

– Volée probablement, la plaque est fausse. On l'a fouillée et on n'a rien trouvé.

– Et les enveloppes ?

– Oui, un million de couronnes ! Une sacrée somme ! C'est ce qui fait croire à un accident. Comment un assassin pourrait-il oublier de les ramasser ? C'est tout de même bizarre d'aller là-bas avec une telle somme sous la pluie, à pied.

Poul se demandait s'il fallait rire ou pleurer de l'innocence du jeune policier mais il se rappela que celui-ci ignorait tout de l'affaire tarabiscotée qui, dans l'ombre, agitait Ystad et Bornholm depuis quelques jours. De plus cette ignorance de l'identité du mort permettait probablement au tueur de gagner du temps. S'il avait eu le culot d'attendre leur départ pour venir récupérer les papiers de sa victime c'est que cela devait avoir son importance.

– Brigadier, y a-t-il eu une déclaration de disparition de personne depuis hier à Bornholm ?

– Non, aucune.

Poul se fit alors la réflexion qu'Øle Tøndesen ne s'était pas manifesté ou ne croyait pas à la mort du directeur. Peut-être espérait-il le voir ce matin au concours ? De toute façon, au vu du passé des deux personnages, on imaginait mal Tøndesen frapper à la porte d'un commissariat de police.

Jean contresigna le témoignage après en avoir entendu une traduction dans un anglais de qualité de la part du brigadier.

Après avoir quitté le commissariat, Poul et Jean retournèrent au concours afin de retrouver Karen et voir si Øle Tøndesen y était.

Ingemar Lundqvist confortablement installé face à la mer à bord du *Leonora Christina*, appela le numéro de Malmö, c'était l'hôpital. Au bout du fil retentit la voix de Greta Karlsson, la secrétaire du médecin-chef.

– Bonjour commissaire, nous avons essayé de vous joindre hier, c'est à propos du patient sous contrôle policier, Nils Björklund, je vous passe le docteur Linus Hellström.

– Bonjour docteur ! Ici le commissaire Ingemar Lundqvist de Ystad, alors comment se porte notre protégé ?

– Plutôt bien, il est sorti hier du coma et quoique sérieusement blessé, il s'en remettra. C'est un costaud, il a la tête dure.

– Tant mieux ! Peut-il s'exprimer ?

– Non, il a la mâchoire fracturée mais il peut lire et écrire. Il devra subir des opérations chirurgicales en série, il en a pour des mois d'hôpital puis de rééducation.

– Je passerai le voir demain en fin de journée. Je vous remercie d'en prendre soin.

– Je n'y manquerai pas. À demain commissaire.

– À demain, docteur.

Ce coup de téléphone mit le commissaire de bonne humeur, rien de tel qu'une bonne nouvelle pour débuter une journée qui bien que n'étant plus un véritable jour de repos, n'en demeurait pas moins différente.

Le Stade Nord de Rønne voyait ses parkings et les rues voisines se remplir par vagues successives de véhicules. De nombreuses finales se déroulaient en ce dimanche, les participants et leurs animaux prenaient leurs quartiers. Les gens brossaient, peignaient, pomponnaient les champions pour des finales qui se jouaient à peu de choses. Les maîtres aussi faisaient attention à leur mise, une tenue assez stricte devait cependant permettre de se mouvoir et même de courir lors des présentations.

Karen avait rapidement passé un coup de brosse à Bernard Saint et avait rejoint Ingrid à côté de son bureau. Celle-ci n'avait pas caché que seul chien engagé de son espèce en tant que « Senior », la victoire n'était qu'une simple formalité. Les autres saint-bernards concouraient dans la finale ordinaire. Il suffisait juste à Karen et son chien d'être à l'heure, de signer sa feuille de participation et de pénétrer sur l'aire de concours afin de l'emporter. Bernard Saint s'était installé sur les marches du bungalow et entamait sa première sieste du matin afin de se rattraper d'un réveil précoce.

De la partie réservée au public, Poul reconnut sans peine Øle Tøndesen qui officiait sans donner d'impression particulière qui aurait pu traduire une quelconque inquiétude. La nouvelle du décès du directeur n'avait pas encore été annoncée, la police ne l'ayant pas identifié. La presse et les médias n'étaient donc pas au courant de la découverte du corps.

Poul et Jean décidèrent de partir pour Nexø. Ils ne souhaitaient pas rater la journée portes-ouvertes de la Bornholm Space Agency. Au passage, ils prirent Agnès à la *sommerhus* alors qu'elle revenait de la plage, le « timing » était parfait. On laissa Virgule devant la cheminée dans laquelle un écran numérique montrait un feu alors qu'un radiateur chauffait légèrement la pièce.

Le *Leonora Christina* était en route. Ingemar Lundqvist regardait la mer scintiller, son téléphone le tira de ses rêveries, c'était le capitaine des pompiers.

– Bonjour capitaine Magnusson ! Merci de m'avoir fait signe. Vous avez du neuf ?

– Oui et non commissaire. Nous confirmons que le départ de l'incendie a bien eu lieu là où se trouvait le camion de la brasserie. Ensuite nous avons déblayé les cendres et commencé à sonder les alentours de la maison mais n'avons rien trouvé de particulier.

– C'est plutôt une bonne chose !

– Oui, bien sûr ! Le seul élément nouveau concerne la carcasse du chien dans l'arbre, vous vous rappelez ?

– Oui, plutôt glauque ! Eh bien ?

– On l'a décroché et on s'est aperçu qu'il avait des crocs en acier. On vous l'a gardé du coup, ça vous intéresse ? C'est interdit par la loi, je crois ?

– Je vois. Je préviens Hildegard Nyström le vétérinaire de Ystad pour qu'elle passe le prendre et nous fasse un compte-rendu.

– Voilà, c'est tout et vous, du nouveau ?

– Oui, j'en aurai probablement dans la journée. Si tout va bien, nous connaîtrons ce soir le fin mot de l'histoire. On se rappelle. Merci en tout cas.

La journée portes-ouvertes de la Bornholm Space Agency débutait juste quand Agnès, Poul et Jean arrivèrent. Situées face à l'entrée du port de Nexø, les grilles voyaient se dresser au-dessus d'elles un portique bleu foncé et une fusée rouge et blanche gonflables. La suite de bungalows retraçait l'aventure de l'association, pas à pas et les nombreux tests auxquels il avait fallu procéder depuis tant d'années afin d'en arriver au grand jour. Bien gardés, les pavillons montraient les ateliers consacrés aux activités d'usinage et de montage des différentes parties de la fusée et de la capsule. Un technicien était là pour répondre aux questions. Des passionnés étaient venus en amis, eux-mêmes souvent membres l'association. Agnès, Poul et Jean regardaient les salles les unes après les autres, un peu dépassés par le côté technique qui n'avait d'intérêt que pour les amateurs de fusées.

– Tout ceci ne nous avance pas à grand-chose, ce n'est pas dans ces salles que nous trouverons la réponse à nos problèmes. Il faut reconnaître que cela s'adresse plutôt à Wernher Von Braun, déclara Jean.

– Oui, d'ailleurs, figure-toi qu'en août 1942 pendant la Deuxième Guerre mondiale, l'un des premiers prototypes aboutis de « V1 », la bombe volante nazie construite par Von Braun, parti de Peenemünde s'est écrasé dans un champ de tulipes à Bornholm. La charge était en béton.

– Oui, j'ai lu cela quelque part. Le rapport danois a d'ailleurs été transmis immédiatement aux Anglais. Mais bon, allons voir la fusée !

– Oui allons-au port, ce sera plus intéressant.

Il fallait à nouveau franchir un barrage de sécurité. La menace posée par les activistes était prise au sérieux. Un bassin entier était occupé par l'association spatiale, outre le pas de tir flottant, le sous-marin et les navires d'assistance on voyait un garde-côte de la marine danoise et des hors-bords de la police qui veillaient sur le site.

On reconnaissait facilement le capitaine Torsk à sa barbe, sa casquette et son pull marin. Il semblait sobre. Torsk s'agitait en annexe, entre le pas de tir et le kiosque du sous-marin, vérifiant les amarres car il allait devoir remorquer le pas de tir en haute mer.

– Ils vont donc envoyer Krølle-Bølle dans l'espace à partir d'une plate-forme flottante. Combien de temps va-t-il passer dans le cosmos ? demanda Agnès.

– Un saut de puce, pas plus de quelques minutes, il est lancé selon une trajectoire qui le fera retomber avec son parachute proche du pas de tir, lui répondit son frère.

Les panneaux explicatifs montraient en effet la trajectoire de la fusée après l'allumage et la combustion, la séparation du moteur et de la capsule puis enfin la sortie de l'atmosphère. Après une courte incursion dans l'espace, le retour dans l'atmosphère devait se terminer par une redescente du vaisseau spatial et de son passager en ballon-parachute, un ballute, suivie d'un amerrissage et de la récupération par le sous-marin. Présenté ainsi, cela paraissait facile.

– En effet, il y a des chances que Krølle-Bølle termine le voyage façon hot-dog, dit Poul.

– Un gros hot-dog, ajouta Jean.

– À quel moment le chien va-t-il monter dans la capsule ? demanda Jean à un ingénieur qui répondait aux questions des curieux.

– Au dernier moment, la fusée va être remorquée pendant une heure en mer avant t'atteindre la zone de tir un peu au Sud de l'île de Christiansø. Le chien ne sera placé dans la capsule que quelques minutes avant le tir. La fusée va être redressée puis les réacteurs remplis et nous allons procéder au tir.

– La fenêtre de tir est à quelle heure ?

– Ce soir, entre 22 et 22h30.

– Donc Krølle-Bølle va monter dans la capsule vers 20h30 ?

– Plus tard ! Au dernier moment, entre 21h30 et 22h.

– Le processus de relevage est donc si rapide que ça ?

– Oui, c'est rapide avec les vérins hydrauliques, dans les deux minutes juste après avoir ôté les housses de protection.

– Merci de tous ces renseignements, dit Jean à l'ingénieur et tous mes vœux de réussite !

À l'extérieur on entendait les activistes du droit des animaux qui avaient repris leur campagne et agitaient leurs banderoles mais le service d'ordre avait été renforcé. Les huiles se suivaient, voulant toutes être vues et la municipalité ne souhaitait pas d'incident. Nexø et Bornholm allaient être sous les feux des projecteurs de la planète. Le premier « danois » dans l'espace depuis l'astronaute Andreas Mogensen en 2015, même s'il ne s'agissait cette fois que d'un chien, était un sujet de fierté nationale. Il était hors de question de gâcher le moment, la fête.

Un brouhaha se produisit, des applaudissements retentirent. Des types de la sécurité précédant des officiels écartaient les gens. Soudain, on la vit, Isabelle de Montségur, devenue un phénomène médiatique, débarquait dans la liesse accompagnée de son fidèle Chouchou déguisé en aviateur et flanquée de l'inévitable Bacchus Vejrhanesen. Ce dernier avait réalisé l'exploit de la faire se poser avec son canadair à Rønne, grâce à ses relations en Suède et auprès de l'UE à Bruxelles. Très à l'aise et souriante, l'aviatrice plaisantait avec tout le monde, c'était une joyeuse cohue, les admirateurs réclamant un selfie. Enfin, elle répondit à quelques questions. Dans le taxi qui l'amenait de Rønne, Bacchus l'avait renseignée sur l'écho que remportait sa prestation télévisée. Aussi l'idée lui était venue d'en rajouter un peu. Alors, elle s'adressa aux personnes présentes puis à Chouchou en espéranto, langue dont l'existence semblait être une révélation pour de nombreux Scandinaves.

– *Karaj amikoj dana… Mi estas tre feliĉa esti ĉi tie en Bornholm… Mi deziras multe da sukceso al via spaca programo !**

La traduction immédiatement réalisée par ses propres soins l'emporta sous les vivats de la foule. Chouchou s'agita.

– Chouchou, *diru saluton !*** ajouta-t-elle.

* Chers amis danois… Je suis très heureuse d'être ici à Bornholm… Je souhaite beaucoup de succès à votre programme spatial !

** Chouchou, dis bonjour !

Chouchou se mit alors à faire le beau et jappa un coup. C'était l'hystérie, soit quelques rires et sourires polis en standards danois, un peuple marqué par la sobriété.

Puis n'y tenant plus, à la vue de l'eau, Chouchou échappa à sa maîtresse et plongea dans le port car comme tous les labradors, il raffolait de l'eau. Une sirène retentit alors, actionnée par un jeune militaire fébrile fraîchement engagé, préposé à l'alarme et dont c'était la première opération. Chouchou venait involontairement de déclencher par réaction le « Plan d'Urgence et de Sécurité de Niveau III » au sein des forces de l'OTAN. En effet classé comme zone de tir temporaire de missiles, le port de Nexø était devenu pour la journée une base militaire sous surveillance de l'Alliance Atlantique, entrainant l'altération ou le détournement des trafics aérien et maritime. De fil en aiguille, la nouvelle se répercuta sur l'*USS Guadalcanal* un navire de surveillance américain destiné à suivre la fusée pendant sa course, qui croisait dans les parages. Au Ministère de la Défense à Copenhague, l'alerte fit paniquer un stagiaire employé pour les vacances qui rameuta tous les amiraux et généraux de la défense danoise, ceux-ci pour la plupart en congés à Bornholm ou en croisière au Groenland. À Mons, en Belgique, au siège de l'OTAN, c'était le branle-bas de combat, le bidasse allemand qui somnolait à côté du téléphone tout en envoyant des messages à sa fiancée répercuta une « Alerte sur Zone Sensible et Prioritaire » qui mit en émoi le Pentagone à Langley en Virginie.

– Doit-on alerter la Maison Blanche ? demanda le sergent Ramirez, mâchouillant sa pizza, un coca à la main.

– Surtout pas ! lui répondit le colonel Kurtz, trop imprévisible ! Envoyons une équipe sur place et un signalement à l'État-Major.

À Moscou on se perdait en conjoncture, le micro branché dans l'épingle de cravate d'un député danois depuis la chute de l'Union Soviétique transmettait des bribes bizarres d'un discours décousu. On y entendait une voix de femme qui riait tout en parlant dans une langue étrange qui rappelait du moldave mais ça n'en était pas. Il était question d'un "joujou dans le port". On se décida à envoyer les espions de service présents sur place, un sous-marin de poche et des plongeurs pour fouiller le bassin.

Devant les mouvements divers et variés, bruits de sirènes et autres arrivées de services de sécurités équipés comme dans un film de science-fiction, Poul et ses amis prirent la tangente afin d'aller retrouver Karen et Bernard Saint à Rønne pour la finale de la catégorie « Saint-bernard Senior ».

Chapitre 19

Au concours canin de Bornholm l'ambiance était retombée, la crise de la veille avait marqué les esprits mais tout était rentré dans l'ordre même si la plupart des intervenants trainaient encore dans les parages. Un peloton de policiers ouvrait cependant l'œil. Pénétrant dans le stade de Rønne, Poul et ses amis saluèrent quelques connaissances dont l'éleveur de molosses et un important groupe de motards avec lesquels ils s'entretinrent quelques minutes. Un coup de téléphone à Karen renseigna Poul, elle se trouvait à côté d'Ingrid. Bernard Saint allait entrer en piste d'ici peu, le gros nounours s'était réfugié dans le bureau du directeur que lui avait obligeamment ouvert Ingrid. Dans le cercle, Øle Tøndesen officiait vêtu de sa livrée vert-pomme. Il était immanquable. Il quitta la scène laissant la place à un autre petit homme vert pour évaluer les saint-bernards.

Enfin, la finale débuta. On avait décidé d'un commun accord de faire passer en premier le seul chien vétéran de sa catégorie car l'annulation de la décision de ce juge inconnu et étrange de la veille aurait représenté un embarras trop important pour la renommée du concours. Les juges avaient décidé de s'en tenir là et de ne pas envenimer l'affaire. Le haut-parleur annonça l'entrée en lice de « Bernard Saint de Roskilde » en catégorie

« Saint-bernard Senior ». Alors Karen et Bernard Saint s'avancèrent sous des applaudissements nourris et des hourras qui surprirent la foule par leur véhémence. Les bikers et leurs amis, habituellement tranquilles, applaudissaient à tout rompre et scandaient le nom du champion. Les « Bernard Saint ! Bernard Saint ! » prirent de court l'assistance dont une poignée de curieux, de joyeux drilles et autres fêtards venus directement du Wonderfestival de rock, mus par la curiosité ou là par hasard, entre deux cuites, se joignirent au chorus. Adroitement répartis sur le pourtour de la piste, les motards donnaient une impression de masse. Celle-ci fut décuplée quand ils débutèrent une « holà » à la façon des supporters de foot sud-américains auxquels se joignirent au deuxième tour les participants et spectateurs sans savoir pourquoi, gagnés par la liesse. Une ambiance du tonnerre qui inquiétait les chiens, surprit leurs maîtres, les juges et médusa Øle Tøndesen qui se dit que décidemment ce concours n'était pas comme les autres. Les journalistes, présents en encore plus grand nombre que la veille dans l'attente éventuelle d'un évènement, rajoutaient un paragraphe à leurs articles. Le maire de Rønne rameuté par les reportages de la veille était ravi de voir que l'ambiance changeait pour le mieux et que ce concours devenait bien plus qu'un évènement sympathique mais anodin. Pendant ce temps Bernard Saint prenait ses aises en effectuant le tour de piste, tranquillement, en agitant la queue. Karen n'avait même pas jugé bon de le tenir en laisse. Elle ne le fit pas non plus monter sur la table. Arrivé devant l'homme vert, Bernard Saint s'assit et le regarda droit dans les yeux. Celui-ci lui caressa gentiment la tête alors que des dizaines de spectateurs applaudissaient à tout rompre le champion improbable. L'homme à la veste verte et au nœud papillon orange sortit son carton bleu de chien de qualité à destination des juges à leur table de marque. Puis Karen et Bernard Saint sortirent sous les acclamations du public bon-enfant. Øle Tøndesen interdit et stupéfait, resta figé quand il croisa le regard de Poul, hilare, qui lui souriait.

Débarqué à Bornholm dès huit heure, Ingemar Lundqvist avait pris sa voiture de location à la sortie du port de Rønne. Peu pressé, son rendez-vous étant dans l'après-midi, il avait décidé de faire une partie du tour de l'île, s'arrêtant quand l'envie lui venait le long de la côte. Ce fut à la forteresse de Hammershus qu'il fit sa première pause. Il se limita à la visite du café où l'empoisonnement de madame Jørgensen avait pris place. La tête de mort rigolarde au sol qui l'accueillit dans l'entrée du café lui sembla déplacée … la grande faucheuse était chez elle. Il profita de l'absence de client pour se faire raconter par la serveuse la mort de la dame norvégienne. Le temps de boire son café, il réalisa un croquis des lieux particulièrement réussi, mêlant le crâne, la dame et son chien sur fond de forteresse. Il n'accorda qu'un bref coup d'œil à celle-ci pour en dessiner les contours et ne prit pas la peine de la visiter car il la connaissait déjà. Il remonta dans la voiture et poursuivit jusqu'à Sandvig à la pointe Nord de l'île. Là, Ingemar Lundqvist s'accorda un copieux petit déjeuner sur la terrasse donnant sur le port du joli *Hôtel Sandvig Havn.* La marche qui s'en suivit sur le front de mer en longeant les fumeries de harengs, l'amena à la résidence de *Strandslot,* là où avait eu lieu le meurtre de Göran Henriksson. Le bâtiment le déçut quelque peu, c'était plus petit qu'il ne l'avait imaginé, et le grand escalier, trop étroit, manquait de grandeur. Il estima cependant que de nuit avec de l'éclairage ce bâtiment pouvait avoir une certaine allure. Il n'eut pas de mal à gagner la terrasse dominant la mer où avait eu lieu la présentation puis le meurtre et d'où la vue était magnifique.

Le commissaire Lundqvist s'arrêta ensuite à Gudhjem à mi-chemin de sa destination sur la côte Nord, dans le joli petit port aux maisons colorées. Devant une bière fraîche, il représenta rapidement la terrasse de *Strandslot* avec ses arrêtes octogonales, imagina les tables et dessina une chimère moitié bouledogue moitié papillon prenant son envol. Si visiter et dessiner lui permettait de s'imprégner et de s'approprier l'autre partie de l'histoire, le cadre du dernier meurtre ne lui plaisait guère.

Ingemar prit cependant un grand plaisir à observer trois barques à clins vernies et à gréement aurique rouge sortir du minuscule port pour tirer des bords de conserve par une jolie brise. Il appela ses secrétaires à Ystad pour prendre des nouvelles de Pépita. Märta lui confirma qu'elle allait bien, tellement bien d'ailleurs que Pépita lui avait emprunté son journal pour aller le "lire" dans un arbre, tout en mangeant les fruits qui s'y trouvaient. Marta quant à elle lui confirma que la préparation de l'opération en cours se déroulait selon ses indications. Enfin, elle se plaignit à son tour que ses pelotes de laines continuaient à disparaître et qu'on soupçonnait Pépita d'avoir chipé une fois de plus la casquette de policier d'Ulf Öberg le planton. Rassuré sur le sort du chimpanzé, Ingemar attendit d'avoir assisté à l'appareillage du joli caboteur blanc assurant la desserte des îles Ærtholmene avant de reprendre la route pour rejoindre Svaneke, le but de sa venue dans l'île.

Le commissaire Lundqvist était arrivé à Svaneke largement en avance et avait garé sa voiture dans des ruelles proches du centre. Il avait poursuivi à pied découvrant la petite ville pittoresque où le nombre de touristes le surprenait.

Arrivé sur la place principale, il comprit pourquoi : c'était jour de marché. La boutique d'un célèbre fabriquant de bonbons drainait les foules et parmi elles de nombreux enfants assistant à la spectaculaire transformation du sucre en or. Sur la place, une expo de motos anciennes, de petites cylindrées bariolées aux couleurs vives, avivait la nostalgie de quinquagénaires ou de grands-parents heureux de reconnaître la dulcinée de leur adolescence. De nombreux étals de babioles ou de tricots pour enfants et autres vêtements fait-maison étaient proposés par des mères de familles. Ingemar avisa l'étal d'un brocanteur où, mis en évidence, un clairon de cavalerie était à vendre. Il demanda au vendeur s'il pouvait l'essayer et fut surpris d'en tirer un son satisfaisant. L'instrument était en bon état. Il l'acheta sur le champ.

Ingemar s'installa en terrasse derrière les motos puis commanda à déjeuner et sortit son carnet à dessin. L'inspiration ne manquait pas. Un duo d'accordéonistes judicieusement assis sur un banc, à la sortie de la brasserie la plus célèbre de l'île, égayait l'atmosphère, les énormes choppes de bières aux pieds des deux musiciens se vidaient plus vite qu'ils ne jouaient par cette belle journée d'été.

Ayant encore du temps avant son rendez-vous, Ingemar Lundqvist prit tranquillement le chemin du port à travers la rue principale, passa la boutique connue d'un fabriquant de réglisse, passion scandinave, puis des ateliers de soufflage de verre. Il s'arrêta comme beaucoup au milieu de la rue pour assister à l'une des curiosités de la ville, le pari sur les merdes de poules.

Sur le pavé était en effet peint un damier entouré de grilles. Les gens, en particulier les enfants, pariaient sur une des cases numérotées de 1 à 100, où le gallinacé allait faire sa fiente. Puis on lâchait le volatile sur le damier qui, picorant les grains, allait comme tous les oiseaux rapidement se soulager ce qui permettait de gagner des lots. Ingemar paria sur le 64 et bien sûr la poule chia sur le 89. Il poursuivit son chemin délesté de quelques couronnes.

Dans le port, Ingemar vit avec plaisir le *Skåne Anda* à quai. Il poussa jusqu'à la promenade et s'assit sur un rocher puis contempla la Baltique. Il passa l'heure qui lui restait à observer les visons barbotant dans l'eau. Ceux-ci importés d'Amérique dans les années 30 pour lancer l'exploitation des peaux dans une île à l'économie fragile n'avaient pas tardé à s'échapper et à coloniser Bornholm. Ils avaient trouvé leur place dans les ports notamment grâce aux nombreux rochers et anfractuosités pour s'abriter et nicher. Ils mangeaient dit-on les rats et les poissons morts. Ingemar se fit la réflexion que le vison représentait un exemple intéressant de l'adaptation récente à un milieu marin, certes peu salé, d'un mammifère terrestre préférant originellement l'eau douce. Considéré comme une espèce invasive, renforçant la disparition de son cousin le vison européen, la question de l'éradication du vison américain se posait chaque jour davantage, un débat qui dressait les uns contre les autres. En tout cas on voyait les visons partout sur le littoral et ces animaux étaient plutôt appréciés grâce à leur frimousse agréable, et puis, ils bouffaient les rats.

L'heure du rendez-vous désormais proche, Ingemar Lundqvist mit fin à ses réflexions et reprit le chemin du port.

Le commissaire avait gagné le bord du *Skåne Anda*, le grand voilier suédois, il avait pris ses aises sur le pont assis dans un transat. Sortant son carnet, il s'amusait à croquer au crayon les passagers avec qui il allait partager la sortie en mer. L'écrasante majorité de ceux-ci était d'âge mûr, voire très mûr. Se mêlant à tous ces braves gens, il n'eut pas de mal à engager la conversation avec les Scandinaves et Allemands qui étaient montés à bord à Svaneke. Ils se ressemblaient un peu tous, certains étaient avec leur chien, le tenant dans les bras ou placés dans des poussettes. Ingemar était surpris des réponses banales et vagues d'une partie des passagers quant à la raison de leur présence à bord. Beaucoup ignoraient que la sortie en mer tournait autour d'un tir de fusée, ce qui le rassura. Le commissaire appela quelques numéros à Ystad qui lui confirmèrent que tout était en place et se passait comme prévu. Il n'y avait plus qu'à attendre. Ingemar poursuivit ses rapides croquis de chiens et de leurs maîtres qu'il offrait à la ronde, ce qui lui apporta un franc succès et quelques bières.

Le concours canin de Rønne touchait à sa fin, on en était à la partie mondaine. La comtesse Astrid Von Gripenberg venait de l'emporter en catégorie « Harmonie maître et chiens ». Dame souriante et d'allure fière, elle eut pu tenir le rôle de la sorcière dans Blanche-Neige avant transformation et quelques rides en plus. L'annonceur écorcha son nom mais ne faiblit pas sur celui des trois chiens « Néron, Brutus et Caligula » qui l'accompagnaient, ce qui entraîna des murmures moqueurs, des sourires amusés mais aussi des applaudissements. La comtesse triomphait, enroulée dans un boléro en fausse panthère qu'elle portait sur une robe longue, dressée sur des stilettos. Radieuse, elle tenait dans ses bras Néron, un xoloitzcuintle nain, le chien nu du Mexique, dont l'absence de poil tranchait avec ceux de la fourrure. À ses pieds, Brutus un caniche défrisé debout sur ses pattes considérait l'assistance de façon nerveuse. Quant à Caligula, un bouledogue obèse à l'air suffisant, il était assis, le ventre de travers, bavant sa morgue. Les vainqueurs posaient. Les trois laisses blingblings ressemblaient à des guirlandes. Le diadème fané de la comtesse faisant office d'Étoile du Berger achevait de conférer à l'ensemble un aspect sapin de Noël. Les photographes mitraillaient un tableau aussi singulier. On amena les prix aux vainqueurs sous un tonnerre d'applaudissements, soit des sacs de croquettes ainsi qu'une superbe statuette en plâtre doré pour la comtesse qui, rayonnante repartit pour une séance de pose, une main sur la hanche, tenant l'objet d'art et Néron dans les bras. La scène aurait pu figurer dans un film de Tati. On pria finalement poliment mais fermement la comtesse de dégager le terrain. Celle-ci s'exécuta de mauvaise grâce.

– Néron ! Brutus ! Caligula ! Allons fêter notre succès, il est temps !

La comtesse en toc se jeta dans les bras des journalistes à la façon d'une star dont elle singeait les mimiques puis elle commença à épancher ses plaintes aux oreilles amusées de la presse ravie de trouver là une bonne cliente.

Dans le port de Svaneke, le trois-mâts suédois *Skåne Anda* appareillait. Ingemar Lundqvist poursuivait ses dessins et avait désormais une idée assez précise de qui était qui sur le navire. Le rôle de l'équipage et des passagers prévus, fourni par ses collègues de Ystad et des questions innocentes adroitement placées l'avaient utilement renseigné. Il repéra quelques visages dont certains l'avaient reconnu mais ne dirent rien et d'autres qui l'avaient ignoré. Le commissaire se décida à descendre visiter le bateau maintenant que tout le monde, installé, était sur le pont à boire quelque chose en regardant la mer. Ingemar fit rapidement le tour des coursives repérant les cabines de l'équipage, celles des passagers ainsi que la salle de restaurant. Le commissaire trouva la salle de réunion qui l'intéressait, fermée pour le moment, ce qui ne le surprit pas. Elle n'ouvrirait pas avant quelques heures.

À Rønne, Bernard Saint comme les autres champions avait reçu son prix sous les hourras de la foule emmenée par les bikers. Poul remerciait ceux-ci de leur soutien en leur payant une tournée de bière à la buvette et leur donnait rendez-vous pour des explications plus tard dans la soirée.

Karen aidait Ingrid à finir la paperasserie du concours car une secrétaire n'était pas venue. Bernard Saint avait intégré le bungalow du directeur et ronflait d'un sommeil de vainqueur.

Jean parcourait les allées du concours. Il s'était entendu avec Poul sur la suite de la journée et se rendit auprès de l'étalage du commerçant finlandais, Mikko Väänänen rencontré à *Strandslot.* Celui-ci commençait à ranger ses articles.

– Salut Mikko ! Vos affaires ont-elles été bonnes pendant ce concours ?

– Oui formidable ! Quelle affluence ! Le meilleur concours de Bornholm de l'histoire ! Il faut dire qu'il s'est passé pas mal de choses, cela a rameuté un monde fou !

– En effet ! Tenez, je vous prends cet article.

– Cinq cent couronnes, je vous le fais à quatre cent cinquante, c'est un article de qualité, taille moyenne, pour un chien de quinze-vingt kilos.

– Je n'en doute pas, c'est parfait, merci !

Après avoir empoché sa monnaie et souhaité un bon retour à Helsinki à son vendeur, Jean repartit son paquet sous le bras.

C'est comme pour mieux en marquer la fin, qu'un grain aussi violent que soudain s'abattit sur le concours. Njörd, dieu nordique de la Mer et des Vents lâchait son courroux. C'était une vraie tornade. La populace se mit à crier et repartait en courant ou se réfugiait sous les tentes alors que celles-ci étaient en cours de démontage. Les rafales faisaient s'envoler les panneaux publicitaires et autres banderoles. C'était la débandade, la débâcle. Décidemment ce concours dépassait les bornes. Les gens paraient au plus urgent, ils se sauvaient et les chiens avec. Aidée par deux jeunes journalistes dont l'un tentait de l'abriter en se cramponnant à un parapluie déformé, la comtesse d'opérette pataugeait dans la boue, ses stilettos dans une main, Néron et le plâtre dans l'autre, la peinture dorée de l'objet d'art dégoulinant sur Néron et le boléro en panthère. Un autre journaliste suivait derrière, cahin-caha, portant Brutus et Caligula, ce dernier bavant d'angoisse. Au centre de la piste, Øle Tøndesen dans son habit vert, une banderole prise dans les pieds, trempé jusqu'aux os, était figé comme la statue du commandeur. Le monde s'écroulait sous ses yeux.

Retournant au coin administratif du concours, Jean se fraya un chemin entre les tables et les chaises renversées, enjambant pêle-mêle tout un mobilier de bureau, ici un ordinateur, là un sac de croquette. La furie de la tempête imprévue avait surpris tout le monde alors que le concours venait de se terminer. Il ne subsistait plus au milieu du capharnaüm que le bungalow de chantier faisant office de bureau du directeur. Jean y pénétra retrouvant Karen et Poul agenouillés devant Bernard Saint allongé de tout son long.

– Que se passe-t-il ? s'inquiéta Jean.

– Notre chien est bizarre, il dort. Il n'y a pas moyen de le réveiller.

– Depuis quand ?

– Il est venu ici après son tour de piste et s'est mis à faire la sieste, ce qui est tout à fait normal pour lui. Je ne m'en suis pas occupé car j'aidais Ingrid à boucler la paperasserie du concours. Quand la tempête s'est déclenchée, je me suis réfugiée là et Poul m'a rejoint. Nous ne faisions pas attention à Bernard Saint. C'est quand nous avons voulu le réveiller pour sortir une fois la tempête passée que nous avons réalisé que quelque chose n'allait pas. Il dort vraiment profondément, impossible de le réveiller.

Le chien respirait de façon régulière, sa truffe était fraîche, il avait l'air tout à fait normal.

– Pour un animal qui dort environ dix-huit heures par jour, une journée comme celle-ci peut paraître longue loin de son confort habituel. Le bruit l'a peut-être fatigué mais un chien ne dort la plupart du temps que d'un œil. De là à ne pas se réveiller même quand on le secoue, c'est tout de même étrange, même pour un chien aussi peu nerveux.

– On ne peut pas le laisser là, il faut le mettre dans la camionnette, il faut aller à Nexø.

– J'ai vu une brouette qui traînait à l'extérieur, je vais la chercher décida Jean.

Revenant avec l'engin, Jean fut attiré par un emballage plastique sur le sol du couloir menant au bureau. Il se baissa et le ramassa. Ce faisant, il aperçut une petite fiole de verre, son visage s'illumina.

– Poul, Karen ! Regardez-cela !

Jean tenait un emballage allongé de seringue dans lequel se trouvait encore le capuchon en plastique protégeant l'aiguille. Sur la fiole était écrit « Médétomidine ».

– On l'aurait endormi ? Mais pourquoi ?

– La personne qui l'a fait, ne voulait pas qu'il se réveille, ne voulait pas qu'il aboie, quelqu'un qui avait quelque chose à faire dans le bureau sans que l'on sache qu'il soit là.

– Nous étions tellement occupées que nous n'avons pas fait attention or il y a eu beaucoup de va et vient.

– Il faut porter au plus vite Bernard Saint chez un vétérinaire, mettons-le sur la brouette.

C'était plus facile à dire qu'à faire en raison du poids du chien qui avec ses cinquante-cinq kilos n'était pas facile à remuer et dépassait de partout. Enfin Poul et Jean y arrivèrent et le sortirent du bureau puis le posèrent sur la brouette et le recouvrirent d'un ciré.

Karen leur emboîtait le pas mais en déplaçant Bernard Saint, elle avait remarqué que la moquette du bungalow se soulevait à un endroit formant une protubérance là où peu de temps auparavant ronflait le chien. Elle attrapa un coin de la moquette à côté du chambranle de la porte et souleva sans peine jusqu'au bureau le revêtement synthétique. Ceci découvrit des lattes de bois disjointes dans le plancher.

– Poul, Jean, venez voir !

Soulevant les lattes de parquets, Karen mit à jour un espace d'environ un mètre de long sur trente centimètres pour quarante de profondeur, vide.

– Voilà ! Quelqu'un est venu pour récupérer quelque chose dans cette planque. Bernard Saint dormait dessus.

– D'accord, je pense avoir mon idée sur qui a agi de la sorte, dit Poul mais dépêchons-nous, il faut porter notre chien chez le vétérinaire de garde.

– Mais il y en a un ici remarqua sa femme.

– Je doute qu'il soit là, il doit être avec les types de la fusée, pressons-nous ! Notre enquête touche à sa fin et nous avons plusieurs choses à faire avant de nous mêler de l'aventure spatiale.

Poussant la brouette sous la pluie et dans la gadoue les quatre amis traversèrent le parking, au milieu duquel trônait dans les décombres une vieille Oldsmobile décapotable ratatinée, devant une caravane à hot-dogs en inox des années 50. De la fenêtre de la caravane la comtesse au rabais s'adressait aux deux journalistes subjugués et aux quelques curieux hébétés et transis. Sur le lit de la maison à roulettes, on apercevait Néron, Brutus et Caligula roulés dans une couverture. Un type à costume rayé, chapeau mou, mégot au bec, nez et carrure de boxeur, chaussures bicolores en croco, finissait d'attacher l'attelage. Il monta dans la voiture et démarra … lentement. En passant à la hauteur de Poul, il freina et lui dit :

– Beau tube Citroën ! J'avais le même, prenez-en soin ! avant d'entraîner la comtesse de pacotille et sa meute décadente dans une succession de nids de poules, vers de nouvelles aventures.

Les trois amis décidèrent finalement d'emprunter la brouette que l'on chargea dans le coffre de la camionnette, on la ramènerait plus tard. Poul arrêta le véhicule devant la porte d'un cabinet de médecine animale de Rønne. Ils furent reçus immédiatement. Le vétérinaire accepta de voir le chien qui dormait sur la brouette et confia qu'il ne pouvait pas faire grand-chose mais que le chien respirait normalement. Après avoir insisté et montré sa carte du Ministère de la Justice, Poul obtint qu'une prise de sang soit effectuée sur Bernard Saint. Le vétérinaire accepta à contrecœur, surtout pour se débarrasser de ces gens avec leur histoire à dormir debout. Un lavement d'estomac lui semblait plus approprié, le chien avait peut-être mangé quelque chose.

Dans le même temps, Karen, s'était dépêchée d'aller au supermarché du coin de la rue acheter un sac de congélation qu'elle remplit de glace au rayon poisson pour y placer l'éprouvette puis on roula vers l'aéroport. Au moment où Poul se garait devant l'entrée, Bernard Saint commença à bouger.

– Si on le douchait ? proposa Karen. Il y a un coin bébé dans les sanitaires de l'aéroport.

– Pourquoi pas ? Le choc de l'eau pourrait l'aider à sortir de sa léthargie, répondit Jean.

On se rua alors vers le guichet DHL qui fermait plus tôt le dimanche. L'employée et désormais vieille connaissance, manqua de tomber raide en voyant arriver la bande d'olibrius, qui plus est avec un énorme chien dans une brouette. Karen et Jean poursuivirent vers les sanitaires pendant que Poul et Jean abordèrent le guichet.

– Salut ! C’est encore nous ! L’adresse habituelle ! Vous savez, le labo d’analyse de Copenhague, dit Poul souriant à la préposée au visage décomposé.

Remplir le formulaire, ne prit que quelques secondes, le paiement fut effectué. L’éprouvette de sang de Bernard Saint partirait comme d’habitude par le dernier vol.

La douche n’avait servi à rien, Bernard Saint était toujours chez Morphée. Alors on le rechargea avec la brouette dans la camionnette.

– Et maintenant, à nous l’aventure spatiale ! Nous avons appris beaucoup de choses cet après-midi. Le puzzle d’une histoire tarabiscotée a pris forme, le dénouement est proche, place au dernier acte !

– Oui, et cela va être à Virgule d’apporter son concours à l’enquête ! souligna Jean.

Chapitre 20

Les trois amis retrouvèrent Agnès à la *sommerhus*. Virgule leur fit la fête en les voyant arriver. On sortit la brouette du tube. Bernard Saint commençait à se réveiller et à bouger. On le déposa à côté de la cheminée, Virgule intriguée lui donna quelques coups de langue sur le museau. Il sortait lentement de son sommeil forcé et contemplait un peu surpris le monde autour de lui puis il se rallongea tout en gardant les yeux ouverts.

– Il va certainement être amorphe pour les deux jours à venir.

– Oui… Bon, ça ne le changera guère, plaisanta Poul. Nous allons prévenir la voisine pour qu'elle vienne faire du "baby-sitting". Cela nous arrive de nous rendre service ainsi quand nous devons sortir le soir.

Karen s'assura que deux grosses écuelles d'eau étaient bien remplies et qu'il y eut un peu, mais pas trop à manger dans la gamelle. La voisine arriva, on la mit au courant sans plus de précision de la légère indisposition dont était victime Bernard Saint qu'elle connaissait bien. En la voyant, celui-ci se releva et s'assit. Il allait vraiment mieux et se réveillait pour de bon.

– Bien, 19h, il est temps d'y aller !

On monta dans la camionnette, Jean prit Virgule avec lui à l'arrière et sortit le paquet contenant l'article acheté au marchand finlandais. Karen jeta un gros colis de vêtements et une banderole à l'arrière de la camionnette qui démarra.

– À nous la course à l'espace ! en tube Citroën ! s'écria Poul en klaxonnant pour saluer la voisine et Bernard Saint sur le perron de la *sommerhus*.

Après avoir roulé un quart d'heure, Poul gara le tube dans une rue éloignée du port de Nexø car il importait de ne pas se faire remarquer. La petite ville s'agitait d'une activité peu ordinaire. Un véhicule de l'armée danoise passa à côté d'eux. Les deux femmes sortirent les premières de la camionnette de charcuterie puis attendirent que la rue fut déserte. Elles firent alors signe à Poul de descendre, suivi de Jean et Virgule métamorphosés.

Agnès ne put s'empêcher de rire en les voyant accoutrés ainsi et sortit son téléphone pour les photographier.

– Bravo ! Vous êtes splendides ! C'est impressionnant !

– Cinq cent couronnes la journée, caution comprise dans une boutique de cotillons et de déguisements. Ça vaut la peine ! annonça Karen.

– Par comparaison, c'est Virgule qui coûte le plus cher !

– Et cela devrait nous rendre un fier service, enchaîna Poul mais allons-y ! Mesdames, à toute à l'heure, et soyez prêtes au cas où !

– Nous le serons ! Et vous, faites attention !

Poul et Jean se dirigèrent vers le port. Jean nota les maisons aux formes et aux couleurs différentes de celles du reste de Bornholm et en fit part à Poul.

– Oui, tu as raison, il se trouve que pendant la Deuxième Guerre mondiale, Nexø comme Rønne était occupée jusqu'aux derniers jours de la guerre par les troupes allemandes et comme celles-ci n'ont pas voulu se rendre, les Soviétiques ont bombardé les deux villes les 7 et 8 mai 1945. Nexø a été presqu'entièrement détruite. Heureusement, ils ont prévenu les habitants avant ce qui a entrainé très peu de victimes. Aussi, dans les semaines qui ont suivi, le gouvernement de Stockholm a offert des centaines de maison préfabriquées afin de parer à l'urgence de la reconstruction. Ces maisons suédoises ont été montées avec l'aide des troupes soviétiques qui ont débarqué le lendemain de l'armistice pour arrêter les vaincus. Les Soviétiques sont restés un an.

Virgule, fidèle à elle-même, tirait sur la laisse et ondulait dans sa course. Au port, la sécurité avait été nettement renforcée, l'entrée était filtrée par un piquet de hussards. Il y avait des militaires partout.

Le colonel Simonsen du 8ème Bataillon de Reconnaissance des Hussards de la Garde avait été tiré de sa tranquille journée familiale de vacances par un coup de téléphone du Général

Iversen de l'Etat-Major lui demandant d'aller voir ce qui se passait à Nexø, suite à l'alerte en provenance du port qui avait réveillé le quartier général de l'OTAN à Mons en Belgique. Trouvant là un bon exercice au débotté, le colonel Simonsen avait fait les choses en grand, faisant sortir tout son régiment de ses quartiers d'Almegårds Kaserne de Rønne pour lui faire traverser Bornholm à toute vitesse. En quatre siècle d'existence, une mission dans l'île de Bornholm était une première pour le régiment plus habitué ces dernières années à des déploiements au Kosovo, en Afghanistan ou en Iraq. Le colonel et quelques officiers s'étaient fait déposer avec leurs à chevaux à l'entrée de la ville puis ils avaient traversé Nexø sous l'œil surpris des habitants et des vacanciers réveillés par le clop-clop des sabots sur le pavé. Les gens leur réservèrent bon accueil et quelques applaudissements.

Le reste du régiment suivait dans des véhicules blindés légers. Automitrailleuses et autres camions de transmission avaient pris position dans le port. On avait installé des chevaux de frise et des barbelés, les hussards montaient la garde et contrôlaient les entrées.

Poul, Jean et Virgule se présentèrent au piquet de garde qui, après avoir lu les papiers tendus par Poul, les laissa passer sans difficulté. Ils croisèrent le capitaine Grigorievitch du FSB russe en bleu de travail, un escabeau sur l'épaule et un seau d'eau avec une éponge à la main. Celui-ci était suivi d'une équipe de dockers équipée de pots de peinture et de caisses à outils. Le navire russe affrété par la Bornholm Space Agency pour ses membres, les principaux sponsors et la presse, venait de rentrer au port. Vassily Grigorievitch, grand espoir de l'espionnage russe n'eut pas de mal à repérer le colonel Volkov, son patron, à son costume blanc immaculé, sur le pont du quatre-mâts russe *Maréchal Joukov*. Les deux hommes avaient établi un contact visuel qui n'avait pas échappé à l'agent finlandais embarqué depuis Turku à bord du navire en qualité de guide-conférencier polyglotte spécialiste de la Ligue Hanséatique au Moyen Âge. Ce dernier suivit du regard depuis le bar du pont supérieur la bande de faux dockers mais de vrais espions jusqu'à un coin du port où ils pénétrèrent dans un des containers qui leur servirait de tanière.

Le capitaine Torsk attendait tranquillement l'heure du départ depuis le kiosque du sous-marin, un whiskey à la main pour tuer le temps, en observant les uns et les autres qui s'affairaient. Afin de partager son goût pour l'opéra, il avait mis Carmen de Bizet assez fort afin que tout le monde puisse en profiter. Cela surprit la demi-douzaine de types bodybuildés de la CIA, nourris aux hormones. Ceux-ci habillés en Mormons, chemise blanche, pantalon à pince noire et plaque d'identité rectangulaire sur la poitrine, étaient emmenés par un pasteur au crâne rasé déclamant des psaumes appelant au repentir. Il guida son troupeau de brebis vers un groupe de containers où une église improvisée avait été installée entre deux boîtes de métal.

– C'est amusant pensa le Colonel Archibald Stewart du MI6 britannique, une orchidée à la boutonnière, voici que nos cousins américains se sont installés à côté des Russes, puis il se rassit sur la terrasse de sa chambre d'hôtel, face au port où il avait élu ses quartiers. Il posa ses jumelles à côté de sa tasse de thé fumante pour apprécier Carmen tout en contemplant son mignon qui lui souriait.

Poul, Jean et Virgule avaient avancé jusqu'au quai où le sous-marin était amarré. L'opéra de Gounod crachait ses décibels. Le capitaine Torsk reconnut Poul pour lui avoir parlé la veille et l'invita à monter à bord pour boire un verre. Poul ne se fit pas prier. Le capitaine Torsk, alcoolique notoire, était déjà bien entamé, il serait peut-être facile d'apprendre des choses.

– Alors capitaine, prêt à prendre la mer ?

– Oui, notez que ce n'est rien, juste quelques miles de remorquage en direction de Christiansø. Le pas de tir doit se trouver à peu près entre la pointe Nord-Est de Bornholm et les îles Ærtholmene.

– Et le chien, vous l'embarquez quand ?

– On l'attend, il arrive dans une demi-heure.

– Allez-vous le mettre tout de suite dans la capsule ?

– Non, au dernier moment juste avant de redresser la fusée une fois arrivée sur la zone.

– Et ensuite comment cela se passe ? Demanda encore Poul ravi d'obtenir si facilement la confirmation des informations par son interlocuteur.

– Et bien, les réservoirs de carburant de la fusée seront remplis après avoir accueilli son voyageur dans la capsule.

– Capitaine Torsk, merci beaucoup pour toutes ces précisions, je vous souhaite une bonne sortie en mer. Ce n'est pas tous les jours que l'on remorque une fusée et que l'on participe à la course à l'espace en sous-marin.

– Et qu'on la récupère ! Car c'est aussi pour cela que l'on a besoin du sous-marin.

Le capitaine russe Grigorievitch n'était pas content. L'air d'opéra émanant du sous-marin empêchait d'entendre correctement ce qui se disait dans le port. Par contre les Américains étaient là, ils avaient été repérés par l'équipe des dockers que les faux Mormons avaient entrepris de convertir afin de faire jouer la couverture, mais l'officier américain confondait la liturgie des Saints du Dernier Jour avec celui des prêches évangéliques, ce qui les démasqua. L'information fut promptement relayée au siège du FSB à Moscou.

Jean et Virgule se faufilaient partout sans éveiller de soupçon. Virgule était parfaite dans son rôle, la truffe au sol, dans tous les coins d'un port qui sentait surtout le hareng. Jean s'enhardissait ; au début peu à l'aise, il avait pris l'air très concentré, dur et maussade pour éviter qu'on lui adresse la parole.

Karen et Agnès étaient affairées dans le port voisin de Svaneke. Les moteurs ronronnaient, le hors-bord était prêt. Les réservoirs étaient remplis et les moteurs, chauds, tournaient comme une horloge. Le message de Poul confirmait la suite de l'opération. Karen, éminente pilote de hors-bord, n'avait certes pas conduit en compétition depuis des années, mais c'était comme le vélo, spécialité danoise, cela ne s'oubliait pas. Il n'y avait plus qu'à attendre.

Pour le lieutenant Wilson de la CIA, réintégrant l'église-container une bible sous le bras et des cartons de pizzas à la main, c'était une certitude. Le type avec le costume blanc aperçu sur le pont du grand voilier, un boa en plume rouge autour du cou, une fleur de tournesol à la boutonnière, des lunettes K-pop et un crâne chevelu à la Yul Brynner n'était autre que le fameux Volkov, espion de légende de l'ancien KGB, devenu un des patrons du FSB. Il avait vu sa photo lors des cours suivis à Langley, au siège de la CIA. Wilson insistait pour que l'on prévienne la hiérarchie. Ses collègues insistaient, eux, pour qu'il leur refila les pizzas. On décida d'un commun accord d'échanger les pizzas contre l'envoi de la photo du présumé Volkov un verre à la main, en Virginie. La réponse ne tarda pas, c'était bien lui ! Ce qui confirmait que les Russes étaient dans le coup.

Le colonel Simonsen du 8ème Hussard en était désormais certain, il ne se passait rien dans le port de Nexø. L'alerte donnée avait été causée par une erreur de jugement et un excès de zèle. La concentration d'espions en tous genres signalés était normale et n'avait rien d'affolant, ils étaient à la recherche d'informations à la suite de l'alerte. De toute façon, l'heure « H » du jour « J » approchait vitesse grand « V » et le départ du convoi remorquant le pas de tir et la fusée vers le large était proche. Le régiment réintègrerait sa caserne une fois que le sous-marin appareillerait, ensuite, cela concernerait la marine. Le colonel décida d'attendre que le convoi soit sorti du port avant d'envoyer son rapport au Général Iversen.

À quai, la camionnette de l'élevage Dansk Hund se gara entre le sous-marin et l'estrade des officiels. Poul et Jean accompagnés de Virgule, reconnurent Leif Henriksson l'éleveur et Bacchus Vejrhanesen le politicien. Ceux-ci entourés de quelques bikers furent accueillis par le chef du programme spatial et par Stephen Lerhnsen le vétérinaire de l'association et du concours canin de Bornholm. Des dockers et des Mormons observaient la scène dans un silence assourdissant depuis que le capitaine Torsk avait coupé le sifflet à Carmen.

On fit descendre Krølle-Bølle de la camionnette. Il se fit un peu prier n'ayant pas l'habitude de voir autant de monde. Les flashs de la presse crépitèrent, Bacchus posa avec le capitaine Torsk à côté du *kosmohund.* La photo ferait la une de tous les journaux le lendemain.

Du balcon de son hôtel, le colonel Wilson du MI6, jumelles dans une main et tasse de thé dans l'autre se demanda si les Russes et les Américains s'étaient vraiment déplacés pour un chien et un sous-marin commandé par un poivrot. Dans le ciel, le canadair « Pélican » jaune canari d'Isabelle de Montségur traçait des huit paresseux en vrombissant comme un bourdon ce qui fit sortir le capitaine Grigorievitch de ses gonds car il n'entendait rien dans son système d'écoute branché sur diverses épingles de cravates et autres broches et pendentifs. Wilson de la CIA râlait lui aussi, alors qu'il s'était vu soudainement confier la mission de trouver ce que cherchaient les Russes depuis l'identification de Volkov, il n'entendait rien non plus sur les micros planqués dans les pots de fleur du bar où se tenaient les VIPs du quatre-mâts russe. C'était bien sa veine pour sa première mission ! Décidemment ces maudits Français, avec leur bombasse de pilote pour calendrier de camionneurs, utilisaient des méthodes de sauvages pour brouiller les pistes.

Enfin le grand moment tant attendu était arrivé. Le bateau PC de la Bornholm Space Agency se mit à quai et on fit monter Krølle-Bølle à bord. Peu à l'aise sur un sol mouvant et inconnu, le grand danois voulait repartir mais bien tenu par Leif l'éleveur et Stephen le vétérinaire, il rentra dans une cage similaire à la sienne où il retrouvait ses coussins et sa couverture de l'élevage afin de le rassurer.

L'heure était venue, le Directeur des Opérations qui présiderait au tir appela le capitaine Torsk sur le canal 16 depuis le bateau PC pour lui donner l'ordre de départ. Alors, Torsk, un énième whiskey à la main, attrapa le micro, lâcha un juron et lança : « Mission Krølle-Bølle, en avant ! » suivi d'un autre juron. Puis le convoi appareilla avec en tête, le sous-marin qui ouvrit la marche à vitesse réduite. Le capitaine Torsk, casquette vissée sur la tête et pull marine, barrait depuis le kiosque. Il sortit très lentement du port et piqua au large sur une mer d'huile pour s'éloigner de la côte. Il remorquait grâce à deux aussières doublées la plate-forme de tir. Sur le pas de tir flottant, la fusée, horizontale, était protégée de la vue et des embruns par une structure recouverte de toile rouge au logo de l'association et des drapeaux de Bornholm et du Danemark. À un quart de mile, suivait le bateau servant de PC pour le tir. On trouvait à bord Krølle-Bølle le *kosmohund* et l'équipe d'ingénieurs, puis, un peu plus loin, un navire de la marine danoise et un garde-côte encadraient le cortège. Enfin, sortant du port, le spectaculaire quatre-mâts russe *Maréchal Joukov* fermait la marche. À bord la fête avait démarré, Volkov avait ouvert la danse avec la comtesse Astrid Von Gripenberg tandis que Néron, Brutus et Caligula, se bâffrant de croquettes « Sveltesse Luxe », jappaient depuis un canapé en voyant leur patronne se trémousser sur la piste. Bacchus Vejrhanesen le politicien, déjà à sa troisième flûte s'entretenait avec Albert l'homme au costume à rayures, mari et chauffeur de l'excentrique comtesse. Celui-ci allumait un barreau de chaise cubain, obligeamment offert par Volkov et lui parlait de sa passion pour le cirque en lui racontant son passé de fort des Halles et d'hercule de foire. Les sponsors dont beaucoup étaient venus avec leurs secrétaires, entraînaient celles-ci dans les eaux de la piscine où un bar flottant proposait toutes sortes de douceurs et boissons. La fête s'annonçait du tonnerre, le champagne de Crimée servi par une armée d'hôtesses slaves en mini-jupes coulait à flots. C'est à ce moment-là que passa en rase-motte le *« Pélican »* d'Isabelle de Montségur qui secoua les ailes et lâcha au-dessus des têtes de mâts un nuage de confettis qui tombèrent sur le pont et dans la piscine du *Maréchal Joukov*. Le colonel Stewart du MI6 accoudé au bar ramassa l'une des petites cartes tombées du ciel. Elle montrait le visage souriant de la pilote blonde et de Chouchou le chien, lançant des bisous en forme de cœurs et disant « Merci ». C'était l'ultime manifestation de celle devenue la star du weekend qui devait maintenant dégager les cieux car la zone d'exclusion aérienne allait commencer sous peu. Les cartes furent avidement ramassées et constitueraient plus tard un souvenir apprécié des fans et une pièce de choix pour les collectionneurs.

Restés à quai, Poul et Jean qui tenait Virgule, marchaient jusqu'à l'extrémité de la jetée. Ils suivaient des yeux le cortège de bateaux qui s'éloignait. Poul appela Karen :

– C'est bon les filles, nous sommes prêts, nous vous attendons !

– On arrive, à tout de suite !

Dans le port qui se vidait rapidement, les hussards remontaient dans leur camion, le colonel Simonsen avait envoyé son rapport au général et obtenu en retour de celui-ci le feu vert pour ramener ses troupes à Almegårds puisqu'il ne se passait rien à Nexø. Les dockers avaient déjà quitté le port. Les Mormons n'avaient plus personne à évangéliser. Le lieutenant

Wilson avait un goût amer dans la bouche car quelque chose lui échappait et il ne savait pas quoi… or, il avait échoué dans sa première mission. Poul et Jean virent passer le canadair d'Isabelle de Montségur qui piqua vers le sud en direction de l'azur marseillais.

Karen et Agnès ne furent pas longues à arriver, le hors-bord ronflait en venant se mettre quai, au bout le bout de la jetée. Les deux hommes montèrent à bord. Jean tenait Virgule dans les bras car elle n'était pas habituée à monter sur un bateau. Ils s'assirent. Jean cala Virgule entre ses jambes et lui donna des snacks de lapin qu'elle avala comme un glouton.

– Vous êtes marrantes dans vos combinaisons, vous ressemblez à des martiennes dans les films des années 70 !

– Tu ne t'es pas vu, rigola Agnès mais Virgule est encore la plus drôle !

– Bon, vas-y Karen, rapproche-nous suffisamment du convoi, pour que nous puissions observer ce qui se passe à la jumelle et restons branchés sur le canal 16.

Une voix grésilla dans la radio :

– Police Maritime de Nexø à *NXØ1515*, vous êtes en zone d'exclusion maritime veuillez immédiatement rentrer au port.

– *NXØ1515* à Police Maritime de Nexø, ici le Ministère de la Justice Danois, nous nous joignons au convoi en tant qu'observateurs. Vous êtes les bienvenus à bord pour contrôler nos accréditations.

– Police Maritime de Nexø à *NXØ1515*, nous arrivons pour contrôler.

Chapitre 21

Le trois-mâts suédois *Skåne Anda* se dirigeait vers Christiansø par une légère brise. Depuis le départ de Svaneke, l'ambiance était retombée à bord. Les passagers avaient trouvé leur place sur le pont, dans des transats ou aux tables du bar. Ingemar Lundqvist poursuivait ses croquis en dessinant les divers personnages et moments de l'affaire qu'il avait pu reconstituer, selon sa compréhension des faits. Il suivait les évolutions de la situation avec les messages de Poul et échangeait ses impressions avec un certain nombre de collègues incognitos à bord par sms interposés, évitant ainsi de montrer qu'ils se connaissaient. Il faisait également attention à l'heure. Un message de Marta lui avait annoncé que les pelotes de laines disparues avaient été retrouvées cachées dans le pavillon du tuba et que Pépita était en pleine forme.

Sur la frégate anti-missile *USS Guadalcanal* de la marine américaine, on s'apprêtait à suivre l'essai spatial. La frégate, accompagnée de plusieurs navires de surface et de sous-marins de la Flotte de l'Atlantique, servait de navire de commandement pour cette courte mission qui l'avait fait se déplacer dans la Baltique, elle, qui durant la Guerre Froide s'aventurait rarement plus loin que Copenhague. On signalait beaucoup de mouvements de navires divers et variés et le plus curieux étaient tous ses grands voiliers d'un autre temps qui croisaient dans les parages. Quelques-uns avaient l'autorisation de naviguer pendant l'essai dans la zone interdite, comme ce quatre-mâts russe sur le pont duquel se déroulait une grosse fête d'après les renseignements. Décidemment la Guerre Froide était bien morte et enterrée. Cependant on observait sous les eaux des mouvements divers et variés. Un sous-marin de poche russe avait été signalé, identifié au son du moteur de son frigo.

Sur le *HMS Kalmar*, corvette anti-sous-marine de la marine suédoise, on s'était porté à la limite des eaux danoises, pour surveiller le trafic et noter ce qui se passait chez le voisin scandinave. Et puis la nouvelle d'un sous-marin russe près des côtes, ravivait toujours des craintes, celle d'en voir un terminer échoué sur quelques rochers du royaume comme à la grande époque du « Whiskey on the rocks » en 1981.

Satisfaite, la Police Maritime du port de Nexø avait laissé repartir le hors-bord sur lequel se trouvaient Poul, Karen et leurs amis accompagnés de Virgule. Le bateau adroitement piloté par Karen filait pour rattraper son retard. Ce ne fut pas long, la flotte spatiale était visible grâce aux mâts du *Maréchal Joukov* qui se détachaient sur l'horizon, longeant la côte de Bornholm en direction du Nord-Est.

Poul branché sur le canal 16, suivait la progression du convoi en écoutant les ordres donnés par le capitaine Torsk dont la voix semblait de plus en plus imbibée. Torsk avait légèrement modifié le cap pour faire route vers l'Est de l'île de Christiansø dont on n'était plus qu'à mi-chemin. Rattrapant le *Maréchal Joukov* qu'ils laissèrent sur bâbord, les amis passèrent suffisamment près pour entendre la musique qui s'en dégageait. Grâce aux jumelles du bord, Jean décrivit la fête endiablée qui se passait à bord. Le colonel Volkov dansait comme un dieu, son boa en plumes était passé autour du cou de la comtesse qui, elle, se déhanchait avec son mari en costume rayé, lui aussi excellent cavalier.

– Sacré Volkov ! pensa Stewart accoudé au bar, accroché à son verre de gin, Il n'a pas fait le Bolchoï pour rien.

Sur le pont du *Skåne Anda*, le commissaire Ingemar Lundqvist regardait la mer, il voyait lui aussi approcher le convoi de l'opération Krølle-Bølle grâce au gréement du *Maréchal Joukov* visible au loin sur le bleu du ciel. Sur bâbord se distinguaient le phare et les bâtiments des îles de l'archipel Ærtholmene dont Christiansø était la principale. Désormais à la limite de la zone d'exclusion maritime pour l'essai spatial, le *Skåne Anda* mit en panne. Ingemar envoya un message demandant à ses contacts de se tenir prêt car l'heure d'agir allait sonner. Il eut le plaisir de recevoir une photo de Pépita soufflant dans son tuba avant de passer à l'action. Lui qui aimait les animaux, sa présence lui manquait. Quoi qu'il en soit, tout était prêt et la réunion pour laquelle il était venu commencerait dans quelques minutes.

Arrivant sur la zone de tir, le capitaine Torsk réduisit la vitesse du sous-marin qui finit par s'immobiliser. Observant le miroir que formait la mer Baltique et son verre de whiskey posé sur le kiosk à côté de la barre à roue dans lequel le double-scotch ne connaissait pas une ride, il décida de s'en servir un triple. Puis il ordonna à ses deux matelots d'assurer le mouillage de la barge qui se devait d'être la plus stable possible pour procéder au tir. Aussi quatre ancres furent envoyées par vingt mètres de fond, dont les deux dernières à l'aide d'une annexe. Ceci créa de la place sur le pont de la plate-forme qui présentait désormais un espace dégagé après que furent mises à l'eau des dizaines de mètres de chaînes suivies de centaines de mètres de bout. Torsk s'en vint personnellement tester la tension des lignes de mouillage sa bouteille à la main puis il prit le micro de la radio. Il annonça au PC de contrôle sur le canal 16, moyennant quelques jurons supplémentaires, qu'arrivé sur la zone et la barge immobilisée, il leur transmettait la suite de l'opération. Le sous-marin restait amarré à la plate-forme de tir en attendant.

– Ça va bientôt être à nous de jouer, réagit Poul sur le hors-bord en entendant les paroles de Torsk.

Les ingénieurs de la Bornholm Space Agency arrivèrent en annexe sur la barge et commencèrent immédiatement à ôter les bâches de la structure abritant la fusée. Celle-ci apparut, allongée, rouge et blanche avec un liseré vert rappelant le drapeau de l'île. Du bateau de contrôle, on entendit des jappements, Krølle-Bølle allait rentrer en scène.

Karen approchait le hors-bord de la plate-forme de lancement dont elle n'était distante que d'un quart de mile. Celle-ci, recouverte de minium, une peinture antirouille rougeâtre, ressemblait de loin à un catamaran mastoc, dont la rampe de lancement retenue par un gréement de câbles galvanisés aurait fait office de mât.

Le bateau PC s'approcha lentement du pas de tir puis on fit passer Krølle-Bølle sur la barge, tenu par Leif Henriksson l'éleveur et accompagné de Stephen Lerhnsen le vétérinaire, grâce à une coupée faite de larges planches.

La capsule était prête et attendait son passager canin. La vue de l'engin spatial semblable à celui du chenil rassura le grand danois qui l'associa à son repas. En effet, le rituel était préparé. Poul et Jean, jumelles en main ne perdaient pas une miette de ce qui se passait sur le pont.

– Il est énorme le paquet de croquettes tu ne trouves pas Poul ? remarqua Jean.

– Oui, je me faisais la même réflexion.

Après que quelques photos eurent été prises pour ce moment historique sur fond de drapeaux accompagnés des banderoles des sponsors, le bol de « croquettes de l'espace » mélangé des deux marques fut placé dans la capsule. Krølle-Bølle en tenue de *kosmohund* sauta dedans et la porte de la capsule fut refermée. Le premier lancement dans l'espace d'un être vivant par une association d'amateurs allait pouvoir commencer.

Sur le pont du *Maréchal Joukov*, la fête battait son plein à la poupe tandis qu'entre la misaine et le grand mât, les caméras des chaines de télévision avec leurs puissants zooms enregistraient des images jusque-là peu spectaculaires en donnant une foule de détails techniques. Les caméramans avaient du mal à tenir debout et la journaliste américaine ne cessait de se tromper car elle avait abusé du champagne de Crimée, se prenant les pieds dans les noms danois de l'association, du chien « Kreule-machin-chose… *Oh my god!* On la refait !» et autres noms imprononçables. Elle sentait monter en elle le mal de mer à force de fixer l'horizon qui bougeait imperceptiblement malgré le grand calme. Et dire que l'heure du tir approchait, s'inquiéta-t-elle. À Atlanta, au siège de la chaîne où le décompte avait commencé, elle était bientôt programmée en direct.

Sur la plateforme, Krølle-Bølle allait débuter sa mission. L'équipe qui avait encadré le chien et installé la capsule s'apprêtait à quitter le pas de tir pour la préparation du lancement. Une équipe d'ingénieurs qui devaient relever la fusée puis effectuer le remplissage des réservoirs avant de procéder au tir venait de s'écarter du bateau PC et s'approchait.

– C'est le moment Karen ! Mets les gaz amène-nous à couple du pas de tir, s'écria Poul.

– De *NXØ1515* à plate-forme de tir, nous montons à bord pour une visite de contrôle du Ministère de la Justice.

– De PC à *NXØ1515*, reçu et surpris … mais votre intervention sera-t-elle longue ?

– *NXØ1515* à PC, non, très rapide rien qui ne puisse mettre votre essai en danger.

Karen approcha le bateau de la plateforme. Avec ses banderoles attachées le long de la coque marquées du logo du Ministère et flanquées d'une couronne représentant le royaume, l'arrivée du juge Poul Eriksen tel une figure de proue sur le hors-bord ne manquait pas de panache. Il grimpa promptement sur le pont suivi de Jean habillé en policier accompagné de Virgule elle aussi en uniforme grâce à l'achat réalisé chez le marchand finlandais d'accessoires canins et modifié avec le nom du ministère.

– Bonjour Messieurs ! Juge d'Instruction Poul Eriksen, je perquisitionne la plateforme, veuillez ouvrir votre sac monsieur Lerhnsen, vous êtes vétérinaire n'est-ce pas ?

– Oui, répondit ce dernier stupéfait de reconnaître là un des juges du concours canin.

Poul regarda dans le sac de croquettes, celui-ci était vide, plié au fond du sac à dos.

– Très bien, merci, vous avez donc donné toutes les croquettes au chien n'est-ce pas et laissé sa gamelle dans la capsule.

– Oui, afin qu'il se sente rassuré.

– Bien sûr, bien sûr. Dîtes-moi connaissez-vous ce produit ? lui demanda-t-il montrant une petite fiole de verre qu'il sortit de sa poche.

– Oui, c'est de la médétomidine, un produit vétérinaire.

– Qui s'utilise pour quoi ?

– C'est un sédatif pour les chiens.

– Vous en utilisez beaucoup ? Souvent ?

– Cela m'arrive, pour opérer.

– Je vous remercie. Alors monsieur Henriksson votre élevage part en orbite ?

– Oui, j'espère que tout se passera bien pour notre *kosmohund.*

– J'en suis persuadé, les gens de la Bornholm Space Agency savent ce qu'ils font même si la course à l'espace n'est pas exempte de risques.

Jean et Virgule avaient fait le tour de la fusée d'un peu plus d'une douzaine de mètres, à damier rouge et blanc aux couleurs du pays. Ils s'étaient approchés de la capsule, celle-ci faisait un mètre de diamètre environ. Virgule, peu à l'aise sur une surface métallique releva la tête et se mit à frétiller du museau puis aboya franchement sentant la présence d'un chien de l'autre côté de la paroi. Krølle-Bølle lui répondit et une sorte de dialogue sembla s'engager entre le chien héros de l'espace à venir et une Virgule complétement terre à terre. Jean, après avoir pris une photo de Virgule sur fond de fusée retrouva Poul.

– Merci messieurs, nous vous souhaitons tous nos vœux de réussite. Au fait, vous effectuez le lancement vers quelle direction ? Le Nord-Est ?

– Oui, répondit un ingénieur qui s'impatientait, à 45°.

– Très bien, à plus tard ! Au revoir messieurs !

Remontant à bord du hors-bord, Poul se montra satisfait.

– Karen, tu vas aller te placer à environ un quart de mile plus au Nord-Est, à 35° environ. Évitons de nous mettre directement sur la trajectoire de la fusée, on ne sait jamais.

La fusée du modèle *Spica* se releva rapidement grâce aux vérins hydrauliques et se dressa fièrement sur l'aire de lancement.

L'opération fut rondement menée, la fusée était désormais collée à la verticale contre sa rampe de lancement. Des ingénieurs s'affairaient maintenant à remplir les réservoirs de carburant, de l'ergol liquide.

Sur le pont du *Maréchal Joukov*, la fête était à son comble, entre concours de plongeons et jeux à boire. Les invités suivaient sur l'écran géant installé en face du bar et de la piscine les images des détails de la préparation du tir tournées à bord. Un grand nombre de fêtards étaient déjà ronds comme des queues de pelle. Les caméras de télévision avaient filmé le relevage de la fusée. Les journalistes s'étaient interrogés sur l'arrivée puis la présence inopinée d'un deuxième chien, un spaniel, sur la plateforme de lancement avant de réaliser que c'était un chien du Ministère de la Justice. La journaliste américaine avait réussi sa première épreuve et retrouvé un peu de contenance au prix d'un effort surhumain lors du redressement de la fusée qu'elle avait commenté sans trop d'hésitation sur un fond sonore de carnaval. Heureusement pour elle, alors qu'elle devenait verdâtre, le champagne de Crimée ne passant pas, le direct avait été interrompu par une *« Breaking News »*, un massacre ordinaire dans une ville des États-Unis.

Sur l'*USS Guadalcanal*, on était prêt à suivre la fusée, on allait pouvoir réaliser un exercice grandeur nature. Cela représentait une bonne répétition pour l'équipage et les matériels selon l'amiral américain.

Les réservoirs de la fusée *Spica* finalement remplis, l'ordre fut donné par le Directeur des Opérations d'évacuer la plateforme. Le capitaine Torsk lâcha un juron destiné à lever l'amarre le retenant à la plateforme puis il poussa le sous-marin un peu plus loin, une main sur la barre et l'autre sur la bouteille.

« 10, 9, 8, 7, 6… » Le décompte de la fusée avait débuté depuis le navire de contrôle…

Sur le *Maréchal Joukov* le silence s'était installé et tout le monde reprenait le décompte en cœur, y compris les hôtesses, désormais dans la piscine. La journaliste en direct se cramponnait à son micro et ne disait plus rien, serrant les dents. Le double-plan des caméramans la montrait contre le bastingage avec la fusée en arrière-plan et un zoom sur celle-ci.

« … 5, 4, 3, 2, 1, allumage du réacteur »

Une épaisse fumée blanche se dégagea à l'horizontale depuis la plateforme de tir. *Spica* commença à monter lentement le long du rail puis quitta celui-ci à raison de quelques mètres par seconde au-dessus d'un nuage blanc de plus en plus large et épais, de forme pyramidale. Puis la fusée monta de plus en plus vite, accéléra franchement et commença à suivre une trajectoire oblique.

À bord du *Maréchal Joukov*, c'était une explosion de joie. Au moment du décollage les hôtesses avaient jeté le top de leur maillot en l'air. La farandole emmenée par le colonel Volkov avec son boa en plume faisait le tour du pont en chantant une « danse des canards » endiablée, entraînant dans sa suite un grand nombre de joyeux drilles éméchés, d'hôtesses russes en petites tenues et autres invités scandinaves dans leur plus simple appareil. Devant les caméras de la presse mondiale, en direct, la ribambelle de fêtards offrait bisous, champagne et contorsions à un public lointain. C'est à peine si la fête remarqua la malheureuse journaliste qui vomissait ses boyaux par-dessus le bastingage. Le champagne de Crimée n'avait pas dépassé le décompte et avait eu raison d'elle. À Atlanta, au siège de la chaîne, c'était la consternation.

Sur l'*USS Guadalcanal*, on suivait l'ascension de la fusée qui observait une trajectoire en rapport aux attentes présentées par l'association.

– Pas mal pour des amateurs, pensa l'amiral.

Sur le hors-bord, les quatre amis ressentirent une étrange impression en voyant passer la fusée au-dessus de leurs têtes. Puis alors que celle-ci ne représentait plus qu'un point lumineux blanc intense qu'accentuait la profondeur du ciel, un phénomène de vibration de l'air se fit entendre qui surprit tout le monde. Ce phénomène vibratoire résonnait de plus en plus fort, ce qui fit peur à Virgule qui se mit à hurler comme un loup.

– Ça me rappelle Ariane 5 à Kourou en Guyane, dit Jean, on a l'impression que le ciel va nous tomber sur la tête. Mais l'effet se calma assez vite, la fusée restant somme toute de petite taille.

Sur le *Maréchal Joukov*, la fête se poursuivait, le tir avait été commenté depuis le PC ainsi que les différentes phases du vol. Des hourras retentirent à l'annonce de l'extinction du moteur et de la séparation de la capsule puis de l'entrée dans l'espace après avoir coupé la ligne de Karman marquant la limite de l'effet de la pesanteur terrestre et le seuil d'entrée dans l'espace.

Le suivi précis réalisé par l'*USS Guadalcanal* annonça qu'après deux cents secondes de vol, les moteurs s'étaient coupés et que le véhicule spatial était sorti de l'atmosphère atteignant les cent cinq kilomètres d'altitude. L'opération avait réussi. Krølle-Bølle devenait « chien de l'espace ». Il fallait maintenant espérer que la redescente se passerait sans problème technique et que le ballute, mi-ballon mi-parachute, s'ouvrirait comme prévu pour ramener sain et sauf le *kosmohund* sur terre.

Alerté par la frégate américaine, le PC de contrôle demanda au capitaine Torsk de prendre le cap vers les Îles Ærtholmene. L'amerrissage de la capsule devrait s'y dérouler plus proche des îles que prévu en raison, malgré un tir parfait, d'un vent d'altitude qui faisait dériver légèrement la capsule sous son ballon-parachute.

L'annonce de l'ouverture du ballute et les images de la capsule filmée par des drones de l'OTAN transmises sur les écrans du navire russe déclenchèrent l'hystérie parmi les fêtards. Volkov entraînant la compagnie dans un concours de plongeon dans la piscine, c'était à qui ferait la plus grosse gerbe. Les caméramans avaient renoncé à filmer quoi que ce soit et les chaînes avaient mis fin à la retransmission, les images n'étant plus montrables à une heure de grande écoute. Tout le monde s'était joint à la fête. Dans son coin, la journaliste d'Atlanta noyait son chagrin dans une autre bouteille de Champagne, sa prestation ayant déplu. Sa carrière s'était envolée.

À l'écoute de la redescente de la capsule par le canal 16, Poul vit immédiatement l'avantage de la situation.

– Allez Karen, mets les gaz ! Il faut arriver au point d'amerrissage avant tout le monde or nous avons le bateau le plus rapide.

La flottille emmenée par Torsk qui barrait le sous-marin depuis le kiosque en suivant les indications données par l'*USS Guadalcanal* avait pris le cap suggéré. Mais elle fut laissée sur place par le hors-bord piloté par Karen qui passa dans une gerbe d'écume.

Un puissant zodiac s'était cependant détaché du navire PC et fonçait droit devant.

Lancé à sa poursuite, *NXØ1515* le rattrapait à vue d'œil. Poul et Jean scrutaient le ciel d'un bleu transparent, avec ou sans jumelles. Les côtes de Christiansø se rapprochaient rapidement.

Les deux hors-bords faisaient la course, mais *NXØ1515* avait l'avantage, plus long, plus puissant et plus rapide, il doubla son concurrent à bord duquel on apercevait deux plongeurs en combinaison et creusa facilement l'écart avec son poursuivant. Soudainement Jean s'écria pointant son doigt vers le ciel :

– La voilà ! La capsule ! À 11h Karen !

– Elle se rapproche de Christiansø, elle ne va pas tomber loin, s'inquiéta Poul.

Le ballon-parachute rouge en forme de goutte d'eau et la capsule poursuivaient leur descente et s'en allaient à la rencontre du hors-bord. La capsule amerrit avec un splash limité puis rebondit comme un gros bouchon et oscilla comme un culbuto suivi du ballute qui toucha l'eau lui aussi.

– Approche-toi de la capsule jusqu'à la toucher Karen, lui enjoignit son mari. Attention à ne pas accrocher les suspentes du parachute avec l'hélice !

À la proue du hors-bord, Jean se saisit d'un bout puis le passa dans un point d'accroche de la capsule, un anneau prévu à cet effet. Il amarra le bout à un taquet à la poupe du hors-bord et il accrocha à l'aide de la gaffe une suspente du ballute qu'il hissa à bord et maintint tendu. Enfin, il doubla l'écoute sur le point d'accroche.

– C'est bon, on peut y aller, direction la plage ! Doucement.

Jean laissa filer du mou sur les deux bouts de façon à équilibrer la longueur et la tension de ceux-ci. Le ballute servait de sécurité, la tête de la voile étant prise dans la glacière sur laquelle était assise Agnès.

– L'aventure spatiale en hors-bord ! C'est costaud ! rigola Jean.

À un demi-mile de Christiansø, le hors-bord remorquant la capsule piqua en direction des rives caillouteuses de l'île dont on distinguait les remparts du XIXème. Des phoques surpris par le bruit des moteurs disparaissaient sous les eaux. Jean relâcha un peu la tension du parachute sur le sommet de la capsule pour éviter de la faire se mouvoir de bâbord sur tribord et lui faire mettre la tête en arrière afin de la faire glisser davantage sur l'eau.

– On arrive, annonça Karen, je ne veux pas m'échouer. D'après la carte, il y a peu de fond, je vais faire demi-tour au dernier moment. Jean, il te faudra sauter à l'eau avec la voile. Agnès quand ton frère est dans l'eau, tu lâches les bouts. Je mettrai en panne et je mouillerai l'ancre.

Karen ralentit l'allure du hors-bord, l'eau claire et peu profonde laissait voir des écueils de-ci de-là.

Arrivé à une dizaine de mètres de la rive, Jean sauta à l'eau en tenant le parachute suivi de Poul. Agnès laissa filer les écoutes et Karen jeta l'ancre après avoir mis les moteurs au point-mort laissant ceux-ci ronronner.

Jean et Poul avançaient dans un gros mètre d'eau remorquant la capsule par le parachute. Sur la plage un comité d'accueil les attendait.

– Décidemment, la course à l'espace, n'est pas ce que l'on croît ! Je viens de sauter à l'eau avec un parachute ! Tiens ! Des militaires ! Que font-ils là ?

– Ils sont chez eux, répondit Poul, ils administrent l'archipel depuis le XVIIème siècle.

– C'est bien qu'ils soient là, ils vont pouvoir nous aider à hisser la capsule sur la plage.

– Ça ne pouvait pas mieux tomber en effet !

– Juge Poul Eriksen ? Commandant Larsen, on m'a prévenu de votre arrivée, je dois dire qu'elle est originale ! Laissez-nous vous aider.

Une dizaine de militaire empoignèrent alors la voile et les suspentes du parachute et tirèrent l'ensemble. La capsule fut promptement amenée sur les roches arrondies et larges puis portée et déposée sur un espace plat où poussait une maigre végétation. De l'intérieur, on entendait japper.

– Reculez-vous ! dit Poul. On ne sait jamais, c'est quand même une grosse bête. En tout cas, il a l'air en forme.

Poul manœuvra la poignée de la capsule qui s'ouvrit avec quelques efforts et recula. Le *kosmohund* jailli de la capsule alors que débarquait l'équipe de la Bornholm Space Agency, Stephen Lerhnsen le vétérinaire et les deux plongeurs. Ils avaient l'air mécontents mais ne dirent rien. Le chien jappait comme un fou, heureux et surpris de sa libération. Reconnaissant le vétérinaire, il lui sauta littéralement au cou, manquant de le renverser.

– Alors, Krølle-Bølle, ça va ? C'était bien l'espace ? demanda Jean.

Poul se pencha et pénétra la tête et l'épaule dans la capsule dont il ressortit quelques secondes plus tard, triomphant, tenant dans la main un paquet bien enveloppé dans du plastique.

– Quelqu'un a-t-il un couteau demanda Poul ?

– Moi répondit Jean qui lui en présenta un à lame arrondie.

Poul découpa les épaisseurs de film plastique découvrant un cylindre en métal.

– C'est bien ce que je pensais, messieurs Lerhnsen et vos deux accompagnateurs, je vous inculpe pour assassinats, recel et association de malfaiteurs. Vous êtes en état d'arrestation. Commandant ils sont à vous !

Le vétérinaire et les deux plongeurs stupéfaits ne firent aucune difficulté, encadrés qu'ils l'étaient par deux douzaines de militaires.

– Ça alors ! s'exclama l'ingénieur de la Bornholm Space Agency qui venait de descendre d'une autre embarcation, qu'est-ce que c'est que cette histoire ?

– Rejoignez-nous ce soir et vous saurez tout.

Sur les roches devant les remparts, Virgule et Krølle-Bølle jouaient à "cours après-moi que je t'attrape" et se mordaient les oreilles.

– Vos deux animaux sont des privilégiés, dit le commandant Larsen en les regardant courir, l'archipel est en effet interdit aux chiens et aux chats afin d'y protéger les oiseaux.

– Nous ne restons pas, rassurez-vous ! Allons-y décida Poul, il nous faut rendre visite à mon ami Ingemar Lundqvist qui nous attend sur le *Skåne Anda* non loin d'ici.

Le hors-bord *NXØ1515* filait à toute vitesse à l'Ouest de l'archipel laissant l'équipe de l'agence spatiale rembarquer la capsule et le *kosmohund* depuis les rochers de Christiansø. Les îles Ærtholmene avaient été promptement contournées semant la panique chez les phoques. Le *Skåne Anda* n'était pas loin, son gréement était visible. Les trois miles marins avaient été rapidement avalés. S'approchant du navire qui était à l'ancre,

Poul reconnut le commissaire Ingemar Lundqvist accoudé au bastingage. Celui-ci les saluait de la main.

– Bonsoir Juge Eriksen, belle ascension cette fusée n'est-ce pas ? Soyez le bienvenu à bord s'il vous plaît.

Montant par une échelle de corde Poul et Jean se retrouvèrent sur le pont.

– Oui, une opération réussie ! La nôtre aussi, et la vôtre ?

– Tout s'est très bien passé. Nous sommes rentrés dans la salle de réunion et avons arrêté tous ces gens et mis la main sur un gros paquet d'argent.

Sur le pont se tenaient plusieurs personnes menottées entourées de policiers en civil ou en uniforme qui interrogeaient et prenaient des dépositions. Un bateau de la police suédoise se tenait à distance. Des personnes souvent âgées, dubitatives, étaient assises, l'air triste sans trop comprendre ce qu'il se passait. Elles étaient poliment interrogées par des policiers. La vétérinaire Hildegard Nyström accompagnée d'un policier se livrait à un inventaire devant des caisses renfermant des chiens d'espèces et de tailles variables.

– Commissaire Lundqvist, bravo ! Je vous invite à nous suivre, soyez mon invité à Bornholm ce soir, nous allons présenter tous les faits et enchaînements de cette histoire ou plutôt de ces histoires, étranges et tarabiscotées.

– Avec plaisir commissaire, je vous suis.

Chapitre 22

Le *« Bakkarøgeriet »* d'Åkirkeby était comme d'habitude, plein comme un œuf. Sur scène, Jack accompagné des autres musiciens de sa famille et de Siggi Björn du pays des geysers maniaient banjo, guitare, planche à laver, trombone et contrebasse. Vint la pause, le public avait plus ou moins terminé son assiette de hareng fumé-patates frites. C'était l'occasion de se dégourdir les jambes et de remplir les verres. Poul prit la parole devant un aéropage de convives depuis la table située dans un coin entre le bar et une vieille pompe à essence décorative. Une peau de sanglier était prise dans un filet.

– Chers amis, le commissaire Ingemar Lundqvist et moi allons vous donner les explications concernant ces affaires de meurtres sordides qui ont secoué depuis trois jours l'île de Bornholm et la Scanie voisine au point d'être responsables d'un énorme incendie. C'est une histoire pour le moins bizarre, à tiroirs, mêlant des personnes qu'à la base peu de choses semblaient rapprocher mais les circonstances en ont décidé autrement.

On reconnaissait autour de la table Bacchus Vejrhanesen, le politicien danois qui avait enlevé sa cravate, Volkov le génial danseur qui ravissait les dames, la comtesse Astrid Von Gripenberg, habillée d'un poncho en dromadaire. Elle était flanquée de son mari Albert, costume rayé et chapeau mou. Le capitaine Torsk avait remisé son sous-marin et buvait des mélanges bière-whiskey à faire tomber un bœuf. Se pressaient aussi des ingénieurs de l'association spatiale, le policier novice Arthur Vestergaard qui avait effectué beaucoup de progrès pendant le weekend, Leif Henriksson l'éleveur de la Dansk Hund et quelques autres dont des bikers. Ce fut Ingemar Lundqvist qui prit la parole

– Ainsi donc madame Weichmann, citoyenne allemande, prenait tranquillement le frais dans les jardins de l'abbaye de Ystad jeudi en fin d'après-midi, quand elle fut brutalement assassinée par Nils Björklund, joueur semi-professionnel de football américain des Göteborg Marvels, au passé sulfureux. Selon toute vraisemblance, il l'étrangla, puis dissimula son corps dans des barils de bière préparés pour ce faire. Mais au cours de l'action, le chien de la dame, « Hercule », un chihuahua nain très jeune s'est échappé et a dû trouver refuge dans l'arrière-salle du café-restaurant *« Bäckahästen »* proche de l'abbaye. Nils Björklund se faisant passer pour un livreur de la brasserie Knöll suit le chien dans la soupente et lui tord le cou au moment où entre Gertrud Thorsson, une jeune serveuse, qui venait chercher une théière. Elle est surprise de ne pas voir le livreur habituel Anders Dahlberg, s'en étonne, mais se contente des explications données par ce faux livreur qui a disparu quand elle revient avec un dernier baril. Elle repart prenant au hasard une théière, celle précisément dans laquelle Nils Björklund a jeté le chien. Le tueur quitte les lieux, charge les barils et le corps de la vieille dame dans le camion puis cache celui-ci dans le parking même de l'entreprise Knöll où il a volé le véhicule auparavant. Dans le camion git également le corps du chauffeur-livreur Anders Dahlberg que Nils Björklund n'a pas hésité à assassiner d'un coup de barre à mine lors du vol du véhicule. Tout ceci se produit sans que personne ne s'en rende compte. Puis Nils Björklund, ni vu ni connu, attend la nuit.

Pendant ce temps, le thé au chihuahua a abouti sur la table de Poul Eriksen, juge d'instruction à Copenhague, son épouse et leurs amis en partance pour Bornholm. Curieusement, nous nous rencontrons en ville quelques minutes plus tard, car nous nous connaissons. Ils n'ont pas le temps de me raconter les détails mais m'indiquent que quelque chose d'étrange leur est arrivé et qu'ils me tiendront au courant.

L'assistance ouvrait de grands yeux.

– Du thé au chihuahua ! Des assassinats ! Quelle horreur ! fit la comtesse avec une moue de dégoût.

– À la nuit tombante, reprit le commissaire, Nils Björklund repart avec le camion pour faire disparaître les cadavres. Il file vers la forêt de Kårsby, coin qu'il connaît bien pour y avoir beaucoup chassé et qu'il sait tranquille. Il double en route, une

SAAB décapotable où se trouvent le chef Lars Johansson et Gertrud Thorsson la serveuse du café *« Bäckahästen »* qu'il a aperçue brièvement quand il courait derrière le chihuahua. Se garant dans une clairière, Nils sort sa moto du camion – les caméras ont vu rentrer la moto en ville vers 15h et ne l'ont jamais vu ressortir – puis il met le feu au dit camion avec un bidon d'essence et file sur sa moto. Mais l'incendie en cette période de grande sécheresse par un vent très violent se propage à grande vitesse, d'autant plus que le camion avait fait le plein, le matin même, l'explosion n'en étant que plus importante. Par le plus grand des hasards, Gertrud Thorsson et Lars Johansson ont pris la même route pour passer un moment romantique qui a failli virer au cauchemar. Ils rentrent quasiment en collision avec Nils arrivant tous feux éteints à un carrefour en pleine forêt, celui-ci laisse la marque de ses bottes dans la portière de la voiture. Ce faisant, il a permis à Gertrud Thorsson d'identifier le modèle de la moto – car elle s'y connaît en motos. Nils rentre chez lui en évitant tous les carrefours et les caméras après avoir déclenché un gigantesque incendie qui se propage à la région menaçant d'abord le zoo de Ystad. La situation empire et nécessite le lendemain la mise en action du plan d'assistance de l'Union Européenne en cas de catastrophe.

Nils qui n'est pas du genre à poser des questions ne sait pas qu'il a agi pour le compte d'une organisation extrémiste qui a décidé d'éliminer tout un tas de gens comme par exemple Olaf Lauritsen banquier danois et juge de concours canins. Celui-ci était surveillé et suivi. Ici, l'organisation a une liste de noms à faire disparaître et agit quand l'occasion se présente comme dans le cas de monsieur Lauritsen, écrasé par un camion au moment où il monte sur le *Leonora Christina* dans le port de Ystad en même temps que son spitz Charly. Les deux corps sont alors cachés dans les poubelles du bord. Il est possible d'ailleurs que l'organisation ait déjà débuté sa série de meurtres depuis quelques temps. L'enquête se poursuivra.

Le commissaire Lundqvist se tût et se rassit.

– Voici une belle histoire bien fraîche, osa le colonel Stewart du MI6 en portant un toast.

Ce fut Poul qui se leva et poursuivit.

– Ce sont Jean et son chien, Virgule, qui débarquant du *Leonora Christina* à Rønne remarquent par hasard une tache de sang sur le pont-garage du navire, contenant du poil et des tissus canins comme le prouveront les tests faits à Copenhague le lendemain matin. Mais Jean remarque surtout du sang humain sur une porte de container de la Bornholm Space Agency présente à bord du navire. Le fait que de sang humain, identifié comme celui de monsieur Lauritsen, se soit trouvé sur le container a failli nous emmener sur une fausse piste mais nous a aussi fait comprendre que l'organisation qui œuvrait dans l'ombre était bien préparée et infiltrée un peu partout. Bizarrement toutes les parties voire les acteurs du drame se trouvaient de près ou de loin sur le *Leonora Christina.* C'est d'ailleurs à bord, pendant la traversée qu'une incartade eut lieu entre la Bornholm Space Agency, au container taché, pris à parti par un groupe d'activistes du droit des animaux de *''Solidaritet på Dyr''*.

Visitant l'île avec nos amis nous avons ensuite été témoins de la mort de madame Lene Jørgensen, qui s'est écroulée à quelques tables de nous dans le café de Hammershus. Nous avons presque pincé les deux chevaliers-prestidigitateurs qui ont glissé un poison très violent dans la théière de cette dame norvégienne, elle aussi porteuse d'une grosse somme et se rendant comme juge au concours canin de Bornholm. À la suite de la découverte du corps dans les poubelles et des grosses sommes d'argent sur les morts – monsieur Lauritsen et madame Jørgensen – qui ôtaient le vol comme mobile des crimes, nous nous orientions nos soupçons sur le monde des concours de chien où ces deux personnes, en plus de madame Weichmann, se rendaient.

Nous avons donc décidé d'investir ce concours en commençant immédiatement par la soirée « Royal Croquette » grâce à Ingrid Nielsen secrétaire du concours et amie de longue date de ma femme Karen. Nous n'avons pas pu empêcher le

PDG de l'entreprise, Göran Henriksson, l'un des principaux sponsors, d'être empoisonné à son tour par un ravioli fatal, dont les ingrédients étaient la viande de son propre chien, un bouledogue-papillon reconnaissable à son oreille dans le ravioli. L'analyse a confirmé que les deux empoisonnements ont été causés par le même poison. Un poison peu commun, de la jusquiame noire, utilisé surtout au Moyen Âge mais qui pousse dans le pourtour de la forteresse de Hammershus. Ceci nous a amené à considérer que le ou les criminels connaissaient bien l'île et son histoire. La suite allait nous le prouver.

Le lendemain matin, grâce à Ingrid qui les avaient inscrits dans la nuit, nos deux chiens, Virgule et Bernard Saint, débutaient le concours de Bornholm. En ce qui me concerne, je devenais juge, remplaçant accepté sur le champ, au vu du décès soudain de deux des juges prévus. Pendant ce temps Jean filait chez Leif Henriksson de l'élevage Dansk Hund, fils du PDG de « Royal Croquette » décédé la veille. Nous avions appris la participation au concours du fils du PDG en consultant la liste des participants. De plus, il apparaissait que c'était de cet élevage que sortait le *kosmohund* Krølle-Bølle.

Leif Henriksson se leva alors.

– En effet, on m'a contacté en raison de la proximité de mon élevage avec le port de Nexø et du sérieux de mon travail. L'agence spatiale m'a proposé de prendre en charge l'entrainement de Krølle-Bølle. J'ai immédiatement accepté et nous avons signé un contrat. J'y ai vu une belle publicité pour mon élevage.

Ce fut alors au tour de Jean de se lever et de prendre la parole, en anglais.

– Je suis arrivé dans un moment de détresse dans un lieu qui a priori tenait plus d'un repère de gang. Mais la visite valait la peine. Nous avons découvert grâce à monsieur Henriksson fils, que Schnüks, le bouledogue-papillon de son père, était un chien cloné ! Et il nous a aussi appris que certaines personnes dans le circuit des concours canins proposaient ces animaux à la façon de Jurassic Park. Monsieur Henriksson nous a en plus dit que l'un des rabatteurs chargés de trouver des clients n'était autre que Conrad Olsen, le directeur du concours canin de Bornholm, qui s'était une fois mépris au téléphone, à cause de leur nom de famille et de la ressemblance de leur voix entre le père Göran Henriksson et son fils Leif. Autre détail bizarre et qui se révéla important par la suite, c'est d'apprendre que le grand danois, Krølle-Bølle, le *kosmohund* devant être envoyé dans l'espace, que me montra Leif, se trouvait au régime.

– Ce serait bien pire de ne pas boire ! s'exclama le capitaine Torsk.

Jean se rassit. Ce fut à nouveau au tour d'Ingemar de reprendre la parole.

– L’annonce du chien cloné cadrait avec la découverte effectuée par la vétérinaire Hildegard Nyström de Ystad qui s’aperçut que le chihuahua de madame Weichmann portait un faux numéro du répertoire de sa race. Au cours de mon enquête, je trouvais chez madame Weichmann une grosse somme soigneusement préparée dans une enveloppe dans laquelle il y avait aussi une réservation pour une sortie en mer d’une journée sur le grand voilier *Skåne Anda*, un navire suédois de Ystad avec une heure de réunion à bord. Je faisais immédiatement le lien avec les sommes d’argent retrouvées dans cette histoire et décidait donc d’organiser une discrète opération de police sur le bateau.

Torks continuait à descendre des bières à la file. La girouette politique Bacchus Vejrhanesen écoutait ébahi ; pour une fois, il ne faisait pas le spectacle. La comtesse d’opérette Astrid Von Gripenberg fumait une cigarette extra-longue au bout d’un fume-cigarette en ivoire des années 20. Albert son mari à rayures manipulait des cartes de façon magistrale sans rien perdre des propos. Volkov lutinait la journaliste américaine, en la faisant tourner sur elle-même de façon désinvolte tout en écoutant les narrateurs et en observant les manipulations d’Albert. Le colonel Stewart du MI6 se tenait à son verre, hochant la tête au rythme des révélations. Le brigadier novice Arthur Vestergaard ouvrait de grands yeux.

Poul reprit la parole.

– À partir de là nous commencions à entrevoir des pistes et des coupables, des scénarios semblaient se profiler mais tout n'était pas très net et les motifs étaient nébuleux, les affinités incertaines. Nos recherches dans les archives de la justice et de la police, menées par Karen, nous ont appris qu'Olsen et Tøndesen, les piliers du concours canin de Bornholm étaient à l'origine des escrocs notoires. Ils avaient eu maille à partir avec la justice dans le passé et nous avons failli nous fourvoyer, croyant voir ce que nous voulions voir. La découverte d'un rendez-vous du directeur à la Roche du Pasteur nous a mis sur la piste mais a épaissi le mystère. Nous avions tendance à penser au vu de leur pédigrée que ces deux personnages étaient coupables de quelque chose dans les meurtres accomplis. Nous avons finalement compris que non quand nous avons retrouvé Conrad Olsen mort en bas de la Roche du Pasteur, porteur d'une forte somme elle aussi ignorée. Cependant, le fait qu'avec Jean nous n'ayons vu personne et que Virgule n'ait pas relevé d'odeur, par un temps c'est vrai très mauvais, semblait indiquer que la personne ayant « aidé » Olsen à tomber de la falaise connaissait très bien le coin et avait pu passer par la forêt.

Dans toute cette histoire, la première impression avait été la bonne, c'est bien autour du concours que l'intrigue se nouait mais pas comme nous le pensions. Le concours était en fait le carrefour où les pistes se croisaient, un peu par hasard, mais pas uniquement. En fait nos deux organisateurs du concours s'étaient, quelque part, rangés des affaires et achetés une respectabilité depuis un certain nombre d'années mais fidèles à leur passé, ils étaient toujours à l'affût d'une bonne occasion et un jour, ils trouvèrent celle-ci avec le gang des chiens clonés. En effet, depuis quelques années, des généticiens peu scrupuleux de Lituanie, se sont mis à produire des animaux clonés, des chiens, offrant à des propriétaires fous de leurs animaux la possibilité de pouvoir les conserver moyennant une bonne somme. L'idée était porteuse et assez facile dans sa réalisation, la seule difficulté consistant à trouver discrètement les clients puisque ce commerce n'est pas autorisé. Les concours canins se sont avérés être parfaits pour ce faire. L'idée était de plus sans grands risques car personne ne penserait à un trafic de chiens clonés et ce n'est pas franchement très grave au niveau des conséquences judiciaires au cas où l'on se fasse pincer. Ainsi, quelques personnes, organisateurs de concours, éleveurs, sont devenues des intermédiaires entre le « gang des cloneurs » et les clients, empochant au passage un pourcentage coquet par chien vendu comme Olsen et Tøndesen. Mais c'était sans compter les activistes du droit des animaux et c'est là que ça devient beaucoup plus compliqué et que les pistes se mêlent.

– Je confirme ! ajouta le politicien Bacchus Vejrhanesen. Certains activistes sont des intégristes de la nature.

– Notre premier contact, reprit Poul, avec les activistes a été sur le bateau entre Ystad et Rønne, plutôt baroque d'ailleurs, une conférence de presse à bord pour s'opposer à un vol spatial habité par un chien lancé par une association d'amateurs passionnés. Le second l'a été à la suite de la tentative d'invasion du concours par les mêmes activistes lors de la présentation du *kosmohund*, Krølle-Bølle, à la presse. Nous découvrions à ce moment, un peu surpris, que le vétérinaire du concours canin et de l'association spatiale était la même personne, Stephen Lerhnsen, un danois de quarante-cinq ans. Ce même vétérinaire se trouvait aussi être la personne s'occupant de l'élevage Dansk Hund de monsieur Henriksson. Nous avons donc commencé à nous intéresser au personnage du vétérinaire que l'on retrouvait à différentes étapes de l'histoire. Bizarrement plus le tir de fusée se rapprochait et moins les activistes se manifestaient. Nous avons pensé que, soit ils se préparaient à frapper un grand coup dans le port avant le départ du pas de tir flottant, soit ils en avaient été dissuadés par la forte présence militaire et policière en ville et dans le port de Nexø malgré un groupuscule avec quelques banderoles et des hauts parleurs. Ce n'était en fait, ni l'un ni l'autre.

Ce sont là encore les recherches dans les archives qui nous mirent sur la voie. Car nous suspections un peu tout le monde sans trop savoir de quoi d'ailleurs. Karen réussit à nous faire gagner beaucoup de temps lorsqu'elle découvrit le passé de Lerhnsen le vétérinaire, condamné à l'époque de la guerre des bikers qui a agité le Danemark et la Suède dans les années 90, pour braquages, attaques à main armée entre gangs rivaux et attentats à la bombe. Il s'en tira au procès, car il plaida la légitime défense face à l'autre gang et on ne put lui imputer la mort de qui que ce soit, bien qu'il ait tiré et blessé un membre d'un gang rival. Il eut de plus la présence d'esprit de ne pas résister à la police mais de se rendre quand elle vint l'arrêter. Finalement, il bénéficia de la clémence des juges et écopa d'une peine légère, trois ans fermes. D'autant plus clémente qu'il effectuait par ailleurs de bonnes études à l'école vétérinaire de l'Université de Copenhague. Les trois années de prison à Blegdamsvej lui permirent de mener ses études à bien et de faire beaucoup de sport. À sa sortie, diplôme en poche, il ouvrit un cabinet de médecine vétérinaire. Il s'inscrivit aux Göteborg Marvels, l'équipe de football américain, de l'autre côté du Sound, c'est là qu'il rencontra Nils Björklund. Ce sont peut-être leur passion pour le monde animal qui les rapprocha. Leur expérience en prison a pu aussi leur donner un ressenti à partager. Ainsi les deux joueurs au profil atypique, malgré le fait que l'un chassait et l'autre soignait sont devenus amis et sont restés liés.

– Oh, vous savez, les vétérinaires tuent aussi beaucoup d'animaux malheureusement, cela fait partie de notre travail, même si nous ne le faisons pas gaité de cœur, déclara Hildegard Nyström.

– Stephan Lerhnsen joua quelques années avec les Marvels, poursuivit Poul, jusqu'à ce qu'une blessure l'éloigne des terrains. Il s'adonna alors à plein temps à son travail et à l'activisme, vert d'abord puis dériva lentement, jusqu'à devenir membre de mouvements radicaux du droit des animaux comme *« Solidaritet på Dyr »*, pour lequel il constituait une éminence grise discrète. Un jour, son travail et ses contacts le mirent sur la piste des chiens clonés et c'est ainsi qu'il décida de les éliminer, les hommes comme les animaux. Il lui fut assez facile d'infiltrer le milieu des concours canins en tant que vétérinaire volontaire. Il retrouva Henriksson, l'éleveur de Bornholm qu'il avait connu à son époque bikers. C'est Lerhnsen qui conseilla à la Borholm Space Agency l'élevage Dansk Hund pour le « Projet Krølle-Bølle », un choix d'ailleurs très logique. Lerhnsen avait rejoint l'agence spatiale par intérêt scientifique d'abord car il n'est pas donné à tout le monde de participer à la course à l'espace et rarement en qualité de vétérinaire. Il effectua des dons réguliers à l'association spatiale, participa avec assiduité aux réunions et présenta un dossier d'étude complet qui a fait date, de toutes les missions spatiales américaines, soviétiques, russes, chinoises ou européennes connues auxquelles avaient pris part des animaux. Il devint naturellement le chef du « Programme Krølle-Bølle » pour sa partie animale. C'est aussi à partir de ce moment qu'il s'installa à Bornholm pour de bon et y ouvrit un cabinet, lui qui depuis quelques années était devenu le vétérinaire du concours de Rønne. Tout l'amenait dans l'île car, vrai scientifique, il prenait aussi une part active au projet de réintroduction des bisons dans l'île.

Chapitre 23

Le politicien de la concorde interrompit Poul dans sa longue tirade.

– Vous voulez dire qu'activiste pour la défense des animaux, il était en même temps partie prenante de l'envoi dans l'espace d'un chien, projet contre lequel le mouvement des activistes dont il est membre se battait ? On les a vu attaquer le concours où ce même Stephen Lerhnsen agissait comme “ vétérinaire spatial ” lors de la présentation de Krølle-Bølle, je sais, j'y étais !

– Oui, tout à fait, répondit Poul, il était au carrefour de toutes les intrigues dans cette histoire et donc au courant de tout, manipulant les uns et les autres. Un peu comme vous d'ailleurs mais dans un autre registre – Je me suis d'ailleurs demandé si vous n'alliez pas monter dans la capsule à la place du chien !

L'aparté fit rire l'assistance y compris Bacchus Vejrhanesen.

– Il y a des ombres dans l'histoire, reprit Poul, comme jusqu'à quel degré les activistes connaissaient l'engagement de Lerhnsen ? La liste des acheteurs de chiens clonés et des animaux ? On peut penser qu'il l'aura obtenu par le directeur du concours Conrad Olsen dont il a commandité l'assassinat, car il connaissait l'heure du rendez-vous à la Roche du Pasteur. Mais ce n'est pas lui qui l'a commis ce crime, ni d'ailleurs aucun des six meurtres de cette histoire, les tueurs sont au nombre de deux ou trois au moins : Nils Björklund dont nous avons parlé précédemment et qu'il a appelé sur son portable pas plus tard qu'il y a deux jours pour s'assurer que l'élimination de madame Weichmann avait bien eu lieu. Pour les autres, ce sont Carl Nissen et Frederik Jepsen, tour à tour chauffeur-routiers, chevaliers-prestidigitateurs, cuisiniers et plongeurs sous-marins. Le premier, Carl Nissen, a conduit le camion qui a écrasé Olaf Lauritsen et son chien avant de les jeter dans les poubelles du *Leonora Christina* avec l'aide de son acolyte car ils étaient deux. Cela ne m'avait pas frappé au début, mais en regardant les images, prises sur son portable par Jean, du camion sortant du bateau, on identifie facilement Carl Nissen le conducteur et on voit nettement une silhouette, un bras tatoué et une épaule dans le rétroviseur du côté passager, il s'agit de Jepsen. Il y avait donc deux personnes à bord de la cabine. Nous les avons ensuite vus effectuer leurs tours de magie, assez réussi ma foi, mais sans voir leurs visages cachés par un heaume, avant qu'ils ne glissent le poison dans le thé de madame Jørgensen au café d'Hammershus, presque sous nos yeux. Or les deux hommes parlent avec l'accent caractéristiques de l'île, car ils nous ont adressé la parole peu avant pour nous faire un tour. Jean les a ensuite ratés de peu après leur crime ne trouvant que leurs tenues dans les poubelles du café. Ensuite, après s'être cachés au Wonderfestival de rock tout proche, ils sont partis à la soirée « Royal Croquette » pour préparer les raviolis de bouledogue-papillon. Ils s'étaient fait embaucher comme extras pour la soirée car nés et grandis ici, ils étaient introduits dans tous les milieux de l'île. Originaires d'Allinge à deux kilomètres de la forteresse, Nissen et Jepsen connaissaient certainement la jusquiame noire, cette plante dont est tiré le poison, eux qui travaillent dans le château tous les étés depuis plusieurs années. Pour en revenir à Stephen Lerhnsen, il avait placé ses pions depuis longtemps et il était très bien renseigné ayant gagné la confiance de tous, car il est un vétérinaire reconnu. Dans le cas de Göran Henriksson le PDG, Lerhnsen savait qu'il était avec son fils à l'élevage le vendredi après-midi, c'est Leif qui le lui avait dit lorsqu'il est venu rendre visite à Krølle-Bølle le matin même. Nissen et Jepsen ont donc forcé la porte du *sommerhus*, kidnappé le chien et l'ont tué avant de monter cette farce macabre des raviolis. Farce macabre qui était une mise en garde à qui pouvait la comprendre de ne pas s'engager dans la vente et l'achat de ces chiens clonés.

– Mais pourquoi un homme qui aime tant les animaux pouvait-il faire tuer tous ces chiens ? demanda la comtesse Astrid Von Gripenberg.

– Parce qu'ils étaient clonés, reprit Poul. Cela heurtait l'esprit de Stephen Lerhnsen et de son groupe d'activistes en général, que l'on puisse se substituer à la nature et selon eux « jouer à dieu ». De plus, Stephen Lerhnsen savait pertinemment pour

avoir fait sa thèse sur les « Tares génétiques de l'auroch de Heck », la vache nazie recréée par croisement dans les années 30 et avoir échangé avec de nombreux scientifiques comme ceux qui ont cloné un bouquetin pyrénéen, que les animaux clonés sont sujets à de nombreuses anomalies, insuffisances et autres malformations, un peu comme les chiens dit « de race », mais en bien pire. Pour simplifier, il voulait protéger le monde animal en croyant empêcher son appauvrissement génétique et mettre fin à cette dérive scientifique et mercantile. Il collaborait à tout un tas de projet, comme avec « Rewilding Europe » et les bisons de Bornholm. C'est un pur et dur, un illuminé quelque part, un intégriste de la nature.

Ce fut autour de Jean de reprendre la parole.

– C'est l'information selon laquelle Krølle-Bølle était au régime qui nous a mis la puce à l'oreille. Pourquoi donc mettre un jeune chien au régime à la veille d'un tir spatial ? Cela semblait curieux. Ne valait-il mieux pas un animal en pleine possession de ses moyens à son poids de forme pour une épreuve physique aussi intense ? Un boxeur essaye plutôt d'être à son maximum pour monter sur le ring. C'est ce détail bizarre qui nous a amenés pour la première fois à nous intéresser à Stephen Lerhnsen le vétérinaire, lui qui se trouvait au carrefour de cette étrange succession de faits et qui était responsable du *kosmohund.* Pour la première fois, l'association spatiale nous apparaissait sous un jour étrange, plus d'ailleurs qu'à cause de la tache de sang sur la porte du container, et sans forcément être responsable comme la suite allait le prouver.

– Je me permets de vous interrompre, coupa Albert, l'homme au costume rayé, mais pour avoir été boxeur et aligné pas mal de combats, je sais que le régime est souvent nécessaire pour être dans sa catégorie avant de monter sur le ring.

– Oui, c'est vrai, vous avez raison, mais il s'agit ici d'un jeune chien, juste deux ans, en excellente forme qui avait atteint sa pleine maturité et n'avait pas besoin de maigrir car il était très entraîné, quotidiennement, répondit Jean.

– Nous avions donc compris que quelque chose se tramait autour du tir, reprit Poul et grâce aux trouvailles de Karen, nous avons commencé à avoir une idée possible du tableau d'ensemble. L'incident curieux arrivé à Bernard Saint notre chien portait involontairement la signature d'un homme aimant les animaux et a confirmé les contours auparavant flous de l'intrigue.

– Qu'est-il arrivé à votre chien ? demanda la comtesse.

Ce fut Karen qui répondit.

– Je terminais la paperasserie du concours, j'aidais Ingrid en l'absence d'une secrétaire malade. La pluie soudaine avait amené Bernard Saint à se réfugier dans le bungalow du directeur pour y faire la sieste, je le laissais faire d'autant qu'un saint-bernard mouillé est long à sécher. Je préférais le ramener sec à la maison. Il s'est installé sur le tapis du bureau dont Ingrid avait la clef, or je savais que le directeur, Olsen, mort, ne reviendrait pas. Je n'ai pas fait attention aux va-et-vient ordinaires des habitués car c'est un défilé continuel, ni au fait que Bernard Saint ne réapparaisse pas, car il tient du loir. De plus, je lui avais mis l'air conditionné dont il raffole pour le sécher. Mais quand j'ai voulu le faire sortir, après la tempête, il était profondément endormi, ce qui n'était pas normal. Nous nous sommes alors rendu compte qu'il avait été anesthésié. Nous avons retrouvé une fiole de médétomidine, un puissant sédatif et l'emballage de la seringue dans le couloir du bureau qui a dû échapper à Lerhnsen car il était pressé, devant se rendre à Nexø pour embarquer avec le *kosmohund* et la mission spatiale. Des analyses seront faites demain matin dans un labo de Copenhague car une prise de sang a été réalisée ce soir sur Bernard Saint par un autre vétérinaire de Rønne en quittant le concours.

– Mais pourquoi avoir endormi votre chien ? s'étonna la journaliste américaine qui reprenait goût à la vie installée sur les genoux de Volkov.

– Pour déplacer Bernard Saint qui s'était de manière involontaire couché en travers, littéralement, du plan de Stephen Lerhnsen. Or celui-ci n'avait pas le temps d'attendre et ne souhaitait pas attirer l'attention d'autant plus que la maîtresse du chien se trouvait à côté à quelques mètres. Sachant parfaitement qu'un chien réveillé en sursaut peut aboyer voire devenir agressif – et un saint-bernard n'est pas un petit chien – il l'a donc endormi avec ce qu'il avait sur lui dans sa trousse. Ensuite, il a soulevé la moquette et a déplacé le chien pour ouvrir la trappe de la planque ménagée dans le plancher. Après avoir récupéré ce qu'il souhaitait, il a tout remis en place et il est sorti par la porte de derrière ni vu ni connu, laissant Bernard Saint dans le profond sommeil où nous l'avons découvert. Il a pris cependant soin d'endormir le chien et de ne pas le tuer, or une overdose était facile. L'évaluation du dosage n'était pas forcément simple sous la pression, avec des doses en millilitres, en estimant le poids de l'animal à l'œil tout en étant pressé. Tuer le chien par overdose était plus facile mais il ne l'a pas fait.

– Quelle histoire ! Cela me rappelle ma jeunesse ! plaisanta Volkov.

– Quand vous étiez au KGB ? rigola l'homme au costume rayé.

– Exactement !

– Moi je vous trouve très jeune, déclara la journaliste requinquée.

La scène avait changé de côté dans le *« Bakkarøgeriet »* après sa fermeture. Les musiciens et amis s'étaient rapprochés de l'aéropage de fêtards-vips et apprenaient par bribes l'étendue de l'intrigue. Le capitaine Torsk s'était proposé pour remplacer les serveuses au comptoir tout en payant une tournée générale, offres promptement acceptées.

– Continuez ! réclama Bacchus tout en faisant passer les bières.

– Nous n'avions guère la possibilité d'interrompre la suite de la mission spatiale sans encourir des difficultés si nous nous trompions, aussi nous sommes-nous présentés au port pour surtout observer si les personnes concernées s'y trouvaient. Nous avons ainsi été rassurés en voyant Lerhnsen et en apercevant nos deux chevaliers-prestidigitateurs dont nous avons reconnu la physionomie et le tatouage sur l'avant-bras de Jepsen. Je me suis assuré de leur voix en les écoutant parler dans leur nouveau rôle de plongeurs. Ensuite comme vous tous, nous nous sommes joints au cortège de navires et avons suivi les évènements. Par contre, il s'en passait sur le *Skåne Anda* qui avait appareillé de Ystad et fait escale à Svaneke pour voir monter à bord le commissaire Ingemar Lundqvist.

– Je n'étais pas seul, reprit celui-ci, nous étions plusieurs policiers en civil à bord montés incognito. Après avoir repéré qui était qui sur ce bateau et transmis les ordres par sms en évitant de nous parler pour ne pas nous faire remarquer, nous sommes intervenus à l'heure dite, soit dix minutes après le début de la réunion et avons cueilli tout le monde, un joli coup de filet.

Ils n'ont pas protesté, en même temps les gardes côtes se mettaient à couple du navire. Il apparaît que l'équipage du *Skåne Anda,* du capitaine aux matelots, est hors de cause. La salle de réunion était louée en bonne et due forme au nom d'une société suédoise d'élevage de chiens qui commercialisait les animaux clonés de Lituanie. Nous avons mis la main sur un gros paquet d'argent, environ six millions de couronnes et une trentaine de chiens clonés dont il va falloir d'ailleurs décider quoi faire.

Poul reprit alors la parole.

– De notre côté nous sommes montés sur la plate-forme de tir pour nous assurer que Krølle-Bølle soit bien dans sa capsule pour l'essai spatial. Ce que Virgule nous a confirmé car son flair exceptionnel a senti la présence du grand danois malgré l'étanchéité du vaisseau spatial. Cela nous a également permis de juger de la sincérité de l'association qui aurait fort bien pu ne pas faire décoller le chien. Ce qui était facile car la montée à bord du *kosmohund* se faisait à l'abri des tentures protégeant la fusée des embruns malgré des images filmées. L'association aurait très bien pu procéder à une évacuation de la même capsule avant la mise à la verticale de la rampe de lancement toujours à l'abri des regards.

– Mais pourquoi un tel écran de fumée et quel rapport avec les meurtres ? demanda un ingénieur.

– C'est là que le régime forcé du *kosmohund* intervient et qu'une autre dimension du projet de Lerhnsen apparaît car en fait, deux histoires se mêlaient avec toujours notre vétérinaire pour en tirer les ficelles. La seule raison à un amaigrissement voulu de Krølle-Bølle, que nous trouvions bizarre, était de ne pas dépasser le poids imparti du lancement pour ne pas changer la trajectoire, la vitesse et l'ascension de la fusée. Mais cela était aussi valable dans l'autre sens. Une fusée trop légère aurait été plus vite, plus haut et plus loin. En conséquence avec un différentiel de poids, la capsule aurait à la descente fortement modifié son point d'amerrissage, ce qui aurait pu rendre sa récupération et donc celle du chien, hasardeuse, trop tardive voire impossible. La question était de savoir pourquoi cet amaigrissement programmé ? Si le chien maigrissait un peu, le poids de la fusée devait rester le même donc il fallait compenser, en ajoutant quelque chose.

– Stephen Lerhnsen était un membre ancien de notre association, se risqua l'un des patrons de la Bornholm Space Agency. Il est difficile de croire tout ce que vous racontez.

– Oui, je sais que c'est difficile à croire, mais pourtant ! Pour en revenir à Lerhnsen son intérêt pour les sciences n'est pas feint, car il avait déjà préparé sa publication scientifique en amont de la mise en orbite de Krølle-Bølle et attendait les conclusions et les résultats du tir pour y ajouter la touche finale avant publication. Il vivait pleinement sa carrière spatiale, au-delà de ce que vous pouvez imaginer.

– Mais quoi alors ? Pourquoi tout cela ? l'interrompit la journaliste.

– Et bien reprit Karen, nous en eûmes la préscience, sans trop comprendre pourquoi d'ailleurs, en fouillant le passé de Stephen Lerhnsen et de Nils Björklund. Vous rappelez-vous de la "guerre des bikers" d'il y a une vingtaine d'années ?

Les visages les plus âgés opinèrent, les plus jeunes avaient vaguement entendu parler de cette guerre entre gangs de motards dans les pays nordiques, qui avait dégénéré suite à l'attaque de bijouteries au Danemark et dans le sud de la Suède, sur fond de trafic d'armes et de drogue, pour s'étendre ensuite à la Norvège et à la Finlande.

– Nous n'avons eu le fin mot de l'histoire qu'au moment de l'ouverture de la capsule sur la plage de Christiansø aux îles Ærtholmene. C'est pour cela que nous tenions à arriver les premiers et griller la politesse à l'association et surtout aux deux plongeurs et à Lerhnsen, regardez !

Poul sortit de son sac à dos, un cylindre en aluminium du diamètre et de la taille d'une bouteille de champagne et qui semblait n'avoir pas de système d'ouverture.

Tout le monde s'était rapproché de la table, les regards étaient figés, un silence absolu régnait dans la salle, ponctué cependant du hoquet du capitaine Torsk écroulé sous le robinet de bière pression. Poul essuya avec les serviettes de table la couche de vaseline entourant le tube découvrant un trait faisant le tour du cylindre.

– Commissaire Lundqvist, nous avons mené l'enquête ensemble, allons jusqu'au bout ! Saisissez-vous de la moitié du cylindre s'il vous plaît et tournons chacun dans un sens opposé, c'est un pas de vis.

Alors doucement, devant s'y reprendre à plusieurs fois tant l'objet était glissant et offrait peu de prise, les deux parties s'écartèrent lentement pour finalement se séparer, découvrant un sac étanche, serré, muni d'une fermeture.

Le posant délicatement sur la table, Poul fit glisser le fermoir.

– Reculez-vous s'il vous plaît.

Mille feux jaillirent alors sous la forme d'une multitude de pierres précieuses sautant et roulant sur la table. Les pierres scintillaient à la lumière des lampes sous les yeux ébahis de l'assistance pendant que Poul vidait lentement le contenu du sac.

– Voilà ! Le "trésor des bikers" ! Environ deux kilos de pierres précieuses, diamants, rubis, émeraudes et autres perles arrivées tout droit de l'espace grâce à Krølle-Bølle.

– Il y en a pour une fortune ! s'exclama la comtesse.

– Pas facile à fourguer, remarqua Albert qui d'un geste théâtral posa ses cartes en un large éventail sur la table.

– Mais pourquoi mettre cela dans la fusée ? Il y avait moins risqué ! déclara Bacchus.

– Oui, vous avez tous raison, mais en faisant repêcher la capsule en mer par ses plongeurs, Lerhnsen comptait laisser le trésor immergé dans les eaux internationales pour venir tranquillement le chercher plus tard avec peut-être un sous-marin ou en plongeant. De toute façon la Baltique n'est pas profonde à cet endroit. En tout cas, ils avaient besoin du sous-marin pour chercher la capsule au cas où l'amerrissage tourne mal. C'était plutôt bien vu car dans la dernière séquence d'action, il n'y avait que le vétérinaire et les deux plongeurs donc ils pouvaient tout à fait sauver le chien et lâcher discrètement le trésor au fond de l'eau. Nous avons d'ailleurs trouvé un émetteur prévu à cet effet sur leur zodiac. En fait Lerhnsen se savait surveillé, car certains se doutaient qu'il avait mis la main sur le trésor et voulaient le récupérer. Aussi l'idée de le cacher en attendant de pouvoir le blanchir lui vint à l'idée en brouillant les pistes, à l'occasion de l'Opération Krølle-Bølle.

– Ils nous avaient donc complétement infiltrés déclara l'ingénieur.

– Oui, rétorqua Poul, tout comme ils avait manipulé les activistes du droit des animaux, Stephen Lerhnsen était très doué. Ceux-ci ne connaissaient certainement pas son passé. Les deux chevaliers ne savaient probablement pas non plus ce qu'il y avait dans le cylindre.

– Mes amis, fêtons cela ! s'exclama Frank, le banjo à la main, musique !

Poul et Ingemar replacèrent les pierres précieuses dans le sac et revissèrent le cylindre qu'ils confièrent à la garde d'une brigade de policiers qui venait d'arriver après s'être perdue sur les indications du brigadier Arthur Vestergaard.

Le capitaine Torsk déclara que toute cette histoire lui avait donné soif et qu'un petit verre lui ferait du bien avant de retrouver son sous-marin. Le jazz reprenait de plus belle.

Bacchus, faisait danser la comtesse. Volkov, la journaliste pendue à son cou, s'adressa à Albert l'homme à rayures, chapeau mou et physique de boxeur.

– Félicitations, cher ami, quelle dextérité ! Que ce soit aux cartes, ou … en danse… et sur ce point, je m'y connais !

– Les boxeurs font toujours de bons danseurs car pour les jambes, c'est la même chose. L'inverse est cependant plus rare. Mais, appelez-moi donc Albert ! »

– Que faisiez-vous avant le cirque Albert ?

– J'étais dans les casinos.

– En quelle qualité ?

– Je trichais.

Épilogue

L'affaire, présentée à Rønne dès le lendemain au cours d'une conférence de presse, conjointement par le juge Poul Eriksen et le commissaire Ingemar Lundqvist, fit grand bruit. Ystad et l'île de Bornholm devinrent pour quelque jours le centre du monde et virent s'éterniser la presse mondiale trouvant là une histoire sensationnelle à laquelle donner un écho retentissant. Les journalistes ravivèrent le souvenir de la « guerre des bikers ». On fouilla les archives, on rechercha des anciens pour les interroger. Les noms de Ystad et de Bornholm firent le tour du monde et l'on réouvrit le débat du rapport de l'Homme au vivant amenant même les principaux dignitaires religieux comme le pape à donner leur avis sur la question du clonage. Les amis des chiens et les sociétés protectrices d'animaux s'offusquèrent d'une telle violence et reçurent, tout comme l'association spatiale, des dons importants.

De nombreux touristes du monde entier se rendirent sur les lieux où s'étaient déroulés les meurtres en particulier beaucoup de Japonais. Les offices de tourisme éditèrent des dépliants et des cartes dans plusieurs langues pour présenter un circuit et les endroits où s'étaient déroulées les péripéties de l'histoire. L'affaire fut aussi une occasion pour les services secrets de certaines grandes puissances de lancer des enquêtes internes sur l'évaluation de leurs moyens d'investigations. Et puis la tranquillité revint sur la petite ville de Scanie et les îles de la mer Baltique.

Le procès de Stephen Lerhnsen donna lieu à des passes d'armes mémorables entre avocats et procureurs, passionnant les médias et le public. On trouva au vétérinaire des circonstances atténuantes. Il se défendit brillamment et ne fut condamné qu'à cinq ans de prison d'un procès devenu politique. De nombreux lobbies témoignèrent à la barre, transformant le procès en tribune pour la défense de leur cause. Une querelle d'experts naquit à cette occasion sur le clonage compliquant la situation.

Carl Nissen et Frederik Jepsen, les deux tueurs, routiers-chevaliers-prestidigitateurs-cuisiniers-plongeurs écopèrent de dix ans chacun, reconnaissant une partie des faits mais se rejetant les accusations les plus graves après avoir compris qu'ils s'étaient embarqués dans une affaire qui les dépassait.

À moitié paralysé depuis les multiples coups de barils reçus à la tête, Nils Björklund fut jugé dans un état proche du légume, s'exprimant avec difficultés. Allongé sur un lit médicalisé, il n'avoua rien et nia toute connaissance du "trésor des bikers". Il fut touché par la grâce pendant le procès et se plongea à haute voix dans la prière, y compris pendant les débats. Il bénéficia de la clémence des jurés malgré un double meurtre. Il purgea sa peine de trois ans ferme sur un lit d'hôpital, subissant de nombreuses opérations chirurgicales et fut élargi pour bonne conduite. La grâce qui l'habitait était tellement puissante qu'après sa libération conditionnelle, il se leva rapidement et se remit à marcher, arpentant la nature de la région de Kiruna en Laponie où on l'avait relégué sous contrôle judiciaire.

Gertrud Thorsson fut innocentée de toute accusation de violence, pour légitime défense, puis s'engagea à l'École Royale de Police suédoise. Elle poursuivit sa carrière d'athlète de haut niveau tout en cherchant des amoureux de carrure XXL.

Lars Johansson, les mains toujours dans le cambouis, restaura sa vieille SAAB, son seul vrai amour.

Hildegard Nyström, la vétérinaire, continua dans son cabinet de Ystad à soigner des matous hargneux et des perroquets criards tout en soupirant ; espérant que le commissaire Ingemar Lundqvist frappât plus souvent à sa porte, fusse avec une momie de dinosaure.

Le commissaire Ingemar Lundqvist retrouva son commissariat de Ystad et expédia les affaires courantes d'une petite ville de province aux lourds secrets.

Marta et Märta Svensson continuèrent à tricoter et à faire des mots croisés tout en veillant sur leur patron.

Le capitaine des pompiers Gunnar Magnusson regagna sa caserne, attendant l'étincelle.

Le gang des chiens clonés écopa d'une amende et tous les acteurs furent rapidement relâchés. Les chiens furent saisis par la justice suédoise, mis au chenil et y passèrent leur vie alors que différentes associations se disputaient leurs sorts. Les sommes d'argent saisies sur le bateau furent rendues à leurs propriétaires moyennant le paiement des frais de justice.

À Strasbourg, le parlement européen se décida à inscrire sur son agenda, l'élaboration d'une loi sur le clonage des animaux domestiques et l'interdiction de la vente de produits clonés. Elle créa une commission d'information parlementaire à cet effet.

Isabelle de Montségur reçut la Médaille du Prince Carl de la part du roi Charles XVI de Suède pour son action de solidarité au manche de son canadair. Son influence ne s'arrêta pas là puisqu'elle laissa dans son sillage dans le paysage scandinave quelques enseignes d'établissements du nom de *« Kaffe Isabelle »** , *« Kaffe Chouchou »* et autres *« Röd Pelikan »*** et *« Gul Bomber »****.

L'apprentissage de l'espéranto explosa au Danemark et en Suède avant de rapidement retomber dans une quasi-indifférence générale.

Bacchus Vejrhanesen, le politicien, poursuivit sa brillante carrière et devint Premier Ministre.

*« Café Isabelle » ** « Pélican rouge » *** « Bombardier jaune »

Le capitaine Torsk continua la sienne de marin alcoolique bienveillant.

Les assureurs des bijouteries se frottèrent les mains devant le butin retrouvé et les bijoutiers sourirent de contentement.

L'association du droit des animaux *« Solidaritet på Dyr »* fut dissoute.

Le colonel Volkov poursuivit avec succès sa carrière d'espion mondain, se trouvant toujours et avec souplesse, au bon endroit, au bon moment et en bonne compagnie.

Le capitaine Vassily Grigorievitch fut envoyé au Kamtchatka.

Le colonel Stewart du MI6 retourna à ses chères orchidées en attendant sa prochaine mission.

Le colonel Simonsen du 8ème Hussard fut récompensé de la sienne bien remplie dans le port de Nexø et de l'observation juste selon laquelle « il ne se passait rien à Bornholm ». Il fut envoyé aux îles Féroé.

Les faux mormons de la CIA furent mutés aux îles Samoa américaines. Le lieutenant Wilson fut envoyé dans l'Oklahoma.

La journaliste américaine fut licenciée de sa chaîne. Son vomi dans la Baltique par-dessus le bastingage avec Volkov et sa farandole, devant les caméras à une heure de grande écoute l'avait décrédibilisée. La chaîne remporta d'ailleurs grâce à elle le Prix Citron du plus beau direct raté de l'année de la télé américaine. Déçue d'avoir vu s'échapper Volkov, la journaliste décida de rester en Europe et se lança dans l'agriculture des légumes bio sous serre, en Islande.

La comtesse Astrid Von Gripenberg poursuivit ses apparitions dans les concours canins scandinaves flanquée de Néron, Brutus et Caligula. Albert, son mari, chauffeur, homme à tout faire en costume à rayures et chapeau mou continua à la véhiculer dans la caravane en inox au volant de la vieille Oldsmobile décapotable, tout en échafaudant, lui l'ancien hercule de foire, des plans pour voir renaître son cirque. Il en avait maintenant les moyens.

L'île de Bornholm retrouva sa quiétude, les concours de chien se poursuivirent. Øle Tøndesen écopa d'une amende légère pour sa participation à la vente des animaux clonés. Il devint directeur du concours de Rønne. Un nouveau vétérinaire fut engagé.

Le brigadier débutant Arthur Vestergaard fut promu brigadier-chef et envoyé au Groenland.

Poul retrouva son tribunal, Karen et Agnès leur entreprise et Jean ses activités.

Au *« Bakkarøgeriet »* d'Åkirkeby, la famille Lauwersen avec Jack le patriarche au banjo, renforcés par Siggi le Viking et quelques autres animent toujours les nuits d'étés dans une ambiance de harengs fumés et de bière-maison, à la joie de tous.

Krølle-Bølle coula des jours paisibles comme reproducteur à l'élevage Dansk Hund et continua à être servi dans sa capsule. Celle-ci s'en alla finalement enrichir la collection du Musée de la Bornholm Space Agency.

Cette même association poursuit avec succès ses projets spatiaux vers un vol humain habité.

Les animaux du parc zoologique de Ystad retrouvèrent leurs enclos après quelques jours, les fumées une fois dissipées. Les flammes avaient miraculeusement épargné le zoo. L'évènement avait rapproché les fermiers des alentours et exploitants du parc.

Les bisons d'Europe des forêts d'Almindingen se portent bien et voient leur nombre croître.

Pépita, après son séjour au commissariat, retourna au parc de Ystad. C'est désormais en monocycle qu'elle s'y déplaçait, soufflant dans le clairon de cavalerie que lui avait offert le commissaire Lundqvist, avec sur la tête la casquette d'Ulf Öberg, le planton, qu'elle avait conservée. Elle devint une star auprès des visiteurs, recevant souvent la visite d'Ingemar qui venait lui jouer du tuba.

Bernard Saint retrouva le rythme habituel de ses siestes après un long weekend riche en évènements.

Quant à Virgule, de retour en Bourgogne, elle retrouva son fauteuil à côté de la cheminée.

Sapporo, le 29 février 2020